# NOTES
## POUR SERVIR A L'HISTOIRE
### DES
# INSECTES NUISIBLES
## A L'AGRICULTURE
## A L'HORTICULTURE ET A LA SYLVICULTURE
DANS LE

### DÉPARTEMENT DE LA MOSELLE
PAR

# J.-B. Géhin

Membre de plusieurs Sociétés savantes nationales et étrangères.

---

## No 5

### INSECTES QUI ATTAQUENT LES POIRIERS

#### DEUXIÈME PARTIE

ORTHOPTÈRES — NÉVROPTÈRES — THYSANOPTÈRES — HYMÉNOPTÈRES — HÉMIPTÈRES
HOMOPTÈRES — DIPTÈRES.

Extrait du 9e Bulletin de la Société d'Histoire naturelle du
département de la Moselle ; 1860.

## METZ
Imprimerie & Lithographie de J. VERRONNAIS

### 1860

# NOTES

## POUR SERVIR A L'HISTOIRE

# DES INSECTES NUISIBLES

### DANS LE

## DÉPARTEMENT DE LA MOSELLE

## No 5

## INSECTES QUI ATTAQUENT LES POIRIERS

## Deuxième Partie

Orthoptères, Névroptères, Thysanoptères, Hyménoptères,
Hémiptères, Homoptères, Diptères.

# NOTES

## POUR SERVIR A L'HISTOIRE

### DES

# INSECTES NUISIBLES

## A L'AGRICULTURE

## A L'HORTICULTURE ET A LA SYLVICULTURE

### DANS LE

### DÉPARTEMENT DE LA MOSELLE

*PAR*

## J.-B. Géhin

Membre de plusieurs Sociétés savantes nationales et étrangères.

## N° 5

## INSECTES QUI ATTAQUENT LES POIRIERS

### DEUXIÈME PARTIE

ORTHOPTÈRES — NÉVROPTÈRES — THYSANOPTÈRES — HYMÉNOPTÈRES — HÉMIPTÈRES
HOMOPTÈRES — DIPTÈRES.

Extrait du 9ᵉ Bulletin de la Société d'Histoire naturelle du
département de la Moselle ; 1860.

## METZ

Imprimerie & Lithographie de J. VERRONNAIS

## 1860

# NOTES

POUR SERVIR A L'HISTOIRE

# DES INSECTES NUISIBLES

DANS LE

## DÉPARTEMENT DE LA MOSELLE.

## INSECTES QUI VIVENT SUR LE POIRIER.

## DEUXIÈME PARTIE.

ORTHOPTÈRES — NÉVROPTÈRES — HYMÉNOPTÈRES — THYSANOPTÈRES — HÉMIPTÈRES
HOMOPTÈRES — DIPTÈRES.

Lorsque, il y a quatre ans, j'entrepris de faire l'histoire des insectes qui sont indiqués comme vivant aux dépens du Poirier, j'étais loin de connaître l'importance de ce travail et les difficultés que je devais rencontrer dans son exécution. Un peu plus de clairvoyance de ma part, et moins d'inexpérience dans cette nouvelle voie entomologique, auraient cependant suffi pour paralyser ma bonne volonté, et la monographie que je continue aujourd'hui, serait encore à commencer. La bienveillance avec laquelle la première partie a été accueillie dans le monde entomologique et les encouragements précieux que j'ai reçus de la part de collègues aussi indulgents qu'instruits, avaient excité mon ardeur, et, dès 1857, je commençai à mettre en-ordre les matériaux qui

1

devaient composer la deuxième partie. C'est alors seulement que les difficultés commencèrent et que le découragement s'empara de moi.

En effet, outre que j'étais resté presque étranger aux détails concernant les insectes qui n'appartiennent pas à l'ordre des Coléoptères, le manque d'ouvrages spéciaux, les erreurs nombreuses répandues dans les ouvrages d'horticulture, en ce qui concerne ces petits animaux, la contradiction manifeste de plusieurs auteurs présentant un égal mérite scientifique, et enfin la difficulté de recourir à des renseignements plus complets ou plus exacts, dans des ouvrages écrits en allemand ou en anglais, rendaient la tâche au-dessus de mes forces, et bien des fois j'ai été sur le point de l'abandonner. A ces causes nombreuses de défaillance, on peut encore ajouter la difficulté de l'observation, quand il s'agit d'insectes comme les Pucerons ou les Cochenilles; à l'histoire de ces Homoptères, on verra que, malgré les remarquables travaux de Réaumur, de Degéer, etc., etc., beaucoup de choses sont encore inconnues dans leurs mœurs et dans leur organisation. Si l'on tient compte du nombre prodigieux de publications entomologiques, faites depuis une trentaine d'années, on comprendra la difficulté de réunir en un seul faisceau les travaux de tous mes devanciers.

L'appel que, en 1857, j'ai fait aux observateurs, a été entendu, et j'ai reçu, depuis cette époque, sur les insectes dont il est question dans la première partie, de nombreuses communications qui me permettront d'apporter d'intéressants développements à mon travail. Pour ne pas changer le cadre que je me suis imposé, je renvoie toutes ces additions au supplément qui devra terminer l'histoire des insectes nuisibles au poirier, supplément déjà prévu en

1857, et que je reconnais, dès aujourd'hui, comme indispensable. Quant aux rectifications à faire, car il y en a aussi, elles n'ont pas assez d'importance pour ne pas pouvoir être ajournées, plusieurs d'entre elles d'ailleurs, ne me semblent pas incontestables et demandent à être vérifiées.

Parmi celles qui m'ont été demandées, il en est une qui paraît avoir pour son auteur une importance particulière ; je l'ajournerai cependant, parce qu'elle est formulée dans des termes peu en rapport avec les habitudes scientifiques, et qu'elle n'a été motivée que par une fausse interprétation des sentiments manifestés par moi, dans plusieurs de mes écrits. Je n'insisterai pas plus longtemps sur cet incident et me garderai bien de rien dire qui puisse faire soupçonner quel est l'auteur de cette malencontreuse réclamation.

Je dois cependant faire remarquer que plusieurs des observations qui m'ont été faites, touchent plutôt à la forme qu'au fond de mon travail ; j'en ai tenu compte dans tout ce qui peut, dès aujourd'hui, produire une amélioration sans changer l'ordre que j'ai adopté. J'ajouterai encore qu'il suffira, pour les combattre, de mettre en présence les désirs contradictoires manifestés par plusieurs auteurs, et que quelques-unes de leurs demandes ne se seraient pas produites, s'ils avaient lu avec attention les préliminaires qui précèdent la première partie.

Aux nombreuses difficultés matérielles que je viens de mettre en évidence et qui seront plus particulièrement comprises par ceux qui ont l'habitude de travailler sérieusement, il en est d'autres qui, bien que secondaires, pouvaient amener le découragement à cause de l'incapacité évidente de nos moyens de destruction, quand il s'agit d'êtres aussi petits que les pucerons, les cochenilles, etc.

Il ne suffit pas en effet, pour résoudre une pareille

question, d'indiquer un moyen plus ou moins radical d'exter-
mination, mais il faut aussi, et par dessus tout, proposer
quelque chose de pratique, dont l'application soit en rapport
avec le dégât à éviter, et qui n'expose pas la plante à de plus
sérieux dommages que ceux qui sont causés par les insectes.
Il faut convenir que la question, restreinte dans ses
véritables limites, est des plus difficile à résoudre, qu'elle
réclame le concours des entomologistes et des horticulteurs,
et, par conséquent, une étude complète des mœurs des
insectes, aussi bien que l'examen sérieux des méthodes
empiriques employées depuis longtemps par les jardiniers,
afin d'en dégager l'inutile ou l'absurde et de n'en retenir
que le raisonnable.

J'ai déjà eu plusieurs fois occasion de dire que les entomologistes sont loin d'être d'accord entre eux sur les causes
qui déterminent, dans certaines années, ou dans certains
pays, le développement considérable, et souvent subit, de
quelques espèces d'insectes nuisibles aux végétaux. Je dois
ajouter aussi que la même divergence d'opinion se présente,
quand il s'agit de détruire ces insectes ou d'en prévenir le
retour. Sans entrer dans le fond de ces difficiles questions,
je saisirai toutes les occasions qui se présenteront de publier
les observations qui me paraîtront propres à en amener la solution. Sans parti pris d'avance pour l'une ou pour l'autre des
deux opinions, je ferai connaître celles de ces observations
qui sont favorables aux partisans de la destruction comme
aussi celles qui semblent donner raison aux entomologistes
qui, croyant aux causes finales, admettent que le parasitisme
et les variations de l'atmosphère sont nos plus utiles, nos plus
constants comme nos plus efficaces auxiliaires.

Un exemple frappant de ce que peuvent les moyens
naturels de destruction des insectes nuisibles, nous a été

fourni dans la Moselle à propos de la cécidomyie du blé, laquelle a causé un déficit énorme dans nos récoltes de 1856. En effet, en dépit des avertissements de toute nature et des conseils donnés par les entomologistes, pour empêcher cet insecte de se multiplier, en 1857, en aussi grande abondance que pendant les années 1855 et 1856, rien n'a été fait, ni même tenté, par les cultivateurs, cela va sans dire, mais aussi par les individus qui, se plaçant à la tête du progrès, prétendent le diriger. Aussi, qu'est-il arrivé? C'est que, en 1857, bien que la saison ait été peu favorable à la ponte de la cécidomyie, celle-ci n'en a pas moins été très-abondante et, malgré cette circonstance, difficile à prévoir, elle aurait bien certainement causé un déficit plus considérable qu'en 1856, sans la présence d'un grand nombre de parasites.

En même temps que commençaient à disparaître les cécidomyies, on pouvait observer un nombre de plus en plus considérable de petits ichneumons du genre *Platygaster*, que nous avons reconnus être les parasites de notre Tipulaire*. Ces petits parasites firent si bien, qu'en 1858, c'est à peine si l'on pouvait trouver quelques rares cécidomyies dans les blés en fleurs, et que, en 1859, l'on ne voyait plus ni cécidomyie ni son parasite ; l'équilibre est donc rétabli, quant à présent. Ces résultats sont sans doute très-favorables aux partisans du facile, *rien à faire*, mais leurs adversaires ne sont-ils pas en droit de leur demander ce qui serait advenu en 1858, si, pendant l'année précédente, la floraison du blé ne s'était pas faite d'une manière très-rapide et par un soleil ardent? N'est-il pas certain que nous aurions eu à supporter une récolte aussi pauvre que celles des années précédentes, et que l'on aurait pu arrêter, dès 1856, la propagation de la cécidomyie?

* Voyez notre N° 2. *Insectes qui attaquent les blés. Metz*, 1857.

J'arrive maintenant à un argument d'une grande valeur, qui doit être opposé aux partisans du *rien à faire*, parce qu'il est fondé sur les résultats incontestables que l'on obtient avec les poudres insecticides.

Dans le *Bulletin des annales de la société entomologique de France* publié dans le premier trimestre de 1859, j'ai donné les principaux résultats obtenus par moi au moyen de cette poudre appliquée à la destruction des insectes qui attaquent les plantes*. Grâce à l'obligeance de M. Belhomme, jardinier en chef du Jardin botanique de Metz, et à la complaisante coopération de M. Thomas, l'habile chef de culture de l'établissement de MM. Simon-Louis frères, j'ai pu cette année, continuer et compléter les expériences commencées en 1858. L'importance désormais acquise à ce nouvel agent mérite de fixer notre attention, et l'usage que j'en conseille dans plusieurs circonstances, me conduit naturellement à en dire quelques mots.

Sous les noms de Poudre insecticide, Burnichon, Désille, Mismaque, Vicat, etc., on vend en France, depuis plusieurs années, une poudre que l'on obtient avec les capitules du *Pyrethrum caucasicum* et qui depuis fort longtemps, sous le nom de *poudre persane*, est employée à la destruction de certains insectes, par les peuples qui habitent l'empire Russe, depuis la mer Noire jusqu'à la mer Caspienne**.

L'efficacité de cette poudre, pour détruire les punaises, les puces, etc., est un fait aujourd'hui hors de doute, cependant son action n'est pas constante, dans bien des cas, la mort n'est qu'apparente, et l'insecte *anesthésié*, en quelque

---

* Voyez aussi les *Annales de la société entomologique de France*, en 1858.

** On a attribué à Pallas d'avoir, le premier, fait connaître cette poudre, mais je ne trouve rien dans la relation de ses voyages qui confirme cette opinion.

sorte, reprend bientôt et peu à peu ses mouvements, et échappe de nouveau à ceux qui voulaient le détruire. Cet inconvénient a surtout lieu avec la poudre grossière des *Pyrethrum Caucasicum* et *P. Roseum*, ainsi qu'avec ces poudres fines, mais éventées. J'ai fait, avec toute l'exactitude désirable, et dans le but de chercher une succédanée au *Pyrethrum Caucasicum*, des expériences comparatives sur les poudres de plusieurs plantes, afin d'utiliser, dans le même but, quelques-unes de nos plantes indigènes que l'on suppose avoir la même action.

J'ai essayé les *Pyrethrum maritimum*, Schmith., *Pyrethrum Alpinum*, Wilden., *Pyrethrum parthenium*, Lin., qui sont congénères ou voisines des *Pyrèthrum roseum*, et *Caucasicum ;* les *Artemisia judaica*, Lin. (*Semen contra, Barbotine*, etc.), *Artemisia absynthium*, Lin. (*absinthe*), *Artemisia maritima*, Lin. (*absinthe marine*), etc., qui sont des plantes voisines des pyrèthres et douées d'une grande amertume ; la digitale (*Digitalis purpurea*, Lin.), la belladone (*Atropa belladona*, Lin.), et la ciguë (*Conium maculatum*, Lin.), qui sont des plantes narcotiques ; et enfin la farine ordinaire et la poudre de réglisse, comme étant des poudres inertes et ne pouvant agir que mécaniquement. Les résultats généraux auxquels je suis arrivé, m'autorisent à établir que, à l'exception d'une seule, la matricaire, toutes ces plantes sont loin d'avoir une action aussi efficace que le Pyrèthre du Caucase, et qu'il vaut mieux, par conséquent, poursuivre l'acclimatation de celui-ci, que de chercher à le remplacer par des plantes indigènes. Grâce aux efforts persévérants de plusieurs membres de la société impériale d'acclimatation, et plus particulièrement de M. Guillemot, de Paris, cette culture facile, commence à se répandre. Avec les moyens de pulvérisation que l'on possède aujourd'hui, on peut obtenir cette plante dans un degré de division extrême et à un prix raisonnable. Le commerce peut déjà la livrer au prix de 8 fr. le kilogr. (bien qu'au détail, on la vende souvent au public à raison de 30 fr. le kilogr.), mais quand la plante sera cultivée en grand, on pourra arriver au prix de 3 à 4 fr. le kilogr. et même descendre plus bas, si l'usage en devient général.

Comme il arrive souvent pour une foule de produits, il existe des qualités fort diverses de cette poudre, et il paraît que déjà la fraude, pour en augmenter le poids, y a fait introduire des substances minérales inertes. Les qualités que l'on doit surtout y rechercher, sont d'être aussi fine que possible, récemment préparée et n'ayant pas subi l'action de l'humidité. Le meilleur moyen de l'appliquer consiste à faire usage du soufflet ou de la houppe à souffrer; il faut aussi choisir un temps sec et éviter d'en faire usage, quand les plantes sont mouillées par le brouillard, la rosée ou la pluie.

Bien que de toutes les plantes *indigènes et communes* que j'ai citées plus haut, la maroute et la digitale soient celles qui, par leur action, se rapprochent le plus de la poudre insecticide, et que les moyens de pulvérisation convenables (car toutes choses égales d'ailleurs, une poudre agit d'autant plus qu'elle est plus fine) ne soient pas à la portée de tous, je n'en conseille pas moins très-vivement la culture du *Pyrethrum Caucasicum* à tous les jardiniers pour leur usage et dans le but de répandre cet utile composé ou d'en faire baisser le prix.

Quant à l'action de la poudre insecticide sur les insectes, voici les conclusions auxquelles je suis arrivé; elles diffèrent peu de celles qui se trouvent consignées dans les *Annales de la société entomologique.*

1° Pour la punaise des lits, les résultats sont des plus

satisfaisants, cependant il est bon de répéter l'opération plusieurs fois, à cause des œufs qui ne sont pas éclos et sur lesquels la poudre est sans action ;

2° Les puces ne sont pas toujours complétement asphyxiées, aussi est-il bon de les ramasser et de les jeter au feu ou à l'eau. Cette observation est en tous points applicable aux mouches ;

3° Sur le charançon (*Sitophilus granarius*, L.) et la teigne du blé (*Tinea cerealella*, Treist.), tous les deux très-abondants cette année, la poudre est sans action ;

4° Sur un grand nombre de chenilles et particulièrement sur celles qui sont velues, la poudre paraît d'autant moins agir sur elles, que ces chenilles sont plus âgées et par conséquent plus près de leur transformation en chrysalides ;

5° C'est contre les insectes des ordres des Hémiptères ou des Diptères que toutes ces poudres ont le plus d'action.

Les autres particularités que j'aurai à signaler, trouveront leur place avec l'histoire des insectes qui y auront donné lieu*.

---

* Les lignes qui précèdent étaient écrites quand j'ai reçu de M. Villemot une brochure intitulée : *De la destruction des Insectes nuisibles ou résumé historique des propriétés du Pyrèthre du Caucase*, etc. 32 pages in-8°, Paris 1859.

J'extrais de ce travail intéressant, au double point de vue de la botanique et de l'entomologie appliquée, les passages suivants qui se rapportent plus particulièrement au sujet que je traite en ce moment :

« Il serait trop long d'énumérer ici les plantes pulvérisées dont on s'est servi pour la destruction des insectes et dont on se sert encore actuellement dans certains pays. Nous nous contenterons de citer celles que nous avons étudiées.

» La passerage à feuilles étroites (*Lepidium ruderale*, L.—*Thlaspi ruderale*, Desf.), qu'on trouve quelquefois dans les lieux incultes et les décombres des

Enfin, aujourd'hui, pas plus que l'an dernier, je ne suis en mesure de présenter une explication raisonnable sur le mode d'action de cette poudre insecticide. Mon honorable collègue en entomologie, M. Girard, professeur au collége Rollin, a essayé, dans les *Annales de la société entomologique*, d'expliquer l'asphyxie des insectes par cette poudre, en

environs de Paris s'emploie dans toute la Dalmatie méridionale, sous forme de poudre obtenue de toute la plante, mais presque exclusivement pour la destruction des puces.

» Dans quelques endroits de la Russie méridionale, particulièrement en Crimée, — c'est encore une plante très-commune en France, — l'aristoloche clématite (*Aristolochia clematitis*, L.), qui s'applique à la destruction spéciale des punaises.

» Enfin, certaines sciures de bois aromatiques, particulièrement celle du cèdre d'Amérique (*Cedrela odorata*, L.), circulent dans le commerce comme poudres insecticides, et d'après l'opinion même d'un savant, la plupart des produits vendus à Paris en sont composés. Souvent aussi ces produits sont falsifiés à l'aide d'autres sciures de bois. »

. . . . . . . . . . . . . . . . . . . . . . . . . . .

« La *poudre de Perse*, qui paraît être la plus répandue, est presque exclusivement composée du pyrèthre carné (*Pyrethrum carneum*, Biebers). M. le docteur Ch. Koch a rapporté de son voyage en Orient des détails fort curieux sur cette espèce précieuse, dans les contrées caucasiennes. On trouvera aussi dans le journal de la Société impériale et centrale d'horticulture de la Seine (tom. III, 1857, p. 756), l'analyse d'une Note de M. Neumann, de Breslau, sur la culture et la préparation de la poudre du *Pyrethrum carneum*. »

. . . . . . . . . . . . . . . . . . . . . . . . . . .

« Mettre le plus directement possible la poudre de pyrèthre en contact avec l'insecte nuisible, l'appliquer en quantité suffisante, telles sont les deux raisons principales de succès qu'il ne faut pas perdre de vue pendant l'opération. C'est même la partie la plus importante de tout ce qui a rapport au pyrèthre du Caucase, et qui offre quelques difficultés dont l'habitude ne tarde pas à se rendre maîtresse.

» En effet, si des personnes trop empressées à nier l'efficacité du pyrèthre du Caucase n'ont pas obtenu de réussite positive, cela ne nous surprend aucunement, car nous savons que toute innovation, de quelque valeur qu'elle soit, soulève toujours l'antagonisme plus ou moins désintéressé ; mais il est

admettant l'occlusion des trachées ou au moins des orifices de ces organes. Sans repousser cette théorie d'une manière absolue, j'y ferai cependant les objections suivantes :

1° Pourquoi les poudres inertes, de réglisse ou de farine, ou celles qui sont analogues à celles des autres pyrèthres, n'ont-elles pas la même action mécanique sur ces organes de

évident pour nous, qui savons à quoi nous en tenir, que ces personnes n'avaient pas opéré avec la patience nécessaire dans tout essai, et en suivant les règles acquises par nous pendant une longue expérience. »

. . . . . . . . . . . . . . . . . . . . . . . . . . . . . . . . . . . . . . . .

« De tous les appareils que nous avons essayés pour projeter la poudre de pyrèthre sur les végétaux attaqués d'insectes, le soufflet qui s'emploie encore pour le soufrage de la vigne nous a paru remplir les meilleures conditions.

» Avec le soufflet, on envoie à la fois une faible quantité de poudre, et par conséquent on peut éviter le plus possible la perte qui serait inévitable de toute autre manière. Il se forme alors un nuage léger ; les parcelles de poudre embrassent une étendue assez grande et viennent s'appliquer directement sur les parties soumises à l'opération. »

. . . . . . . . . . . . . . . . . . . . . . . . . . . . . . . . . . . . . . . .

« Cette opération relative à la destruction des insectes nuisibles à l'agriculture et à l'horticulture par la poudre de pyrèthre devra avoir lieu de préférence le matin, par un temps assez sec. Toutefois on ne craindra pas de projeter la poudre sur les plantes conservant encore un léger restant d'humidité dû à la rosée. De cette façon, la poudre adhérera facilement aux parties et conservera encore assez longtemps ses propriétés pour que les insectes subissent son influence destructive. Le soleil aura plus tôt absorbé cette humidité que l'air ne se sera emparé du principe de la poudre.

» On insufflera la poudre à diverses reprises. Ainsi, l'insufflation se fera d'abord sur une branche, de manière à porter une première atteinte aux insectes. Ensuite, on passera à une deuxième partie, à une troisième et ainsi de suite ; puis on reviendra une seconde fois ou plus, suivant la nature et la quantité d'insectes à détruire.

» La première opération étourdit l'insecte, la seconde l'achève ; il ne tarde pas à perdre la force qui le faisait se maintenir sur le végétal et il finit par tomber. Une fois à terre, il pourra vivre encore quelque temps, mais il sera désormais dans un état qui ne lui permettra plus de nuire. Enfin, il mourra sur le sol. »

la respiration? 2° comment se fait-il que les insectes meurent si promptement dans la poudre de pyrèthre du Caucase.; tandis qu'ils résistent, en général, si bien à l'asphyxie, dans le vide ou dans un gaz non respirable? 3° pourquoi des chenilles de *Bombyx pyri* et de *Noctua tridens* auxquelles j'ai bouché les stigmates avec une pâte formée de poudre insecticide, ont-elles vécu aussi longtemps que d'autres chenilles de ces mêmes espèces, auxquelles j'avais bouché les stigmates avec de la gomme? 4° Comment se fait-il que la poudre insecticide, relativement grossière, agisse mieux que les poudres fines des autres plantes essayées? 5° Pourquoi le tigre (*Tingis pyri*, L.) vit-il pendant longtemps dans la poudre fine de pyrèthre du Caucase, tandis qu'il meurt presque immédiatement dans celle de digitale? 6° Enfin, comment expliquer la reproduction d'*Anobium paniceum*, Fab., dans les poudres impalpables d'absinthe et de camo-mille, ou celle de la calandre du blé (*Sitophilus granarius*, Lin.), dans du blé mélangé de poudre de pyrèthre, si l'asphyxie ou plutôt l'anesthésie des punaises, des puces, etc., est produite par une action mécanique de la poudre insec-ticide sur les organes de la respiration?

A l'appui de l'opinion émise par M. Girard, je ne vois que la différence d'action, bien constatée, des poudres fines sur les poudres grossières. Selon moi, il y a lieu de rechercher une autre explication, ou tout au moins quelque chose qui la complète; car il est évident que l'on ne pourra arriver à employer judicieusement cette poudre, ou à en rechercher rationnellement une succédanée, que quand on connaitra la manière d'agir de ce nouvel agent insecticide.

En faisant paraître la première partie des *Notes pour servir à l'histoire des insectes qui vivent sur le poirier*, j'ai eu soin de réclamer l'indulgence pour ce nouvel essai d'entomologie pratique. Aujourd'hui je la réclame de nouveau, et je remercie particulièrement MM. Goureau et Ed. Perris, pour les excellents conseils et les bienveillants encouragements dont ils ont constamment soutenu mes efforts. MM. Amyot, Fridrici, Sichel et Thomas, déjà cités précédemment, et MM. V. Signoret et Bigot, de Paris ; Louis Brisout de Barneville, de Saint-Germain-en-Laye ; Belhomme et le docteur Haro, de Metz, m'ayant fourni de précieux documents et ayant bien voulu m'aider dans mes recherches, ont également droit à ma reconnaissance.

Metz, le 1er décembre 1859.

J.-B. GÉHIN.

# DEUXIÈME PARTIE.

## LISTE des espèces d'**Orthoptères** qui vivent sur le Poirier.

*FORFICULIENS.*   Forficula auricularia (Lin.). La larve, la nymphe et l'insecte mangent les jeunes bourgeons et entament les fruits. Assez nuisibles.

*LOCUSTIENS.*   Locusta viridissima (L.).

Decticus verrucivorus (L.).

Les larves, les nymphes et les insectes mangent les feuilles. Très-peu nuisibles.

*GRYLLIENS.*   Gryllotalpa Vulgaris. (Latr.) La larve, la nymphe et l'insecte coupent les racines. Très-nuisibles dans les pépinières.

### XXXII. FORFICULA (Linné)*.

Audinet-Serville; *Orthoptères des suites à Buffon*, page 35.

Corps allongé; deuxième et troisième plaque dorsale ayant un tubercule latéral; antennes composées de 10 à 14 articles distincts; palpes filiformes, les maxillaires de 5 articles, les labiaux de 3; yeux petits, peu saillants; corselet carré; tarses de trois articles, le premier et le troisième allongés, celui du milieu plus ou moins dilaté; abdomen termine par deux appendices en forme de pince. Quand

* Synonymie : Chelidoura (Latr.).

l'insecte est développé, les élytres ne se recouvrent pas l'une l'autre, mais sont simplement rapprochées le long de la suture ; les ailes sont longues, au moins de la longueur du corps, pliées en éventails dans le sens longitudinal et deux fois sur elles-mêmes en forme d'N, de manière à pouvoir se loger plus ou moins complétement sous les élytres ; celles-ci laissent toujours à découvert la première partie de l'aile qui a une consistance coriace et qui, par sa position, semble former le prolongement des véritables élytres ; chez ces insectes la partie membraneuse de l'aile se trouve ainsi protégée par deux couvertures.

Les Forficules, vulgairement nommées Perce-Oreilles, sont des insectes bien connus de tout le monde. Leur forme rappelle celle des Brachélytres de l'ordre des Coléoptères ; et, comme eux, ils relèvent l'extrémité de l'abdomen, quand on les inquiète. Leur métamorphose est incomplète, c'est-à-dire que, à l'exception des ailes et des élytres, les jeunes sont, au sortir de l'œuf, presque semblables à leurs parents. Ce n'est qu'après avoir changé de peau trois ou quatre fois que ces larves passent à l'état de nymphe, c'est-à-dire, que les ailes commencent à se montrer ; alors les anneaux du thorax prennent plus de développement ; les antennes acquièrent quelques articles de plus, enfin, après une dernière mue, parait seulement l'insecte parfait, apte dès-lors à reproduire son espèce. Les deux sexes sont assez semblables, cependant, chez les mâles, les pinces sont plus fortes, plus arquées et munies d'épines plus saillantes. Les Forficules sont polyphages, elles préfèrent les matières sucrées, les fruits mûrs, etc. Elles sont nocturnes, et pendant le jour, elles se tiennent cachées sous les pierres, sous les écorces, dans les fentes des murailles, etc. On en connait une vingtaine d'espèces d'Europe, d'Orient, du Sénégal et d'Amérique, dans le département de la Moselle on en trouve deux espèces dont une seule doit fixer notre attention, c'est la :

### 52. FORFICULA AURICULARIA (Linné).

Audinet-Serville; *Orthoptères; suites à Buffon*, page 26.

Synonymie : *Forficule;* — *Perce-oreille;* — *Fourchette; Ohrwurm* des allemands ; — *Le grand Perce-oreille*, Geoffroy*.

De 12 à 15 millimètres de longueur, non compris la pince qui varie de cinq à sept millimètres. Corps d'un brun de poix plus ou moins foncé selon le temps qui s'est écoulé depuis la dernière mue ; corselet plus clair sur les bords, antennes et pattes testacées plus ou moins clair ; élytres bordées de testacé pâle ; extrémité visible des ailes de couleur testacée et formant une sorte de tache à l'extrémité des élytres ; antennes de 13 à 14 articles granuleux ; pinces brunes à l'extrémité, moins foncées à la base, à branches presque droites et mutiques chez les femelles, dilatées à l'origine et fortement arquées chez les mâles. L'un et l'autre sexe dégagent une odeur particulière désagréable et très-forte, quand ils sont aglomérés en colonies.

La Forficule est répandue dans toute l'Europe, elle est très-commune dans le département de la Moselle. Cet insecte vit en société, vole très-bien et fuit la lumière. Pendant le jour il se tient caché sous les pierres, sous les écorces, dans l'aisselle des feuilles, sous la mousse, dans le calice des fleurs, dans la tige de quelques plantes fistuleuses, entre les tuteurs et les arbres, souvent aussi, en plein soleil, sur les fleurs d'ombellifères. Les fruits sucrés sont plus particulièrement de leur goût, aussi la trouve-t-on le plus souvent sur les poires mûres, les abricots, les pêches et même les prunes, dans les cavités de ces fruits entamés par les guêpes. Ces orthoptères ne bornent pas là le

---

* M. Fischer de Fribourg *(Orthoptera Europearum)* a figuré cet insecte pl. VI, fig. 11 et 11a à 11z, ; la larve et la nymphe, pl. VI, fig. 11r —11z.

dommage qu'ils nous causent, car avant la maturité des fruits, on trouve souvent ces insectes, leurs larves ou leurs nymphes occupés à manger les jeunes boutons à fruits dont la sève sucrée remplace la pulpe du drupe qui doit plus tard former la nourriture presqu'exclusive de l'insecte parfait. Ce sont plus particulièrement les boutons des pêchers et les jeunes pousses des œillets qui ont à souffrir de leur voracité, et cela au point de compromettre souvent la fructification des uns et la floraison des autres.

Quand on touche ou que l'on dérange les Forficules, elles relèvent la partie postérieure de l'abdomen en écartant les branches de la pince terminale et prennent ainsi un air redoutable qui en impose aux enfants, mais qui n'a rien de sérieux, pas plus du reste que la crainte généralement répandue de les voir s'introduire dans la conque de l'oreille, où, comme dans toute autre cavité à l'abri de la lumière, elles peuvent chercher à se réfugier mais où elles ne sauraient vivre à cause de la partie grasse du cérumen qui ne tarderait pas à les asphyxier ; on sait d'ailleurs que la membrane du tympan s'oppose à leur pénétration plus avant.

Quand l'été a été chaud et favorable, les Forficules atteignent vite leur entier développement et, en septembre ou en octobre, on peut en observer l'accouplement ; celui-ci a lieu, comme chez les papillons, bout à bout, les pinces de la femelle entre celles du mâle et les branches des pinces de l'un des sexes appliquées contre l'abdomen de l'autre. La ponte se fait toujours au printemps suivant, dès le commencement d'avril. Les œufs sont blancs, lisses et allongés (de un à deux millimètres de longueur); on les trouve sous les pierres, sous les écorces, etc., aglomérés en paquets de dix, vingt ou trente. La femelle ne quitte pas ses œufs, ce qui a fait dire qu'elle les couvait, opération qui ne saurait avoir lieu que par un développement de température bien difficile à comprendre chez les animaux respirant par des trachées! Je crois tout simplement que la femelle garde ses œufs contre la voracité des autres insectes ou même celle de ses

2

congénères, ainsi qu'elle le fait encore pour les petits qui, dans les premiers jours qui suivent leur naissance, se réfugient autour d'elle au moindre danger. On a dit aussi que la femelle transportait ses œufs quand elle était inquiétée, je n'ai pu vérifier ce fait, qui, fût-il vrai, ne prouverait rien en faveur de la prétendue incubation.

Dans le courant du mois de mai, cinq ou six semaines après la ponte, les jeunes sortent de l'œuf, mais tellement gros et allongés que l'on a de la peine à concevoir comment ils ont pu être contenus dans une si petite enveloppe. Ces jeunes sont presque blancs, et on n'aperçoit que la place des yeux qui soit un peu plus colorée; au bout de quinze jours, au commencement de juin, ils ont déjà quatre millim. de longueur (non compris les pinces); ils sont d'un testacé pâle avec les yeux et une grande partie des mandibules noirâtres. A cet âge les jeunes Forficules ne se sont pas encore beaucoup éloignées de leur mère; ce n'est que vers la fin de juin (probablement après avoir subi une première mue), que l'on commence à les rencontrer voyageant isolément à la recherche de leur nourriture et que l'on ne trouve plus de vieilles mères dans les colonies de cet insecte. Leur taille est d'environ cinq millimètres, non compris la pince, celle-ci est droite; les antennes n'ont que huit articles et la couleur générale de tout le corps est d'un brun clair uniforme. Les mouvements des jeunes Forficules sont assez lents et leurs téguments ont peu de consistance.

Bien que les Forficules soient très-communes, on ne sait pas encore combien elles subissent de mues avant d'arriver à l'état de nymphe. Celle-ci diffère de la larve par la présence des rudiments des ailes et des élytres, le nombre des articles des antennes qui est déjà de onze ou de douze et enfin par sa couleur plus foncée et ses pattes pâles annulées de couleur obscure chez le plus grand nombre des individus.

L'instinct social que nous venons de remarquer chez les jeunes Forficules, persiste malgré la disparution de la mère; pendant tout le reste de l'année on les trouve vivant en colonies plus ou moins nombreuses et dans lesquelles on rencontre souvent des débris d'insectes (chenilles et cocons du *Bombyx dispar ;* élytres de hannetons, etc.), qui attestent que ces insectes sont polyphages et que ce n'est pas toujours aux dépens de nos fruits qu'ils parviennent à se nourrir. Selon Degéer, les Forficules mangeraient même les individus morts de leur propre espèce.

Quoique les Forficules préfèrent les matières sucrées, ce n'est pas en attaquant nos fruits mûrs qu'elles nous causent le plus de mal, mais bien en mangeant ou en entamant les bourgeons alors que gonflés de sève, ils préparent la récolte de l'année suivante. Il est donc indispensable, pour les horticulteurs, de leur faire une guerre incessante, surtout pendant l'été. Malheureusement nous ne connaissons encore aucun moyen pratique pour empêcher leur multiplication, ce n'est qu'isolément qu'on peut en détruire les individus. Pour atteindre ce but on a proposé une foule de procédés plus ou moins ingénieux, parmi lesquels je recommanderai les suivants :

On fait, avec des brindilles, des tiges vides de roseau, de sureau ou de topinambour, de petites bottes que l'on suspend à proximité des arbres que l'on veut protéger, les Forficules s'y réfugient pendant le jour, on peut alors les atteindre et en détruire un grand nombre en secouant ces piéges de refuge au-dessus du feu ou d'un baquet d'eau*. Lors de la maturité des fruits on leur tend des piéges avec de petits cornets de papier, dans l'intérieur desquels elles se réfugient et dont on peut les extraire pour les détruire. Dans les environs de Longwy, où ces insectes sont extrêmement abondants, on recouvre l'extrémité des tuteurs avec un morceau de vase de verre ou de terre cassé, sous lequel les Forficules vont s'abriter et d'où il est facile de les faire tomber pour les écraser.

---

* Plusieurs auteurs conseillent d'employer les brindilles que procure la taille des arbres pour former ces piéges ; mais je crois que dans aucun cas, on ne doit laisser ces brindilles dans le voisinage des arbres, et qu'il vaut toujours mieux les détruire et, avec elles, les œufs et larves qu'elles recèlent souvent.

Au mois d'octobre 1859, j'ai trouvé une larve de Forficule d'environ dix millimètres de longueur, de couleur assez foncée et ayant la tête presque noire ; les anneaux des pattes avaient disparus ; les antennes avaient 11 articles. Cette larve provenait-elle d'une ponte faite en juillet, ou d'œufs pondus plus tôt, mais qui auraient été retardés dans leur éclosion ? ou la larve elle-même avait-elle subi un retard exceptionnel ? c'est ce que je ne saurais dire, mais c'est ce qui peut faire penser que dans certaines années il y a plusieurs générations.

### XXXIII. LOCUSTA (Fabricius)[*].

Audinet-Serville ; *Orthoptères; suites à Buffon*, page 527.

Tête verticale avec un tubercule sur le front ; antennes sétacées, très-longues et très-minces, le premier article assez gros ; prothorax rétréci en avant, caréné latéralement ; pattes longues et fortes, les jambes des deux premières paires fortement épineuses ; les jambes postérieures propres au saut, garnies au-dessus de dents fines et serrées ; tarses de quatre articles ; mandibules fortes ; palpes maxillaires plus longues que les labiaux ; élytres plus longues que l'abdomen ; ailes de la même longueur ; abdomen terminé dans les deux sexes par deux appendices gros et courts ; la femelle ayant une tarière ou oviscapte, long, presque droit, élargi à la base et pointu au bout.

Les sauterelles sont aussi des insectes très-connus de tout le monde ; chez ces orthoptères, les quatre pattes antérieures sont proportionnellement assez courtes, tandis que les deux postérieures sont fort allongées, cette disposition, très-favorable pour le saut, rend la marche difficile chez ces insectes. Les ailes sont disposées en toit pendant le repos ; le vol est lourd et peu

[*] Synonymie : GRYLLUS (Linné) ; — CONOCEPHALUS (Thunberg) ; — HEXACENTRUS (Aud. Serv.) ; — SAUTERELLE.

soutenu. L'espèce de sabre qui termine l'abdomen des femelles est composé de deux lames allant en se rétrécissant et entre lesquelles s'écoulent les œufs au moment de la ponte. Lorsque celle-ci doit avoir lieu, la femelle choisit une terre légère et meuble, y introduit son oviscapte, et, en écartant les valves de celui-ci, laisse tomber les œufs dans le fond du trou.

Les élytres des mâles sont pourvues à leur base d'une membrane transparente, semblable à un petit morceau de talc, entouré d'une nervure forte et saillante, de sorte que l'insecte mettant cette membrane en vibration, en frottant les élytres l'une contre l'autre, fait entendre ce chant monotone, bien connu dans nos contrées, où on la prend pour celui des cigales du midi de la France. Les sons ainsi produits varient en intensité selon les espèces ; ils sont en général très-aigus, se font entendre de loin, mais cessent aussitôt que l'animal est inquiété par le moindre bruit.

Selon M. Brullé, les sauterelles changent quatre fois de peau avant d'arriver à l'état parfait, d'autres naturalistes disent cinq fois ; selon le même auteur, depuis la sortie de l'œuf jusqu'à la seconde mue, les deux sexes sont entièrement semblables, l'oviscapte des femelles ne se montrant qu'après le deuxième changement de peau. Les sauterelles sont phytophages, mais les dégâts qu'elles peuvent occasionner sont toujours assez limités à cause du nombre restreint des individus.

Le genre Locusta, circonscrit comme il l'est aujourd'hui, ne renferme plus que quatre espèces dont deux habitent la France, une la Nouvelle-Hollande et l'autre les Indes orientales.

### 53. LOCUSTA VIRIDISSIMA (Fabr.).

Audinet-Serville ; *Orthoptères* ; *suites à Buffon*, page 529.

Synonymie : *Gryllus viridissimus* (Linné) ; — *Conocephalus viridissimus* (Thumb.) ; — *la Sauterelle à coutelas*, de Geoffroy ; — *la Grande Sauterelle* ; — *Sauterelle verte*.

Longueur du corps de 25 à 35 millimètres, entièrement

vert plus ou moins foncé ; le corselet a souvent une tache brunâtre plus ou moins apparente au milieu, les élytres ont aussi quelquefois une étroite bordure de cette couleur au côté interne ; antennes vertes à la base, jaunes à l'extrémité ; ailes presqu'incolores, transparentes, de la longueur des élytres ; celles-ci longues, dépassant de moitié l'extrémité du corps ; abdomen vert avec le dos et les côtés souvent teints de ferrugineux ; organes stridulants du mâle, grands, celui de gauche inégal, un peu ferrugineux, opaque, celui de droite arrondi, transparent et irisé ; tarière de la femelle, droite et presque aussi longue que le corps de l'animal.

La sauterelle verte est assez commune dans le département de la Moselle, où on la désigne improprement sous le nom de cigale, erreur fort ancienne du reste, car c'est de cet insecte que le poète Lafontaine a parlé dans sa fable, de la Cigale et de la Fourmi.

C'est dans les prairies qu'on la rencontre le plus souvent ; et, bien qu'elle ne dédaigne pas le feuillage des arbres, et surtout celui des jeunes arbustes, on ne saurait la considérer comme très-nuisible à l'arbre dont j'ai entrepris de faire l'histoire entomologique. Mais la sauterelle verte étant indiquée par plusieurs auteurs comme nuisible au poirier et aux arbres fruitiers en général, je dois la faire figurer dans mon travail.

C'est en août, ou en septembre, que les sauterelles sont parvenues à l'état adulte et que, pendant les belles journées, on entend striduler le mâle pour attirer la femelle. Pendant le jour, il se tient de préférence sur les arbres et les haies, le matin et le soir, dans l'herbe ou dans les champs d'avoine. L'accouplement terminé, le mâle disparaît. La ponte a ordinairement lieu en août ou en septembre, selon que l'année a été plus ou moins favorable, et que, par conséquent les jeunes se sont développés plus ou moins rapidement. Quoiqu'il en soit, cette opération se fait comme je l'ai dit précédemment, et la femelle, après avoir remué la surface du sol pour reboucher le trou formé par l'oviscapte, abandonne ses œufs qui ne devront éclore qu'au printemps suivant. Dans les premiers beaux jours d'avril et de mai, les petits sortent de l'œuf; ils sont alors blanchâtres et acquièrent rapidement assez de volume, subissent deux ou trois mues en mai et en juin, puis, à la fin de ce dernier mois, ils présentent le commencement des ailes et des élytres, et passent ainsi à l'état de nymphe.

Un insecte comme la sauterelle, dont les œufs sont cachés dans la terre et dont les larves ou les nymphes ne se montrent qu'isolément, est assez difficile à atteindre; aussi suis-je forcé d'avouer que je n'ai aucun moyen pratique à indiquer pour le détruire, fort heureusement, ainsi que je l'ai déjà dit, le nombre des individus de cette espèce est assez restreint.

J'ajouterai en terminant, qu'il ne faut pas confondre, comme on le fait ordinairement, les sauterelles du genre Locuste avec les Criquets ou sauterelles voyageuses dont l'invasion, dans une contrée, est un véritable fléau. Les premières ont les antennes très-longues, composées d'un grand nombre d'articles, très-fragiles, tandis que les Criquets en diffèrent par des antennes très-courtes, par l'absence de tarière chez les femelles et de miroirs stridulants chez les mâles.

### XXXIV. DECTICUS (Audinet-Serville)[*].

Aud.-Serville; *Orthoptères*; *suites à Buffon*, page 482.

Tête grosse, large, mutique; palpes grêles, les maxillaires du double plus longs que les labiaux; mandibules très-fortes; antennes très-longues, écartées l'une de l'autre à leur insertion laquelle a lieu dans une petite cavité; yeux grands, peu saillants; corselet caréné latéralement; élytres étroites, dépassant à peine les ailes; abdomen gros et court; oviscapte de la femelle recourbé en dessus; pattes longues, les postérieures surtout; tarses allongés, de quatre articles.

[*] Synonymie : GRYLLUS (Linnée); LOCUSTA (Fabr.); SAUTERELLE.

Les Dectiques diffèrent peu des sauterelles auxquelles nous aurions pu fort bien les réunir, si nous n'étions fermement résolu à nous conformer, comme précédemment, à la nomenclature de l'auteur le plus compétent, sur la famille à laquelle appartiennent les insectes dont nous aurons à écrire l'histoire. On peut appliquer à ces insectes ce que nous avons dit des mœurs et des habitudes des espèces du genre *Locuste*. J'ajouterai seulement que les Dectiques ont, en général, des couleurs grises, et que presque toutes les espèces connues appartiennent à la faune française; deux ou trois se trouvent dans notre département mais une seule doit nous occuper, c'est le :

### 54. DECTICUS VERRUCIVORUS (Linné).

Audinet-Serville; *Orthoptères; suites à Buffon*, page 484.

Synonymie : *Gryllus verrucivorus* (Linné); — *Locusta verrucivora* (F.); — *la Sauterelle à sabre* (Geoffroy).

Long de 3 à 4 centimètres; varie pour la couleur, du vert au brun clair; tête lisse, luisante; antennes longues, le premier article rosé, une douzaine des suivants verdâtres, le reste brunâtre (après la mort de l'insecte les antennes deviennent entièrement de cette dernière couleur); corselet très-fortement caréné, rose sur les côtés et vert en dessus; élytres opaques, vertes ou brunâtres, avec le bord interne ferrugineux et deux ou trois rangées de taches carrées et noirâtres, les élytres sont étroites, dépassent plus ou moins le corps et sont arrondies à l'extrémité; ailes incolores, transparentes, ne dépassant pas les élytres et ayant souvent à la base une tache sulfureuse; abdomen brun avec des taches plus foncées et disposées sans ordre; tarière de la femelle, souvent aussi longue que le corps, fortement recourbée en dessus à l'extrémité, rosée à la base, brune au bout; pattes de la couleur du corps.

Cette espèce est aussi commune que la précédente; les femelles sont plus grandes que les mâles; on les trouve en septembre ayant atteint tout leur développement; les organes stridulateurs du mâle sont très-développés.

Les observations faites à propos des dégâts causés par la sauterelle verte, sont également applicables à ceux qui sont produits par la sauterelle à sabre. Je compléterai ce que j'ai à en dire par la citation suivante que j'emprunte à l'ouvrage d'Audinet-Serville:

« Les mandibules de cette espèce ont une telle force qu'elles entament la peau jusqu'au sang. Dans le nord de l'Europe, les paysans saisissent exprès cet insecte pour lui faire mordre les verrues qu'ils ont souvent sur les mains; ils pensent que la liqueur âcre et brune que ce dectique répand en même temps dans la plaie, fait sécher et disparaître les verrues. C'est pourquoi ils lui ont donné le nom de *Wart-bit*, qui veut dire : Ronge-verrue. »

### XXXV. GRYLLOTALPA (Latreille)[*].

Audinet-Serville; *Orthoptères; suites à Buffon*, page 300.

Corps allongé ; tête petite, avancée ; yeux saillants, ayant en outre deux ocelles ou yeux lisses placés obliquement sur le front; mandibules fortes ; palpes maxillaires très-allongées, les labiaux fort courts ; antennes assez longues, sétacées, peu écartées à la base ; prothorax grand et ressemblant à la carapace des écrevisses ; élytres courtes ; ailes longues, pliées en éventail en forme de filet et, dans le repos, dépassant de beaucoup les élytres ; abdomen grand, ayant les appendices terminaux non articulés ; pattes antérieures propres à fouir; hanches très-larges, cuisses courtes et fortes, jambes larges, courtes, imitant une sorte de main, terminées par des dents

---

[*] Synonymie : GRYLLUS (Linné); — ACHETA (Fabr.); — COURTILIÈRE.

fortes, fixes et acérées; pattes intermédiaires rapprochées à leur insertion comme les précédentes, cuisses fortes; pattes postérieures plus longues, fortes, mais impropres au saut; tarses de trois articles, ceux des pattes antérieures se logeant dans une rainure de la jambe; tarière de la femelle rétractile et non apparente; les filets abdominaux épais et courts.

Les Courtilières sont assez peu nombreuses en espèces, mais les individus sont très-abondants. On trouve des représentants de ce genre dans toutes les parties du monde, mais on ne sait rien des mœurs de celles qui sont étrangères à l'Europe. Ce qu'il y a de remarquable, c'est que presque toutes ont des couleurs analogues et que les espèces exotiques sont plus petites que celles de notre pays, tandis que, dans la classe des insectes, c'est ordinairement le contraire qui a lieu.

### 55. GRYLLOTALPA VULGARIS (Latreille).

Audinet-Serville; *Orthoptères; suites à Buffon*, page 306.

Synonymie : *Gryllus gryllo talpa* (Linné); — *Acheta gryllo talpa* (Fabr.); — *Courtilière* (Geoffroy); — *Taupe-Grillon*; — *Wœrre*; — *Werle*; — *Erd Krebs*; — *Erd Wolf*; — *Riehmaus*; — *Reil Krœte*, etc., des allemands.

Longueur du corps de quatre a cinq centimètres; d'un brun roussâtre plus ou moins foncé et velouté en dessus, plus clair et plus pubescent en dessous. Elytres recouvrant à peine la moitié de l'abdomen, à nervures fortement accentuées et d'un brun foncé; ailes pliées en lanières et dépassant l'abdomen de cinq à dix millimètres. Pattes d'un fauve ferrugineux, pubescentes, les dents des jambes et des tarses, grandes, aiguës et noires à l'extrémité.

La Courtilière est connue depuis la plus haute antiquité; elle a fixé l'attention des agriculteurs, dans toute les contrées de l'Europe, à cause des dommages qu'elle cause souvent dans les cultures, et celle des naturalistes, en raison de sa singulière organisation. C'est également en considération de celle-ci, et de celle de ses mœurs particulières, qu'elle a reçu des noms si nombreux dans les différentes parties de l'Allemagne. Ces insectes sont nocturnes, vivent presque constamment sous la terre, dans laquelle ils creusent une galerie verticale de 20 à 40 centimètres de profondeur, de dix à quinze millim. de diamètre, autour de celle-ci s'étendent des galeries horizontales secondaires. Bien que les ailes membraneuses soient assez développées, l'insecte en fait rarement usage. C'est ordinairement le soir, et au moment de l'accouplement, qu'on les voit voler, mais leur vol est lourd, peu élevé et de peu d'étendue ; quand ils se posent, ils se mettent aussitôt à fouir la terre, et, en quelques minutes, on ne trouve de leur trace qu'une petite motte de terre semblable à celle que forment les taupes mais qui n'a que un à deux centimètres d'élévation.

C'est pendant les soirées ou les nuits chaudes de juin ou de juillet que se fait l'accouplement. Les élytres du mâle n'ont pas de miroirs comme celles des sauterelles, mais elles produisent cependant une stridulation qui sert à appeler la femelle. Celle-ci une fois fécondée se retire et va travailler à la construction d'une galerie spéciale dans laquelle elle doit opérer sa ponte. Cette nouvelle galerie, qui porte également le nom de nid, prend naissance à la galerie verticale qui sert d'introduction. Elle se dirige latéralement, s'élargit considérablement à la distance de 6 à 8 centimètres, puis se continue circulairement pour rejoindre la galerie principale ou l'une des galeries horizontales secondaires.

Pendant ce travail, le ventre de la femelle augmente de volume et bientôt, en juillet le plus ordinairement, elle dépose dans la chambre qu'elle a construite, et dont le diamètre varie de 5 à 15 cent., des œufs verdâtres, gros comme des grains de millet et dont le nombre, toujours assez grand, s'élève parfois à 250 ou 300. Quelquefois cependant on trouve des nids dans lesquels il n'y a que huit ou dix œufs. Ces œufs sont elliptiques, d'un vert sale, lisses, difficiles à écraser, remplis d'abord d'un liquide huileux et jaunâtre. Si la température du sol est favorable, ils ne tardent pas à éclore, les jeunes paraissent au bout de dix ou douze jours; quelquefois cependant ce n'est qu'après vingt-cinq ou trente jours; le terme moyen ordinaire est de deux semaines. Selon Rœsel, la ponte dure de douze à vingt-quatre heures; mais on comprend que la longueur de cette opération soit subordonnée à une foule de circonstances qui doivent la faire varier considérablement, et dont la principale est celle qui concerne le nombre des œufs. Cette observation est d'ailleurs de peu d'importance, mais ce qu'il est bon de signaler, c'est que la femelle ne quitte pas ses œufs une fois qu'ils sont pondus, ou tout au moins ne s'en éloigne guère. Ces œufs sont disséminés sans ordre dans toute l'étendue du nid, et s'ils étaient réunis, on n'aurait pas manqué bien certainement de dire, ainsi qu'on l'a fait pour la Forficule, que la Courtilière couvait ses œufs. Il est évident ici que la femelle garde le produit de sa ponte, non-seulement contre la voracité des autres insectes, mais aussi contre celle des individus de sa propre espèce.

Les petits, nouvellement éclos, ont de 4 à 5 millimètres de longueur, ils sont d'un brun clair avec le dessus du corps tacheté de couleur un peu plus foncée. La tête est proportionnellement plus grosse. Ces jeunes larves commencent à se nourrir des radicelles qui sont à leur portée, ou, comme les jeunes larves de hanneton, elles absorbent l'humus; et, toujours sous la protection de leur mère, elles ne tardent pas à creuser des galeries dans tous les sens. Ces faibles ressources mises à la disposition de deux ou trois cents jeunes larves, expliquent comment il en meurt un si grand nombre. Leurs dépouilles, après la mort, servent à la nourriture de leur mère, et peut-être aussi à celle de leur frère, c'est ce qui a fait croire à Bouché et à d'autres, que les femelles mangeaient quelquefois leurs petits. Toujours est-il que j'ai entendu répéter souvent par des jardiniers, connaissant très-bien les habitudes de la Courtilière, que sur un nombre considérable d'œufs ou de jeunes larves, quelques-uns seulement arrivaient à l'état d'insecte parfait. Cette observation est d'ailleurs parfaitement conforme à la loi d'harmonie générale, laquelle loi veut que la fécondité d'une espèce soit en rapport avec les causes de destruction auxquelles cette même espèce se trouve exposée dans les diverses phases de son existence.

Au bout de quinze jours, les galeries creusées par les jeunes larves ont déjà de 10 à 15 cent. de longueur, et, au bout d'un mois, de 20 à 25 centimètres; alors les larves ont environ un centimètre de longueur, changent de peau pour la première fois et acquièrent une couleur un peu plus foncée en même temps que les taches disparaissent. C'est à cette époque (fin d'août ou commencement de septembre) que l'on commence à s'apercevoir, à la surface du sol, de la présence de ces insectes, dans les prairies ou dans les luzernières, par la teinte jaunâtre des plantes dont les racines ont été attaquées. Ces plaques jaunâtres ont souvent de trois à quatre décimètres carrés. Dans les pépinières on ne s'aperçoit du dégât que beaucoup plus tard, et alors souvent qu'il n'est plus temps d'y porter remède.

Dans le courant de septembre, les jeunes ont environ 15 mill. de longueur, muent pour la deuxième fois, croissent rapidement jusqu'en octobre ou le commencement de novembre époque à laquelle ils changent de peau pour la troisième fois; alors ils ont de vingt-cinq à trente millimètres et sont de couleur brun clair.

Aux premiers froids, les Courtilières s'enfoncent plus ou moins profondément dans le sol, selon la nature de celui-ci, son état hygrométrique, l'état extérieur de la température, etc. Pendant tout l'hiver, ces larves prennent peu ou point de nourriture, aussi, au printemps, les retrouve-t-on à peu près dans le même état qu'à l'automne, les plus grands n'ayant guère plus de 3 cent. de longueur. Dans le courant d'avril ou au commencement de mai, ont lieu la quatrième mue et le passage à l'état de nymphe; enfin dans le courant de juin, a lieu, après une dernière mue, le développement complet de l'insecte. Après chaque changement de peau le nouvel insecte est de couleur testacée plus ou moins claire, mais cette teinte ne tarde pas à se foncer; et, dans les 12 ou 24 heures qui suivent, elle a acquis les couleurs que nous avons indiquées ; en même temps, les téguments du corps se raffermissent et prennent la consistance nécessaire pour creuser des galeries dans un sol souvent très-compacte ou endurci par la sécheresse.

En donnant les caractères du genre Courtilière, j'ai dit que la jambe des pattes antérieures est courte, large, aplatie en forme de main et très-fortement dentée. Si maintenant j'ajoute que le tarse vient se loger dans une petite rainure placée à la partie externe de cette jambe, et que les deux premiers articles de ce tarse sont en outre armés chacun d'une forte dent, on comprendra facilement qu'il résulte de cette disposition que le tarse et la jambe se meuvent l'un sur l'autre comme le font deux branches de ciseaux dont les deux lames seraient dentées en scie. Les jambes antérieures de la Courtilière lui servent donc non-seulement à creuser ses galeries, mais encore à couper les racines qui s'opposent à son passage. Avant d'entrer dans quelques détails sur les habitudes de ces animaux, il était indispensable de revenir sur ce mécanisme qui permet de comprendre facilement la nature des dégâts causés par les Courtilières.

La Courtilière se rencontre dans les bois, dans les prés, dans les champs et dans les jardins. Tous les terrains semblent lui convenir, même les terres sablonneuses, et les tourbières pendant les grandes sécheresses. Cependant elles préfèrent les terrains secs, meubles et exposés au midi. On la trouve dans toutes les contrées méridionales et tempérées de l'Europe. Dans la Moselle, elle paraît assez rare dans les environs de Bitche et dans le pays haut, tandis qu'au Sablon, près de Metz, elle y est toujours très-abondante, surtout dans les jardins les plus rapprochés de la Seille. Dans les vignes de Queuleu (rive droite de la Seille), elle y est aussi très-commune, mais comme la vigne a des racines très-longues et très-fortes, la Courtilière ne saurait lui nuire beaucoup, tandis qu'au contraire elle nuit aux autres plantes parasites qui croissent dans les vignobles.

La Courtilière est un animal nocturne, très-craintif et qui ne peut en aucune façon légitimer le nom impropre de scorpion qu'on lui donne dans notre département. J'ai dans ma collection un insecte de ce genre pris en 1854, dans la rue du Pontiffroy, où il avait donné lieu à un véritable rassemblement, dans lequel on discutait sérieusement de quels malheurs la présence d'un tel monstre était le précurseur! Cet insecte court assez vite, nage parfaitement, et, quand on le touche, il jette par l'anus un liquide noirâtre; c'est là sa seule arme défensive. Ainsi que je l'ai déjà dit, le mâle est pourvu d'organes de stridulation, c'est surtout le matin et le soir au coucher du soleil, qu'il fait entendre un bruit analogue à celui du grillon mais moins aigu et plus souvent interrompu.

Comme beaucoup d'Orthoptères, cet insecte est à la fois carnassier et phytophage, et ce n'est pas par son alimentation qu'il est le plus nuisible. Les nombreuses galeries qu'il creuse et pour l'établissement desquelles il est obligé de couper tous les obstacles que lui présentent les racines et les radicelles des végétaux, sont la cause principale de tous les dommages qu'il nous fait subir. En ce qui concerne le poirier, on comprend que pour des arbres d'une certaine importance, on puisse le considérer comme presque complétement inoffensif, mais il est loin d'en être ainsi dans les pépinières où l'on élève ces arbres, et c'est à ce point de vue que je me suis placé en entrant dans d'aussi longs détails au sujet de cet insecte.

Une terre trop sèche lui est nuisible ainsi qu'un sol trop humide dans lequel ses œufs s'y altèrent en quelques jours. Les porcs sont très-friands de cet insecte et on a tort de dire que ce genre d'aliment les fasse périr.

Les taupes, la salamandre terrestre et les carabes en détruisent un bon nombre à l'état de larves ou de nymphes. Il paraît que la fumure des terres leur est favorable, probablement en raison de l'aliment azoté et liquide qu'elle fournit aux jeunes larves. Un sol trop enchevetré de racines les fatigue et les force à émigrer, aussi conseille-t-on de semer dru dans le terrain où elles sont abondantes.

Comme pour le hanneton, on a conseillé pour la détruire, un grand nombre de procédés, la lessive, l'eau de savon ou l'huile versées dans ses galeries, sont de bons moyens, mais un peu longs et impossibles à pratiquer en grand. Les arrosages à l'eau de chaux mélangée de fleur de soufre et de cendre, ou ceux qui sont faits avec de l'eau acide ou mélangée d'essence de térébenthine, ou d'huile de pétrole, etc., ne sont efficaces qu'à des doses qui deviennent préjudiciables aux plantes que l'on veut protéger. L'usage du phosphore, du fumier de porc, du poisson mort, etc., ne semble pas non plus être très-efficace. L'emploi des pots de terre placés à fleur du sol, et dans lesquels on met de l'eau, recouverte d'une couche d'huile, réussit parfaitement pendant les moins de juin et de juillet, époque à laquelle les Courtilières adultes sortent de leur galerie pendant la nuit ; en cherchant à s'accoupler, ou en chassant les petits insectes dont elles se nourrissent, elles tombent dans ces piéges et y sont rapidement asphyxiées. Mais de tous les moyens proposés, le plus rationnel est celui qui consiste à rechercher leurs nids au moment de la ponte ou pendant le jeune âge des taupes-grillons, et à en détruire le contenu, en écrasant les jeunes ou en exposant les œufs au soleil qui les dessèche. La couleur jaunâtre que prennent les plantes dont cet insecte a coupé les racines, l'existence des trous verticaux par lesquels il se rend de la surface du sol dans l'intérieur des galeries, la présence des petites mottes de terre, dont nous avons parlé, sont autant d'indices qui suffisent aux jardiniers expérimentés, pour leur faire découvrir ces nids, qui, placés à 10 ou 20 centimètres de profondeur seulement, sont faciles à enlever avec un coup de bêche.

Avant de terminer, je ne saurais trop inviter les horticulteurs à se mettre en garde contre certains industriels qui vont colporter de prétendues recettes, pour la destruction *complète* de ces insectes. Ce sont autant de charlatans, dont tout le secret consiste ordinairement à introduire, dans les galeries, de l'eau dans laquelle ils ont fait dissoudre une substance dont le nom tenu secret forme tout le mérite. C'est le plus ordinairement du savon, du sulfate de zinc, ou du sulfure de potassium.

## Liste des Espèces de **Névroptères**, qui vivent sur le Poirier.

---

*MYRMELEONIENS.* HEMEROBIUS PERLA (Linné).

HEMEROBIUS CHRYSOPS (Linné).

Les larves de ces insectes sont très-utiles par la grande quantité de pucerons qu'elles dévorent.

### XXXVI. HEMEROBIUS (Linné)*.

Rambur; *Névroptères; suites à Buffon* (Ed. Rorel), page 423,

Corps mou, tête non prolongée en avant, mandibules fortes, dernier article des palpes maxillaires plus long que le précédent ; antennes longues, sétacées, insérées entre les yeux, composées d'un très-grand nombre d'articles courts ; ailes larges, transparentes, à réseau réticulé très-apparent, disposées en toit pendant le repos ; abdomen peu allongé ; pattes grêles, ayant aux tarses cinq articles, dont le dernier plus large ; les autres portent deux crochets écartés, ayant entre eux une petite pelotte.

Les Hémérobes sont des insectes qui ressemblent assez aux Libellules ou demoiselles, mais qui ont l'abdomen beaucoup plus court que ces dernières ; les ailes, fortement réticulées, sont transparentes ou simplement translucides, quelquefois obscures ou hyalines ; les yeux sont saillants et souvent d'une belle couleur métallique (pendant la vie de l'insecte au moins). Leur corps exhale ordinairement une odeur désagréable, que l'on a comparée avec raison, au moins pour les espèces européennes, à celle du *sulfhydrate d'ammoniaque*. Les larves des Hémérobes sont

---

* Synonymie : HÉMÉROBE ; — LION DES PUCERONS ; — FLOR-FLIEGEN. — CHRYSOPA. (Lepel.)

connues depuis longtemps, et leurs habitudes leur ont valu de
la part des Entomologistes du siècle dernier, le nom de *Lion des
Pucerons*, à cause de la guerre acharnée qu'elles font à ces
Homoptères; ceux-ci forment en effet la nourriture presque
exclusive des larves d'Hémérobes.

Les femelles d'Hémérobes, après avoir passé l'hiver sous
divers abris, se rendent dès les premiers beaux jours, pour y
pondre leurs œufs, sur les feuilles des groseillers, des poiriers,
des pommiers, du sureau, etc., où d'ordinaire, pendant l'été, on
rencontre des colonies de pucerons. Ces œufs, ordinairement en
assez petit nombre, sont posés sur les jeunes branches, sur les
feuilles, quelquefois même sur les fruits; ils sont blanchâtres,
de forme ovoïde et présentent à leur base un pédicule plus ou
moins long, de sorte que ces œufs, ainsi pédicellés, ressemblent
à de petites plantes cryptogamiques, mousses ou champignons,
en fructification et sortant de la plante sur laquelle la femelle
a pondu.

Vers la fin de mai ou dans le commencement de juin, les
jeunes larves éclosent, et se rendent au milieu des colonies
de Pucerons. En saisissant ceux-ci au moyen de leurs longues
mandibules aiguës et arquées, elles en sucent les parties molles
intérieures, et en font une très-grande consommation. Quelquefois, à défaut de Pucerons, elles attaquent les jeunes Chenilles, qu'elles détruisent avec la même avidité et de la même
manière. Ces larves, dont le corps est aminci aux deux extrémités, sont d'une grande agilité; parvenues à leur état adulte,
elles vont se mettre à l'abri sous une pierre ou dans les fentes
de l'écorce de certains arbres; là elles se filent une coque sphérique et soyeuse au moyen d'une filière placée à l'extrémité
de l'abdomen, et non sous le menton, comme cela a lieu chez
les Chenilles et les fausses Chenilles.

Les larves d'Hémérobes sont tellement voraces qu'elles s'en-
tredévorent; elles ne mettent guère que 15 à 20 jours pour
atteindre tout leur développement. La coque filée par elles a
environ cinq millim. de diamètre; quelques jours après qu'elle

est terminée, on n'y trouve plus que la nymphe, laquelle diffère de la larve surtout par l'absence des mandibules; environ quinze jours ou trois semaines plus tard, l'insecte parfait sort de son enveloppe de soie, dans laquelle il était replié et où ses ailes étaient chiffonnées, pour pouvoir se loger dans un si petit espace. Souvent (je crois même que pour les deux espèces de nos environs, c'est le cas le plus ordinaire), il y a deux générations par année ; alors la seconde ponte se fait fin-juillet, et les œufs éclosent au moment où les Pucerons sont le plus abondants. Les larves parviennent vite à leur état parfait et les nymphes passent l'hiver dans leurs coques pour éclore au printemps suivant; c'est ce qui explique les accouplements nombreux que l'on peut observer en avril, et le nombre prodigieux de ces insectes, que l'on rencontre sur les premières feuilles des jeunes arbustes de nos jardins. Le vol de l'Hémérobe a peu de portée. Le nombre total des espèces du genre s'élève à une vingtaine dont la moitié appartient à l'Europe.

D'après ce qui précède, il est facile de voir que les Hémérobes sont des insectes éminemment utiles, qu'il convient de les ménager, plutôt qne de les détruire, et que les œufs qu'ils déposent sur des filaments semblables à ceux de certains Cryptogames doivent être conservés. C'est dans le but d'empêcher la destruction de ces insectes utiles, que je donne ici la description des deux espèces qui habitent notre pays.

### 56. HEMEROBIUS PERLA (Linné).

Rambur ; *Névroptères; Suites à Buffon*, page 424.

Synonymie: *Hémérobe-perle; — Florhflieg ; — Stinckflieg* (de Ratzeburg). — *Lion des Pucerons* (Geoffroy).

Longueur huit à neuf millim.; envergure vingt-cinq millim.; variant du jaune verdâtre au vert, quand il est vivant ou nouvellement éclos ; roussâtre après la mort; yeux d'une belle couleur d'or pendant la vie ; vertex bossu ; antennes très-rapprochées à la base, un peu obscures vers l'extrémité,

et presque aussi longues que le corps ; corselet presque carré,
ayant une côte élevée au milieu ; abdomen ayant une bande
verte sur les côtés et quelques taches plus ou moins apparentes de cette couleur en dessus ; ailes transparentes,
luisantes, ayant les nervures et les nervules entièrement
verdâtres ou au moins jaunâtres, ciliées sur les bords,
avec une très-faible tache sigmatale obscure, pattes verdâtres, tarses obscurs.

Cette espèce est la plus commune, c'est celle que les auteurs
ont décrite en donnant l'histoire de la larve ; celle-ci est de
couleur jaunâtre avec des taches brunâtres formant deux lignes
longitudinales irrégulières sur la partie antérieure du corps ;
ces taches sont plus petites sur la partie dorsale des anneaux ;
ceux-ci sont latéralement bordés de huppes soyeuses. Les mandibules sont jaunâtres, longues, aiguës, arquées et paraissent
plutôt des cornes, que des organes de la bouche. Cette larve
saisit les jeunes Pucerons avec ses longues pinces, les suce, et,
après quelques instants, n'en laisse plus que la peau vide. Les
premiers individus paraissent en avril, et ceux de la seconde
génération en août.

### 57. HEMEROBIUS CHRYSOPS (Linné).
Rambur ; *Névroptères* ; *Suites à Buffon*, pages 427.

Synonymie : *Chrysopa Reticulata* ; Burmeister.

Longueur : dix à onze millim.; corps varié de noir et
de vert ou de jaunâtre, le noir domine dans certains individus, dans d'autres, c'est le vert ; bouche et base des antennes entourées de noir ; antennes d'un jaune verdâtre ou
brunâtre ; ailes fortement ciliées, plus larges proportionnellement que dans l'espèce précédente, transparentes avec
les nervures et les nervules principales vertes, le reste
noir ou noir varié de verdâtre; yeux dorés et très-brillants ;
pattes verdâtres avec des taches noires.

Cette espèce, facile à distinguer, est moins commune que la précédente dans notre département; au moins, n'en ai-je jamais trouvé que des individus isolés; peut-être cette circonstance dépend-elle de ce que paraissant plus tard, elle trouve un plus grand nombre de plantes où elle peut faire sa ponte et par conséquent sur lesquelles elle se disperse plus facilement. On la trouve plutôt sur les pêchers et sur les rosiers, où d'ordinaire les pucerons se montrent en grande abondance. La ponte se fait comme celle de l'Hémérobe perle; la larve est de couleur rosée avec de nombreuses taches irrégulières et jaunes, elle est aussi plus courte et proportionnellement plus arrondie que la précédente; sa peau est, suivant Geoffroy, car je ne l'ai jamais remarqué, souvent recouverte des débris de la peau des pucerons dont elle a sucé les parties internes. Selon le même auteur, sa larve file une coque semblable à celle du *lion des Pucerons.*

## Liste des **Thysanoptères** qui vivent sur le Poirier.

*THRIPSIENS.* Thrips Vulgatissima (Haliday). L'insecte et la larve dans les fleurs; peu ou pas nuisibles.

Thrips hœmorrhoidalis (Bouché). Sous les feuilles et dans les serres où il est très-nuisible.

### XXXVII. THRIPS (Linné)*.

Blanchard; *Histoire des animaux articulés*, tome 2, page 272.

Corps linéaire, allongé, plat, lisse ou réticulé; mandibules longues, mâchoires aplaties; palpes maxillaires de trois

* Synonymie: La synonymie du genre Thrips est très-difficile à établir, M. Haliday, auteur anglais, ayant formé une quarantaine de coupes génériques avec les insectes désignés par les auteurs sous le nom de Thrips;

articles ; antennes de huit articles, assez longues, filiformes, les derniers articles presque soudés ; yeux grands, latéraux, trois ocelles au sommet de la tête ; ailes longues, fort étroites, posées horizontalement le long du dos pendant le repos. Les ailes supérieures sont les plus grandes, elles ont deux nervures longitudinales parallèles, sans nervures transversales. Les ailes inférieures sont membraneuses, velues et frangées. Abdomen velu, glabre ou écailleux ; pattes courtes; tarses vésiculeux, de deux articles. Femelle ayant une tarière ou aiguillon en forme de valve.

Les Thrips sont des insectes de taille excessivement petite, (de deux à trois millim.) et très-répandus dans toutes les contrées du globe. C'est le plus ordinairement dans la corolle des fleurs qu'on les rencontre ; cependant, on en trouve aussi sous les écorces et sur les feuilles.

Ces insectes ont des métamorphoses incomplètes, c'est-à-dire, que la larve ne diffère de l'insecte parfait, que parce qu'elle est privée d'ailes; celles-ci ne paraissent qu'après le deuxième ou le troisième changement de peau. Ces larves sont allongées, très-agiles; et, quand on les inquiète, elles relèvent leur abdomen comme le font les Staphylins et les Forficules. De couleur ordinairement blanchâtre ou jaunâtre, ces larves sont quelquefois d'un beau rouge vermillon, comme celles du *Thrips Cerealium* qui vit dans les épis du froment ; rarement elles sont de couleur foncée, tandis que les insectes sont au contraire le plus souvent de couleur noire, avec des ornements blanchâtres sur les élytres ou sur les pattes.

Les mœurs des Thrips sont encore très-peu connues; l'organisation de leur bouche, qui est un mélange très-remarquable de

les caractères dont il s'est servi, étant en général très-peu apparents ou difficiles à vérifier pour les personnes peu versées dans l'étude entomologique, je crois que, sans grand inconvénient, on peut encore laisser intact le genre Linnéen, devenu le type de la petite famille des *Thripsiens*.

celle des Hémiptères et de celle des Névroptères, semble cependant indiquer qu'ils sont broyeurs, tandis qu'il paraît que leurs mandibules ne leur servent qu'à percer l'épiderme pour pouvoir ensuite sucer, à la manière des Pucerons, le suc ou la sève du végétal sur lequel ils vivent. Ordinairement on en rencontre un certain nombre dans la même fleur, ce qui semble indiquer qu'ils vivent en société. L'insecte, comme la larve, est très-agile et s'envole facilement.

Il est très-peu de fleurs, dans le fond desquelles on ne rencontre de ces insectes ; la même espèce se trouve quelquefois sur plusieurs plantes différentes. Ordinairement chaque espèce de plante nourrit la sienne propre ; mais les entomologistes n'ont pas encore démontré que leur présence fut réellement préjudiciable aux végétaux.

### 58. THRIPS VULGATISSIMA (Haliday).

Blanchard ; *Histoire des animaux articulés ; Suites à Buffon*, page 217.

Synonymie : *Thrips Physapus?* (Degéer) ; — *Physapus Vulgatissima* (Amyot).

Longueur : trois millim. Corps allongé, noir, lisse, dépourvu de poil ; ailes supérieures d'un noir brillant ; pattes blanches, ainsi que les ailes inférieures.

Cet insecte se trouve au printemps, dans les fleurs de plusieurs arbres fruitiers, poiriers, cerisiers, pommiers, etc. Mais, je ne crois pas que sa présence soit bien nuisible à la fructification de ces arbres. Malgré mes recherches, je n'ai jamais pu rencontrer que des larves d'une certaine grandeur, et la plupart sur le point de passer à l'état de nymphe. Il est donc permis de supposer, ou que la ponte n'a pas lieu dans la fleur, ou, ce qui est moins probable, que l'évolution des jeunes larves est très-rapide.

L'observation est d'ailleurs extrêmement difficile sur des insectes aussi petits et aussi délicats ; aussi, ne faut-il pas s'étonner si leurs mœurs sont encore presque complétement inconnues. Tout ce que je puis ajouter au peu que l'on en connaît, c'est que l'accouplement se fait en mai, au plus beau moment de la floraison des arbres, que les mâles survivent plusieurs jours à l'accouplement, et que les femelles pondent de 10 à 15 œufs ; ceci du reste, résulte du nombre d'œufs que j'ai rencontrés dans leur ovaire ; car, malgré toutes mes tentatives, je n'ai pu les voir déposer leurs œufs, soit parce qu'elles périssaient avant la maturité de ceux-ci, soit parce qu'elles ne trouvaient pas un lieu à leur convenance, dans les flacons où je les tenais renfermées.

### 59. THRIPS HOEMORRHOIDALIS (Bouché).

Bouché ; *Naturgesichte der Schädlichen*, etc., page 42.

Synonymie : *Thrips des serres*, de nos Jardiniers.

Longueur : deux millim. Corps allongé, étroit, d'un noir mat ; tête arrondie ; yeux saillants ; antennes de sept articles, jaunâtres, avec la base et l'extrémité d'un brun noir ; corselet oval, aplati ; jambes courtes, d'un jaune clair, avec les cuisses blanchâtres ; élytres d'un brun jaunâtre, avec la base blanche ; abdomen allongé, pointu à l'extrémité, les deux ou trois derniers anneaux rouges.

Cet insecte est excessivement commun dans les serres chaudes et tempérées où il cause de grands dommages par sa prodigieuse multiplication. J'en ai trouvé un grand nombre sous les feuilles des poiriers élevés en espaliers et exposés au midi. La larve est d'un jaune clair avec l'abdomen transparent. Selon Bouché, qui n'a observé cet insectes que dans les serres et dans les orangeries, les œufs sont ronds et blanchâtres.

Pour détruire les Thrips, on peut avec succès faire usage de la pondre insecticide. Dans les serres, on peut écraser un grand nombre de leurs larves en brossant les feuilles sur lesquelles elles sont fixées. Ainsi que je l'ai déjà dit, ces insectes me paraissent peu nuisibles au Poirier, aussi n'en aurais-je pas fait mention si je n'avais trouvé fréquemment des Thrips, à divers états, dans les fleurs et sous les feuilles de cet arbre.

## Liste des espèces d'**Hyménoptères** qui vivent sur le Poirier.

| | | |
|---|---|---|
| *TENTHREDINIENS*. | TENTHREDO ŒTHIOPS (Jurine). | La larve ronge l'épiderme supérieure des feuilles. |
| — | ADUMBRATA (Klug). | |
| | LYDA SYLVATICA (Linné). | La larve mange les feuilles. |
| | — PYRI (Schranck). | Peu nuisibles. |
| | CEPHUS COMPRESSUS (Fabr.). | La larve vit dans les jeunes pousses. Assez nuisibles. |
| *FORMICIENS.* | FORMICA RUFA (Linné). | Ces insectes mangent les jeunes bourgeons et entament les fruits mûrs. |
| | — CUNICULARIA (Latreille) | |
| | — FUSCA (Linné). | |
| | — FLAVA (Fabr.). | |
| *GUÊPIENS* | POLISTUS GALLICUS (Fabr.). | |
| | VESPA CRABRO (Linné). | Entament les fruits mûrs. |
| | — VULGARIS (Linné). | |
| | — GERMANICA (Fabr.). | |
| | — SYLVESTRIS (Scopoli). | |
| | MEGACHILE PYRINA (Lepell). | Coupe quelques feuilles. Pas nuisible. |

### XXXVIII. TENTHREDO (Linné)[*].

Lepelletier de Saint-Fargeau. *Monographie des Tenthredides*, page 71.

Tête large et courte; mandibules longues, aplaties, bidentées au côté interne; palpes maxillaires de six articles, palpes labiaux de quatre. Antennes de neuf articles; abdomen sessile, et tellement uni au corselet qu'il semble en faire partie; ailes ayant deux cellules radiales égales et quatre cellules cubitales inégales, la première arrondie, la seconde

[*] Synonymie: CORYNA (Lepelletier); -- ALLANTUS; SELANDRIA; ERIOCAMPA, etc. (Klug).

très-allongée, la quatrième atteignant l'extrémité; pattes courtes, fortes, les quatre tibias postérieurs sans épines.

Les insectes qui appartiennent au genre *Tenthrède* sont, en général, de petite taille (de la grandeur d'une mouche ordinaire) et n'offrent, quant à leur coloration, rien qui puisse attirer l'attention des personnes étrangères à l'entomologie. Leurs habitudes à l'état parfait sont aussi très-peu connues, à l'exception toutefois de la ponte des femelles. Celles-ci, en effet, sont pourvues d'une tarière d'une forme toute spéciale, laquelle se rapproche de celle d'une scie appelée *queue de rat* et au moyen de laquelle elles pratiquent, dans les plantes, des ouvertures où elles déposent leurs œufs. On sait aussi que plusieurs insectes de ce genre fréquentent les fleurs et plus particulièrement celles des Ombellifères, et que si, en général, les Tenthrèdes vivent du suc de ces plantes, il en est aussi quelques espèces qui sont carnassières et qui attaquent même des insectes appartenant à l'ordre des Coléoptères.

La tarière des femelles qui est double, mobile, écailleuse, est logée entre deux lames qui lui servent de gaine; elle leur sert à perforer les feuilles ou les jeunes pousses des plantes. C'est à la structure de cet organe, aussi bien qu'à la manière dont il fonctionne, que les Tenthrèdes doivent leur nom vulgaire de *Porte-scie* ou de *Mouches à scie*. La présence d'un œuf de Tenthrède dans une partie de la plante, y détermine quelquefois la formation d'une galle ou d'un boursouflement dans lequel la larve se développe; d'autres fois, et c'est le cas le plus ordinaire, la larve vit à découvert sur les parties vertes de la plante dont elle se nourrit. Ces larves sont beaucoup mieux connues que les insectes qu'elles produisent, et plusieurs d'entre elles se multiplient tellement, qu'elles causent souvent de très-grands dommages à la végétation. La forme de leur corps et leur couleur sont assez variables, mais un grand nombre d'entre elles offrent une ressemblance remarquable avec les Chenilles ou larves des papillons. C'est cette circonstance qui leur a fait donner le nom de *fausses chenilles*, sous lequel on désigne presque toujours ces larves. Mais on distinguera toujours facilement les chenilles des fausses chenilles, en ce que les premières n'ont jamais plus de cinq paires de fausses pattes, tandis que les secondes en ont toujours *sept au moins;* les unes et les autres ayant en outre six pattes écailleuses, il en résulte que, dans les chenilles, le nombre total des pattes ne dépasse jamais seize, tandis qu'il est toujours au moins de vingt chez les larves de Tenthrèdes.

Quelques larves de Mouches à scie sont recouvertes d'un enduit visqueux qui les fait ressembler à de petits mollusques dépourvus de coquille; d'autres sont lisses ou plus ou moins velues. Celles-ci rampent sur les feuilles, celles-là se tiennent sur la tranche ayant le corps recourbé en forme d'S, tandis que d'autres se roulent en spirale et ressemblent, dans cette position, à la coquille des Planorbes. Tous ces caractères ont servi de base à quelques auteurs pour diviser le genre *Tenthredo* en plusieurs sous-genres.

Après plusieurs changements de peau, la larve de Tenthrède se retire dans la terre où elle se file une coque, ou bien elle s'en construit une en aglutinant les grains de sable, au moyen d'une sécrétion visqueuse, de nature gommo-résineuse, imperméable à l'eau. Là, elle reste souvent six, sept, huit et même neuf mois, sans subir de transformation et sans éprouver d'autre changement qu'un amaigrissement général et une contraction plus ou moins prononcée de son corps. Ce long jeûne écoulé, elle se transforme en nymphe et bientôt après en insecte parfait.

En général, les mâles de Tenthrèdes sont excessivement rares et beaucoup d'espèces ne sont encore connues que par la description de la femelle.

Ainsi que je l'ai déjà dit, les habitudes des larves de Tenthrèdes sont très-variées : les unes vivent sur les feuilles des arbres ou des arbrisseaux, d'autres se creusent des galeries dans l'intérieur du canal médullaire des jeunes pousses, d'autres enfin vivent dans le bois en décomposition ou sous les écorces des vieux arbres. Celles-ci ne vivent que d'une seule espèce de plante, celles-là, au contraire, sont polyphages et se nourrissent indifféremment des plantes de la même famille ou de celles qui, au point de vue botanique, sont les plus différentes.

Le nombre des espèces connues est assez considérable; on en a même décrit quelques-unes qui sont étrangères à l'Europe. En Amérique, une larve de ce genre, dont le corps est visqueux, et que l'on y désigne sous le nom de *Slecg-Wurm*, cause des dégâts souvent considérables sur les cerisiers, les pruniers, les poiriers et les coignassiers. Notre département en nourrit un bon nombre d'espèces, dont deux doivent plus particulièrement fixer notre attention. Comme il règne beaucoup d'incertitude sur la détermination exacte de l'insecte qui, *dans notre pays*, provient de la larve que nous allons décrire, que d'ailleurs aussi, il parait que plusieurs espèces voisines ont des larves qui diffèrent très-peu entre elles, je vais d'abord donner l'histoire de cette larve; et, en décrivant ensuite les deux insectes qui en proviennent, selon que l'on s'en rapporte à tel ou tel auteur, je ferai connaître les opinions diverses qui ont été émises à ce sujet, ainsi que les raisons qui ont pu amener la confusion entre les larves et les insectes des espèces voisines.

Sur la fin du mois de juillet, et plus ordinairement dans le commencement du mois d'août, on rencontre sur les feuilles des poiriers élevés en espaliers, très-rarement sur les quenouilles, et pas que je sache, ici du moins, sur les hauts-vents, de petites larves noirâtres très-luisantes et couvertes d'un enduit visqueux. Si l'on examine attentivement cette larve, on voit qu'elle a six pattes ordinaires et sept paires de fausses pattes; c'est donc une fausse chenille, ou plutôt une larve de Tenthrède du sous-genre *Blennocampa* de Klug, lequel a précisément pour caractère cette viscosité de la larve. Celle-ci a le corps renflé en avant et presque cylindrique dans les deux tiers de la longueur postérieure, ce qui lui donne une ressemblance assez marquée avec le Têtard; sa couleur est d'un vert plus ou moins foncé, et, comme le dit Réaumur, *de la couleur de Nostoc*. Si, ayant les doigts secs on touche cette larve, la mucosité est facile à enlever, et alors la couleur du corps est d'un vert jaunâtre sale, avec une raie sinueuse sur le dos, laquelle est produite par l'intestin que l'on voit alors par transparence. Si, après cette opération, on rend la larve à la liberté, il faut deux ou trois jours (quelquefois, *en captivité*, un jour suffit) pour que la mucosité reparaisse entièrement.

Dans les premières phases de son développement, cette larve étant très-petite, on ne s'aperçoit pas de son existence ; ce n'est le plus souvent qu'au mois de septembre, lorsqu'elle a déjà atteint la longueur de cinq à six millimètres, ou que par les taches qu'elle détermine à la surface des feuilles en en enlevant le parenchyme supérieur, que l'on commence à soupçonner sa présence. Je pense qu'à cette époque la larve a déjà subi une première mue ; dans tous les cas, elle en subit une vers le milieu du mois. Alors, la tête est convexe, la bouche de couleur plus claire que le dessous du corps ; les mandibules sont quadrangulaires et tridentées, les palpes maxillaires de trois articles et les palpes labiaux à peine visibles. Les antennes sont coniques et très-courtes ; les yeux latéraux, très-visibles. Ces larves mangent constamment et rendent par l'anus de petites crottes dont plusieurs restent souvent attachées à la peau visqueuse qui les recouvre. Quoiqu'elles soient peu agiles, leur tête est très-mobile, ce qui leur permet de brouter une assez large surface (comparativement à leur taille, bien entendu) sans se déplacer ; et, quand elles le font pour ronger une nouvelle portion d'épiderme, c'est toujours à reculons.

Le dessous du corps et toutes les pattes sont, à l'état normal, de la même couleur que le corps, mais dépourvus de la matière gluante qui recouvre celui-ci. Quoique ces larves soient souvent très-abondantes sur les feuilles du poirier, on n'en voit cependant qu'une ou deux sur la même feuille. Presque constamment elles restent ou semblent rester immobiles; car, en y regardant de près, on les voit presque toujours occupées à brouter, marchant à reculons à mesure que la surface rongée augmente. L'épiderme supérieur de la feuille une fois enlevé, il ne reste plus qu'un réseau blanchâtre d'abord, mais qui ne tarde pas à se colorer, à brunir et à ressembler aux brûlures produites par le soleil. Degéer a eu tort d'affirmer qu'elles ne changent de place que pendant la nuit; car si l'on en réunit dix ou douze sur une même feuille, elles ne tardent pas, même en plein soleil, à se disperser, comme si elles ne pouvaient vivre en compagnie. Quelques auteurs disent aussi que, pour changer de peau, elles se retirent sous la page inférieure des feuilles; ce fait est une exception; pour s'en convaincre, il n'y a qu'à examiner la page supérieure, on y rencontre cinq fois sur six, les débris de la peau que vient de quitter la larve; cette vieille peau ressemble à un petit filet noir ayant un renflement considérable en avant, le tout visqueux et brillant quand il est frais. M. Delacour a très-probablement commis un *lapsus calami*, quand il a écrit que la larve, avant de changer de peau, est quelques jours sans manger; c'est *quelques heures* qu'il fallait dire, pour se conformer à ce qui se passe réellement dans cette circonstance, ainsi que je viens de le vérifier sur des vers limaces que j'élève en ce moment en captivité.

Selon M. Gorski, c'est dans le milieu du jour, qu'à l'air libre, les larves de *Tenthredo adumbrata* changent de peau. Il pense avec raison, que la température plus élevée est la cause de cette particularité; il se fonde, pour établir son opinion, sur le fait qu'en captivité, c'est-à-dire dans un lieu où la température est à peu près constante aux mois de septembre et d'octobre, les mues se font tout aussi bien la nuit que le jour. J'ai eu lieu de vérifier ce fait sur les larves que j'ai nourries dans mon cabinet, et j'ai les mêmes raisons que l'entomologiste russe pour partager son opinion.

Dans le plus grand nombre des cas, c'est sur la face supérieure des feuilles de poiriers en espaliers que l'on rencontre ces fausses chenilles que l'on désigne habituellement, depuis Degéer, sous le nom de *ver limace*. Que le soleil soit ardent ou que la pluie soit des plus battante, rien ne leur fait, et presque toutes

semblent complétement indifférentes à ces manifestations atmos-
phériques. En général, quand elles ne sont pas trop abondantes,
les larves paraissent également réparties sur toutes les branches
de l'arbre; mais dans quelques cas, notamment dans ceux où elles
sont très-nombreuses, ce sont les parties supérieures de l'arbre
qui sont les premières envahies; je crois également avoir remarqué, au moins sur celles que j'ai élevées en captivité, qu'au
moment où elles vont changer de peau, elles se rendent de préférence sur les feuilles des rameaux inférieurs.

Dans le courant d'octobre, ordinairement dans la première
quinzaine, la larve change une dernière fois de peau, mais alors
elle semble avoir perdu la faculté de sécréter la matière visqueuse dont nous avons parlé. La larve est d'un vert clair, sale et
presque jaune, ses anneaux sont plus saillants; le renflement
antérieur du corps, produit en grande partie par la peau du
thorax et le devant de la tête qui débordent pour cacher les
pattes, n'est plus aussi marqué; et, comme ses pattes sont très-
courtes, elle ne tient plus sur la feuille. Alors elle tombe sur le
sol et s'enfonce dans la terre où elle forme une coque *non
soyeuse*, composée de grains de terre aglutinés. Le cocon est
elliptique, lisse intérieurement, long de 5 mill. et large de 3.
C'est dans cette enveloppe que les larves d'*allantus* séjournent
pendant un temps que je ne puis limiter, n'ayant pu parvenir
jusqu'ici à mener à bonne fin les éducations que j'ai commencé
pour obtenir l'éclosion de l'insecte parfait. Cependant en jugeant
par analogie au moins, sur ce qui s'est passé ailleurs, on peut
admettre que le changement de la larve en nymphe ne se fait
qu'au mois de juin suivant, et par conséquent que c'est seulement
vers la fin de ce mois, ou au commencement de juillet, que
l'insecte parfait sort de sa dernière enveloppe.

Voilà, aussi succinctement que possible, l'histoire du ver limace
que j'ai pu observer à Metz en 1857, en 1858 et en 1859. Mais,
je le répète, je n'ai pu obtenir l'insecte d'éclosion ni me procurer
d'Allantes au vol, lors de la saison favorable à la ponte que je
suppose devoir se faire en juillet.

Une chose qui me paraît devoir être signalée, c'est que dans les trois invasions de 1857, de 1858 et de 1859, cette fausse chenille a varié chaque année son lieu d'élection ; il n'y a eu de constant que l'époque de l'apparition et la grande quantité d'individus. Ainsi, en 1857, les espaliers de Grimont, de Saint-Julien et de Vallières en étaient couverts; en 1858, c'étaient d'abord ceux qui sont limitrophes de Plantières et de Borny et ensuite ceux qui avoisinent le Sablon et Montigny; en 1859, c'était à Ars-sur-Moselle et à Vaux qu'elles étaient le plus abondantes, et à Metz où un espalier du jardin de l'école d'application d'artillerie et du génie en était littéralement couvert. La propagation s'est donc faite, pendant ces trois dernières années, en suivant une direction du nord-est au sud-ouest.

Bien que, en général, on considère comme insignifiants l'enlèvement de l'épiderme supérieur des feuilles, opéré dans les conditions que je viens d'indiquer, il paraît cependant hors de doute que si cette mutilation n'est pas préjudiciable à la récolte pendante des fruits, elle a une grande influence sur la récolte de l'année suivante, et on reconnaît, quand on veut y faire attention, que les boutons à fruits sont plus rares, plus maigres et que leurs produits sont moins beaux que l'année précédente. Il est donc utile de se débarrasser autant que possible de ces hôtes malfaisants.

Sur l'insecte lui-même, il n'y a rien à tenter, ni à proposer d'efficace; mais sur les larves, on devra dès leur apparition et au moyen de la houppe à soufrer, saupoudrer les feuilles avec des cendres de bois très-fines et très-alcalines. En faisant, par un temps sec, cette opération plusieurs jours de suite, on détruira le plus grand nombre des vers limaces, et ceux qui échapperont, seront en trop petit nombre pour causer, à la récolte future, un dommage appréciable. La chaux en poudre est d'une application plus difficile et elle ne semble pas plus efficace; j'ai essayé sans résultats plus satisfaisants, la poudre insecticide. Les arrosages sont également sans succès, la matière visqueuse qui recouvre les larves servant à les protéger contre les subs-

tances liquides, acides, âcres ou alcalines, tandis qu'elle retient
les matières pulvérulentes.

En terminant, je dois dire que pendant les trois années que je
viens de signaler, je n'ai trouvé le ver limace que sur le poirier,
que, malgré toutes mes recherches, je ne l'ai rencontré ni sur le
pommier, ni sur le prunier, ni sur le cerisier, même en espalier.
Deux ou trois de ces larves se sont cependant rencontrées sur un
abricotier, mais celui-ci était élevé en espalier et il était voisin
de poiriers qui en étaient couverts. Enfin, en 1859, j'ai nourri chez
moi en captivité, un bon nombre de ces larves ; j'ai constaté que,
indistinctement elles changeaient de place sur un bouquet composé de branches de poirier, de cerisier, de prunier et d'abricotier ; le duvet soyeux qui couvre les feuilles du pommier ne
paraissant pas leur convenir, j'avais cessé de leur donner de ces
feuilles dès les premiers jours. On peut donc présumer que ces
larves sont polyphages et que, dans certains cas du moins, elles
peuvent fort bien prospérer sur des arbres de la même famille que
le poirier.

Examinons maintenant à quelle espèce du genre *Tenthredo* il
conviendrait de rapporter le ver limace dont je viens de parler.

En consultant les travaux de Réaumur, de Degéer, de Bouché,
de Hartig, de Ratzeburg, de Nordlinger, de Westwood, de Gorski
et de Delacour, le doute ne saurait avoir lieu que pour l'une des
deux espèces que les auteurs ont fait connaître sous les **noms**
spécifiques de *Adumbrata* et *OEthiops*, que nous allons maintenant examiner.

### 58. TENTHREDO ADUMBRATA (Klug).

Klug ; *Monograph. des Tenthrédides*, Jarb. VIII, n° 36.

Synonymie : *Allantus adumbrata* (Klug); — *Selandria (s.
g. Eriocampa) adumbrata* (Hartig); — *Tenthredo (s. g.
Blennocampa) adumbrata* (Klug) ; — *Selandria atra*
(Stephens).

Longueur de la femelle quarante-cinq mil., envergure

4

douze à quinze mil.; noire et luisante, écusson lisse ; tibias antérieurs d'un brun pâle ; ailes supérieures claires, ayant au milieu une bande transversale brunâtre, veines et sigmas presque noirs ; ailes inférieures un peu plus obscures vers le bout.

Cette description est celle de la femelle (le mâle est inconnu), je la dois à l'obligeance de M. le docteur Sichel*.

Réaumur est le premier qui ait parlé des larves gluantes qui détruisent l'épiderme supérieur des feuilles de plusieurs arbres fruitiers. Je crois que, dans l'intérêt de la discussion synonymique

---

* Comme il importe de pouvoir au besoin distinguer complétement l'une de l'autre les *Tenthredo Œthiops* et *T. Adumbrata*, je vais compléter la description faite par M. Sichel, des renseignements fournis par M. Gorski dans l'excellente brochure qu'il a publiée à ce sujet, en 1856.

« Les antennes de la *T. Adumbrata*, sont composées de neuf articles, dont le troisième est le plus long ; elles sont un peu plus minces aux deux extrémités qu'au milieu; redressées quand l'insecte est vivant, elles se recourbent en arc quand il est conservé dans l'esprit de vin ou s'arrondissent autour de son corps quand celui-ci est desséché et fiché. Le corps de l'insecte vivant et au repos est tout à fait cylindrique, luisant et glabre. On peut voir sur la tête et le thorax, à travers une bonne loupe grossissant beaucoup les objets, quelques poils de longueur modique et resserrés. La couleur de l'insecte est noire, mais, sur l'abdomen elle se rapproche quelquefois de celle de la poix.

» L'insecte desséché est plat et par cela même plus ovale et dilaté ; son corselet est de la même couleur noire et luisante ; les quatre parties dorsales en forme de bourrelet, sont très-distinctes ; les *Cenchri* ont la couleur de la poix et ne se laissent apercevoir qu'avec difficulté. Les ailes sont d'un gris salé, iridescentes, avec des nervures très-prononcées. Les veines, le *punctum stigmaticum* et le côté interne sont bruns. Les deux aréoles radiales sont inégales, l'extérieure sans appendice ; les aréoles cubitales sont au nombre de quatre, la première est ronde, les autres sont courbées trapézoïdales et grandissant à l'extrémité, la seconde jusqu'au milieu, la troisième un peu en avant, sont chacune interceptées par une veine récurrente transversale ; les aréoles discoïdales sont au nombre de trois. La première aréole radiale, les deux cubitales et la discoïdale extérieure sont

que je vais examiner, il n'est pas inutile de citer les passages les plus importants, dans lesquels cet auteur parle de ces insectes.

Tome **V**, mémoire **III**, page 97. « Un autre genre de fausse chenille qui s'éloigne extrêmement de la figure la plus ordinaire aux fausses chenilles, est un genre dont il n'est pas aisé de caractériser les espèces. On trouve de ces fausses chenilles sur diverses sortes d'arbres fruitiers, sur les pruniers, sur les cerisiers, mais surtout sur les poiriers. Les arbres fruitiers, ne sont pourtant pas les seuls sur lesquels on puisse les voir, car j'en ai vu sur des chênes. Les unes et les autres se tiennent sur le dessus

teintées d'une couleur enfumée, mais si peu distincte, si peu visible, que la bande transversale enfumée ne s'y laisse pas assez distinguer. L'abdomen, cylindrique, est composé de neuf anneaux dont le dernier est aminci à son extrémité. La tarrière, insérée dans les coulisses de deux segments annelés, est jaunâtre. Ses pattes sont courtes, leurs attaches et les deux pattes postérieures sont d'un brun noir uniforme; la couleur des cuisses intermédiaires est, à l'extrémité, moins prononcée que celle de la partie correspondante des cuisses antérieures, laquelle est d'un *brun testacé* ; les jambes et les tarses des quatre pattes antérieures sont de la même couleur *brun testacé*, mais plus clair dans les deux pattes du devant. Toutes les jambes sont armées de deux petits éperons (*calcaria*) de couleur blême. Les tarses sont de cinq articles, dont le premier (*métatarse*) est le plus long et le quatrième le plus court; leur dernier article est muni d'une pelotte et de deux crochets simples.

» La *Tenthredo adumbrata*, dans son état parfait, atteint la grandeur d'une mouche ordinaire (*Musca domestica*, Linné). Lorsqu'elle est en mouvement, elle fait vibrer ses antennes du haut en bas avec une grande vitesse, à la manière de quelques *Entodons* de la famille des *Pteromalins*. L'insecte étant pris en main, comme la plupart des petites espèces de ce genre, il replie ses antennes sous son corps, retire ses pattes et fait semblant d'être mort; mais aussitôt qu'il voit que le danger est passé, il se relève avec vitesse et s'envole brusquement. »

A cette description minutieuse je dois cependant ajouter que la figure 2 de la planche 3 de la brochure de M. Gorski, ne correspond pas tout à fait aux caractères qu'il donne de cet insecte, car la bande transversale inférieure y est bien distincte et, en cela, la figure 2 est parfaitement d'accord avec la description de Klug, citée plus haut par M. Sichel.

des feuilles, et n'en mangent que le parenchyme supérieur. Elles ont une peau toujours gluante..... je n'ai trouvé que vingt jambes à celles de ces fausses chenilles qui se tiennent *sur les feuilles du poirier*. »

A la page 134, à l'explication de la planche **XIII**, nous lisons les passages suivants non moins importants à citer : « La figure 5 représente la mouche dans laquelle se transforme la chenille Têtard de la figure 1 (c'est-à-dire, celle qui est représentée sur une feuille de *poirier*)..... La figure 6, est celle d'une mouche venue d'une fausse chenille Têtard qui avait vécu sur le *cerisier*, cette mouche est assez semblable à celle de la figure précédente, et je ne suis pas sûr qu'elle en diffère spécifiquement, elles sont l'une et l'autre de la classe des mouches qui ont une bouche et des dents. »

Il est impossible de reconnaître les espèces représentées sur les planches de l'ouvrage de Réaumur, par les figures 5 et 6, mais il n'en résulte pas moins que, pour lui déjà, il y avait probabilité que les *vers limaces* du cerisier et du poirier appartenaient à deux espèces distinctes, car il ne les eût pas fait représenter si elles lui eussent paru identiques, et si même elles ne lui eussent offert des différences assez sensibles, quoiqu'il ajoute: « Je ne suis pas sûr, etc.; » mais il ne faut pas oublier, qu'à cette époque, on n'était pas si rigoureux qu'aujourd'hui dans la détermination des insectes, ni surtout dans la séparation des espèces voisines.

Linné a donc eu raison de citer Réaumur, pour la figure de la *Tenthredo cerasi*, malheureusement la phrase descriptive qu'il en donne est trop courte et peut s'appliquer à la Tenthrède du cerisier tout aussi bien qu'à la *Tenthredo adumbrata* décrite plus tard par Klug. Les diagnoses données par Geoffroy, Fabricius, etc., sont tout aussi insuffisantes que celles de Linné et Degéer est le premier qui ait donné une caractéristique suffisante de la *Tenthredo cerasi*. J'ajouterai enfin que Fabricius, en décrivant cet insecte (*Systema*, page 520), cite les figures 1 à 5 de Réaumur, au lieu de la figure 6 qui représente la mouche provenant d'une fausse chenille du cerisier.

C'est en 1847 seulement, que M. Gorski, de Wilna, obtint *d'é-closion* un grand nombre de Tenthrèdes au moyen de larves élevées par lui et nourries en captivité, de feuilles de plusieurs arbres fruitiers. Par la comparaison de ces insectes avec les types de Klug conservés dans la collection du musée de Berlin, il reconnut que le ver limace qu'il avait élevé et qu'il rencontrait en abondance dans son pays, sur les cerisiers, les pruniers, les poiriers et même sur les framboisiers et l'*amygdalus nana*, était la larve de l'insecte décrit par Klug, sous le nom de *Tenthredo adumbrata*.

En lisant le mémoire de M. Gorski, on est frappé du grand nombre de points de ressemblance qui existent entre le ver limace de nos environs et la larve de la *Tenthredo adumbrata*. Cependant, en raison des différences suivantes qui existent dans les habitudes de ces larves, j'hésite encore à prononcer la complète identité des deux insectes que produisent ces fausses chenilles.

1° Les larves que j'ai pu observer, ont toujours été rencontrées sur des poiriers; et tous les renseignements que j'ai pu recueillir de nos jardiniers, confirment mes observations. Bien qu'elles soient polyphages, ainsi que me l'ont démontré les éducations faites chez moi, et que les cerisiers soient très-communs dans plusieurs contrées de nos environs, notamment à Famec, à Kœnigsmacker, à Métrich, etc., les larves de cette Tenthédide y sont complétement inconnues; 2° je n'ai jamais observé l'odeur particulière de malate de fer, indiquée par MM. Gorski et Delacour, comme appartenant aux larves qu'ils ont étudiées; 3° je n'ai jamais remarqué que la larve fît, quand on l'inquiète, un mouvement particulier avec la partie postérieure du corps, et cela, malgré un grand nombre de tentatives faites sur des individus fixés sur les espaliers et sur ceux qui étaient élevés en captivité; 4° enfin, lorsque la larve a subi sa dernière mue, et qu'elle est sur le point de s'enfermer dans une coque, sa couleur est, comme l'indique Degéer, *d'un brun clair et jaunâtre*, mais non d'un *jaune doré* comme le dit M. Gorski. D'ailleurs, la forme du cocon, ses dimensions, celle de la larve, quand elle y est renfermée, sont parfaitement conformes à la description de l'entomologiste russe et permettent de faire croire à l'identité des espèces de Metz et de la Lithuanie.

En terminant, j'ajouterai que M. Gorski, sur plusieurs centaines d'éclosions qu'il a obtenues, n'a pas eu *un seul mâle*, et que deux espèces d'Ichneumonides du genre *Tryphon* (*Tr. Gorskii*, Ratzeburg, et *Tr. Ratzeburgii*, Gorski) vivent, en Lithuanie, aux dépens des larves de la *Tenthredo adumbrata* de Klug.

### 59. TENTHREDO OETHIOPS (Fabr.).

Lepelletier de Saint-Fargeau ; *Monograph. des Tenthrédides*, page 112.

Synonymie : *Allantus œthiops* (Jurine); — *Nematus œthiops* (Spinola); — *Selandria œthiops* (Hartig) ; — *Tenthredo cerasi* (Linné); — *Celandria cerasi* (*Blanchard in litteris*). — *Tenthredo* (s. g. *Blennocampa*) *œthiops* (Klug); — La larve : *Ver limace*.

Longueur de la femelle quatre mill.; envergure treize mill.; noire, lisse et luisante ; abdomen épais, presque ovale, un peu comprimé; antennes un peu plus courtes que le corselet ; jambes antérieures avec les genoux d'un brun rougeâtre; tibias et côtés internes des tarses de la même couleur; ailes obscures, entières, presque de la longueur de l'abdomen. A cette description que je dois, comme la précédente, à l'obligeance de M. le docteur Sichel, j'ajouterai encore que la *T. adumbrata* a deux cellules discoïdales aux ailes postérieures tandis que la *T. œthiops* n'en a jamais qu'une*.

---

* Pour ne laisser aucun doute dans l'esprit de ceux qui voudraient déterminer cette espèce, je traduis ici la description donnée par M. Gorski pour la femelle de la *T. œthiops*.

« Corps de forme intermédiaire entre la cylindrique et l'ovale, ne présentant du reste rien de particulier dans la pubescence ou la ponctuation;

Selon Bouché, la femelle de la *Tenthredo œthiops* pond ses œufs à la partie inférieure des feuilles ; ces œufs sont petits, ovales, un peu aplatis en dessus et d'un jaune pâle ; pondus en août, ils éclosent en septembre.

En nous rapportant au texte et aux planches de Réaumur, nous avons établi plus haut que, selon toute propabilité, cet auteur croyait différentes les Tenthrèdes du poirier de celles du cerisier. Malgré les petites différences que j'ai signalées entre les larves observées à Metz et celles dont MM. Gorski et Delacour ont écrit l'histoire, on peut admettre, sans grand effort, que le ver limace du poirier est bien la larve de la *Tenthredo adumbrata*. Nous ne devrions donc pas nous occuper plus longtemps de la *Tenthredo œthiops*, si, en consultant les ouvrages de Ratzeburg et de M. Nordlinger, on n'y voyait le ver limace, qui vit sur les arbres fruitiers en général, indiqué comme étant la larve de la *Tenthredo œthiops*. C'est en effet sous ce nom que, sans aucune

antennes noires, opaques, de la longueur de l'abdomen, sur un individu j'ai vu un dixième article extrêmement petit. *Clypeus* légèrement émarginé, bouche noire intérieurement, extrémités des mandibules brunes extérieurement. *Cenchri* sans couleur particulière ; pattes antérieures et intermédiaires avec les tibias et l'extrémité des cuisses d'un jaune pâle, les tarses de ces mêmes pattes sont d'une couleur pâle ou d'un jaune rougeâtre vers les genoux. Ailes visiblement marquées de points un peu argentés ; le bord et les nervures d'un noir un peu obscur. Les cellules externes sont incolores et la deuxième aréole cubitale est marquée d'un petit point noir. »

M. Nordlinger donne la description suivante :

« Allongée, abdomen épais, presque ovale et un peu comprimé ; antennes un peu plus courtes que l'abdomen. Corselet noir, brillant et légèrement velu ; une partie de la bouche, le corselet, la plus grande partie des tarses antérieurs d'un jaune-brun ainsi que les genoux. Ailes enfumées avec le bord d'un brun noir. »

Le mâle de cette espèce est également décrit dans la brochure à laquelle je fais ces emprunts, mais, pour ne pas trop allonger ces citations, je renvois à cet ouvrage les personnes qui voudront approfondir l'étude de ces insectes, elles y trouveront d'ailleurs d'autres détails très-intéressants sur leurs mœurs, leurs habitudes, etc.

espèce d'hésitation de leur part, ces auteurs décrivent la fausse chenille qui ronge l'épiderme des feuilles de poirier. Sans nous occuper des doutes émis par quelques hyménoptérologistes sur l'identité spécifique des *Tenthredo cerasi* de Linné et *T. œthiops* de Fabricius, je crois qu'il faut nous arrêter, pour la discuter, à l'opinion des deux entomologistes allemands en contradiction avec M. Gorski. Nous aurons d'autant plus de raison d'en agir ainsi, que la plupart des ouvrages d'horticulture où il est question du ver limace, le rapportent tous au *Tenthredo cerasi* de Linné.

Je commence par faire observer que, ni Ratzeburg, ni M. Nordlinger, ne disent avoir obtenu la *Tenthredo œthiops* d'éclosion et que par conséquent on peut laisser à l'état conjectural la détermination exacte de l'insecte dont, sous le nom de *Tenthredo cerasi*, ils ont voulu faire l'histoire. Malgré l'autorité scientifique de ces deux auteurs, on ne saurait se fonder sur leur opinion pour mettre en doute les résultats annoncés par M. Gorski. Ils ont adopté à ce sujet la manière de voir généralement admise, et voilà tout. Quant à M. Delacour, dans la brochure qu'il a publiée, en 1856, au sujet de l'insecte qui nous occupe en ce moment, non-seulement il rapporte le ver limace de Degéer à la *Tenthredo adumbrata* de Klug, mais il ajoute encore que la *Tenthredo œthiops* ne vit que sur les rosiers. Si ce dernier fait est exact, la question relative au nom spécifique qui appartient définitivement à la fausse chenille du poirier serait complétement résolue ; mais je crois bien que les choses ne sont pas aussi avancées que l'annonce M. Delacour, et j'ai tout lieu de croire que la larve observée sur les rosiers par cet auteur, n'est pas celle du *Tenthredo œthiops*. En effet, qu'une larve polyphage, comme l'est le ver limace, quelle que soit d'ailleurs l'espèce à laquelle on la rapporte, vive sur les rosiers, il n'y a là rien de bien extraordinaire ; mais il est bon de remarquer que si les auteurs que j'ai cités ne sont pas d'accord entre eux sur les noms spécifiques des insectes parfaits, il n'en est aucun qui diffère d'une manière notable, sous le rapport de la description de la larve. Les différences signalées sont très-légères, et c'est précisément à cette similitude de description que l'on doit attribuer la confusion qui a été commise par les auteurs que j'ai cités plus haut. Or, voici textuellement ce que dit M. Delacour, de la larve qu'il attribue à la *Tenthredo œthiops*: « C'est lorsque l'arbre, prêt à ouvrir ses fleurs brillantes, a besoin de toute sa vigueur, qu'on voit les feuilles prendre tout à coup une couleur brun pâle comme si elles avaient été brûlées par quelques rayons du soleil ; en les examinant avec attention, on reconnaît que leur face supérieure a été rongée en tout ou en partie, comme si elle avait été écorchée, tandis que la face inférieure est toujours entière. Il faut beaucoup d'attention pour découvrir l'auteur du dommage, car sa couleur se confond avec celle de la feuille, ce qui l'avait fait échapper à l'attention..... C'est une larve cylindrique, ayant environ treize mil. de longueur, d'un vert jaunâtre assez pâle, avec une ligne plus foncée sur le milieu du dos ; la tête est couleur orange, avec deux petites taches noires de chaque côté, le segment, l'anus portent aussi une dernière paire de pattes, en sorte que leur nombre total s'élève à vingt-deux[*]. »

De ce qui précède, il résulte incontestablement : que l'insecte dont M. Delacour décrit la larve et qu'il ne parait pas d'ailleurs avoir obtenu d'éclosion, n'est pas la *Tenthredo œthiops* de Fabr.; ou bien, que tous les auteurs qui ont rapporté la *Tenthredo œthiops* de Fabricius au *T. Cerasi* de Linné, se sont trompés.

Les vers limaces décrits par Réaumur, Gorski, etc., ne donnant pas tous des *Tenthredo adumbrata*, il faut rechercher quelles peuvent être les espèces qu'elles produisent. Car, dit M. Gorski en terminant, « tous ces doutes et toutes ces incertitudes ne peuvent être levées autrement, qu'en élevant en différentes contrées les larves gélatineuses qu'on rencontre sur les cerisiers et les autres drupacées, afin d'obtenir l'insecte parfait, et en observant scrupuleusement le nombre des cellules des ailes

---

[*] C'est ici le cas de rappeler que Réaumur n'a trouvé que vingt jambes aux larves dont il parle dans le 3e mémoire du tome V.

postérieures, ainsi que la conformation des antennes. Ce n'est que de cette manière qu'on pourra fixer avec certitude le nombre des espèces analogues aux *T. œthiops* et *T. adumbrata*, qui ne diffèrent entre elles, d'après mes observations, que par le nombre différent de ces cellules, nonobstant qu'ils proviennent de larves presque tout à fait les mêmes. »

Pour en finir avec la *Tenthredo œthiops*, je dois encore signaler deux contradictions importantes à résoudre : ainsi, Zenker, selon M. Nordlinger, dit que le ver limace du cerisier, avant de se filer une coque, s'enroule dans une feuille ; cette assertion est en contradiction avec tout ce que l'on a dit et observé des vers limaces, et j'ajoute, qu'elle est même peu admissible, pour une espèce voisine, car on ne connaît aucune Tenthrédide s'enroulant dans une feuille pour se transformer. D'autre part M. Nordlinger dit qu'après avoir subi sa dernière mue, elle s'enfonce dans la terre et que là *elle se file une coque* en forme de tonneau. Or, M. Gorski dit positivement qu'il n'a pu découvrir la filière de la larve de la *T. adumbrata*, et nous avons vu plus haut quelle est la forme et la contexture des cocons formés par les vers limaces élevés par moi.

De tout ce qui précède, il résulte que très-probablement la *Tenthredo cerasi*, de Linné, est une espèce collective et qu'il arrive dans le genre *Tenthredo*, comme dans beaucoup d'autres genres d'insectes, que plusieurs espèces voisines ont des larves presqu'identiques, ou qui ne diffèrent que par des caractères difficiles à saisir. C'est dans le but d'arriver à la solution de toutes ces questions, que je me propose de continuer mes tentatives sur des larves élevées par moi, afin d'en obtenir les insectes parfaits, et que j'invite tous les entomologistes qui s'occupent des insectes nuisibles, à m'aider de leurs conseils et de leur expérience pour atteindre ce résultat.

## XXXVIII. CEPHUS (Fabr.)[*].

Lepelletier de Saint-Fargeau ; *Monogr. des Tenthr.*, page 18.

Corps court, grêle et comprimé ; mandibules longues, aplaties, tridentées, la dent du milieu assez petite ; palpes maxillaires de six articles ; antennes de vingt et un articles, un peu plus grosses à l'extrémité qu'à la base, le premier article distinct, les trois suivants un peu plus longs, tous les autres très-petits ; ailes avec deux cellules radiales, la première presque quadrangulaire, la seconde grande ; quatre cellules cubitales, la deuxième avec une nervure récurrente, la quatrième atteignant l'extrémité de l'aile ; abdomen sessile, intimement uni au thorax, comprimé ; tarière courte, à peine saillante. Pattes courtes avec les quatre tibias postérieurs bi-épineux au milieu.

Les Cèphes sont de petits insectes hyménoptères remarquables par la longueur proportionnelle de leurs antennes. Les femelles sont pourvues d'une tarière en forme de scie, avec laquelle elles introduisent leurs œufs dans les tiges des végétaux.

Les larves qui en proviennent sont molles, généralement de couleur de chair, elles ont six pattes écailleuses et seulement deux mamelons sur le dernier anneau ; ce qui leur donne une physionomie tout à fait différente de celle des genres voisins. Leur corps est aminci postérieurement ; elles vivent dans l'intérieur des tiges de diverses plantes, dont elles mangent le tissus cellulaire qui forme le canal médullaire.

On connaît une quinzaine d'espèces du genre Cèphes, une est du nord de l'Afrique, les autres sont d'Europe et beaucoup font partie de la *Faune française*. Une d'elle, le *Cephus pygmœus*

---

[*] Synonymie : SIREX (Linné) ; — BANCHUS (Panzer) ; — TENTHREDO (Fourcroy) ; — ASTATUS (Klug) ; — TRACHELUS (Jurine) ; — CÈPHE ; — HALM-WESPE.

(Fab.) vit à l'état de larve dans l'intérieur des tiges du blé, empêche leur développement et produit très-souvent un déficit considérable dans la récolte. Une autre vit sur le poirier, c'est le :

### 60. CEPHUS COMPRESSUS (Fabr.).

Lepelletier de Saint-Fargeau ; *Mongr. Tenthred.*, page 18.

Synonymie: *Trachelus Compressus* (Fab.); — *Sirex Compressus* (Coqueb); — *Tenthredo prolongata* (Fourer); — *Cephus abdominalis* (Latr.)??

Mâle : Longueur huit millim. Tête et antennes noires; mandibules et palpes testacées ; corselet noir avec une petite ligne transversale en avant et quelques taches en arrière d'un jaune clair ; ailes diaphanes, légèrement irisées et enfumées; toutes les pattes d'un beau jaune testacé clair avec les tarses antérieurs et intermédiaires plus foncés et les postérieurs roussâtres ; abdomen ferrugineux avec le premier anneau plus ou moins noir en dessus.

Femelle : Longueur huit millim. Tête et antennes noires ; mandibules et palpes d'un testacé ferrugineux; corselet noir avec une tache triangulaire, dont la pointe est dirigée en avant, jaune sur le derrière ; ailes fortement irisées, diaphanes et enfumées ; pattes noires, les antérieures ayant les jambes et les tarses d'un testacé ferrugineux clair ; les pattes postérieures ont les cuisses noires, la moitié des tibias testacée et le reste de la jambe, y compris le tarse, d'une couleur obscure ; toutes les cuisses ont en outre une tache blanchâtre à la base ; abdomen ferrugineux, avec la base et l'extrémité noires.

Cette description est faite sur deux insectes que je dois à l'obligeance de M. Sichel, de Paris ; comme on le voit, les deux sexes sont très-différents l'un de l'autre. Lepelletier de Saint-Fargeau (*Loc. cit.*) a dit, d'après Jurine, que le mâle est semblable à

la femelle ; le naturaliste de Genève avait donc commis une erreur qu'il importait de rectifier, puisqu'elle a été bien souvent
reproduite depuis.

Dans la première partie de cet ouvrage (page 63), en parlant
du *Rhynchites Cuprœus* (Gyll), je disais que les œufs pondus
sur les jeunes pousses de poirier et qui étaient disposés en spirale, ne me paraissaient pas appartenir, ainsi que M. Nordlinger
le croyait, à cet insecte. Dès la fin de 1857, en effet, M. le colonel
Goureau m'annonçait qu'il avait découvert le véritable auteur de
ces trous disposés en spirale, et que c'était un insecte hyménop-
tère de la famille des Tenthrédides, dont il avait suivi les métamorphoses et dont il me donnerait le nom aussitôt que l'insecte
parfait sortirait des larves qu'il avait élevées.

Depuis lors, dans le *Bulletin de la Société entomologique
de France*, page ccxxxi. M. Goureau a publié le nom de cet
insecte, qui est le *Cephus Pygmœus* (F.) et sur lequel il donne
déjà quelques détails. En 1859, mon honorable correspondant
a complété ses observations, et aujourd'hui, grâce à son extrême
obligeance, je puis compléter l'histoire du *Cephus Pygmœus*.

« Il n'est pas rare, m'écrit M. Goureau, de remarquer dans un
jardin, pendant le printemps et l'été, des jeunes pousses de
poirier qui se flétrissent graduellement, qui se dessèchent, noircissent et meurent. Si on les examine avec attention, on y
observe de petites piqûres noires, également espacées, disposées
en ligne spirale autour de la branche dont elles font une ou
deux fois le tour. La petite branche est un peu renflée dans la
partie blessée, et se casse assez facilement en ce point. En fendant
par le milieu, dans le mois de juillet ou d'août, cette pousse
noircie, on trouve à son centre une larve blanche qui en a rongé
le cœur, laquelle s'avance en galeries, vers le point d'où part la
pousse, et qui laisse derrière elle une masse de poussière noirâtre, formée de ses excréments et des débris du bois qu'elle a
rongés. Parvenue à toute sa taille, en septembre, elle s'enferme
dans un léger cocon de soie blanche, à l'extrémité de sa galerie
pour y passer l'hiver et attendre le moment de sa métamor-

phose en chrysalide et en insecte parfait, ce qui ne doit avoir lieu qu'au printemps suivant. L'insecte parfait ouvre un trou rond dans la paroi de sa prison et s'échappe à la fin de mai. Cet insecte nuisible au poirier, est une Tenthrédide du genre *Cephus*, qui se rapporte au *Cephus Compressus* de St-Fargeau.

» La femelle du *Cephus* pond ses œufs au mois de mai, sur les bourgeons du poirier, un seul œuf sur chaque bourgeon; à cet effet, elle perce avec sa tarière l'écorce de la pousse très-tendre, et y fait une série de piqûres également espacées, disposées en ligne spirale faisant une ou deux fois le tour du bourgeon. Elle ne pond qu'un seul œuf qu'elle laisse dans la dernière piqûre, c'est du moins ce que je suppose; après quoi elle passe à une autre branche où elle exécute la même opération, puis à une troisième et ainsi de suite tant qu'elle a des œufs à pondre. La sève ne circule plus librement au-dessus de la partie blessée qui se fanne, se dessèche et noircit; elle s'accumule dans la région des plaies qui se gonflent et se tuméfient un peu. L'œuf éclot dans les premiers jours de juin, la petite larve ronge la moelle du bourgeon et s'avance en marchant vers sa base, sa galerie s'élargit à mesure qu'elle croit, parvenue à la base du bourgeon son accroissement est accompli.

» Cette larve n'a aucune ressemblance avec celle de *Tenthrédides*, mais elle se rapproche de celle de *Urocérides*, ce qui indique que Linné avait placé, avec un tact exquis, dans le genre *Sirex*, devenu la famille des Urocérides, le *Cephus pygmœus*, la seule espèce qu'il connût. » ... « Arrivée à l'état adulte, la larve s'enveloppe dans un cocon où elle passe l'hiver et se transforme en chrysalide vers le 18 mai; l'insecte parfait s'envole, vers la fin de mai pour reproduire son espèce, il sort par un trou qu'il a pratiqué avec ses mandibules à la paroi de sa cellule. »...« Lorsque la larve du *Ceph. compressus* a atteint toute sa taille, elle a six mill. de long, sa tête est ronde, blanche, luisante; elle est armée de deux fortes mandibules brunes; d'un labre de la même couleur; de deux mâchoires et d'une lèvre qui se manifestent par les pointes qui les terminent; on y distingue deux très-petites antennes et deux points oculaires bruns. Tout le corps est blanc, arrondi, courbé en **S**, les trois segments thoraciques sont plus gros que les autres et s'élèvent au-dessus de la tête, ce qui donne à la larve une apparence bossue ; ils portent au-dessous trois paires de très-petites pattes. Les autres segments sont à peu près de même grosseur et privés de pattes ; le dernier un peu plus grand que les précédents, relevé en dessus et terminé par un petit appendice caudal brun, corné, granuleux, couvert de poils sortant des granules. On distingue une ligne dorsale qui aboutit près de l'appendice. » ... « Cette larve, pendant sa vie, est exposée à l'atteinte d'un parasite qui la blesse à travers les parois de son logement et laisse un œuf dans son corps. Lorsque la larve du parasite a dévoré celle du *Cephus*, elle se change en chrysalide dans la cellule de cette dernière, puis en un insecte parfait qui perce un trou dans le bourgeon pour s'échapper dans la campagne. Ce parasite a paru chez moi (à Sautigny, Yonne), le 14 août 1857, et sortait de petites branches de poirier qui n'ont donné leur *Cephus* que le 31 mai 1858. C'est un Ichneumonien du genre *Pimpla* qui m'a paru se rapporter au *P. stercorator* de Grav.

» Le moyen de combattre le *Cephus compressus* est simple et évident. Il faut enlever toutes les jeunes pousses, flétries ou noircies en les coupant contre la tige ou la branche qui leur sert de base et les brûler. »

Je n'ai pas encore pu rencontrer cet insecte dans le département de la Moselle ; mais, comme mes recherches ne datent que de cette année, je conserve l'espoir de l'y trouver plus tard et d'y suivre l'histoire de ses métamorphoses.

### XXXIX. LYDA (Fabr.)*.

Lepelletier de Saint-Fargeau ; *Monog. Tenthrédides*, page 4.

Corps épais, court ; mandibules grandes, bidentées et aplaties ; palpes maxillaires de six articles ; antennes sétacées

* Synonymie : PAMPHILIUS (Latr.); — CEPHALEIA (Jur.); — TENTHREDO (Lin.).

de 18 à 36 articles petits, le premier et le troisième plus
longs que les autres ; ailes ayant deux cellules radiales, la
première circulaire, la seconde allongée ; quatre cellules
cubitales presque égales, la deuxième recevant la première
nervure récurrente, la troisième cellule recevant la seconde,
et la quatrième cellule n'atteignant pas le bord de l'aile ;
pattes courtes avec les quatre tibias postérieurs tridentés
au milieu ; abdomen sessile complétement uni au thorax.

Les insectes qui appartiennent au genre *Lyda*, se rencontrent
dans toutes les parties du monde, plusieurs se trouvent dans
notre pays. Leurs larves, assez allongées, sont dépourvues de
pattes membraneuses, ce qui fait qu'elles ne marchent que très-
difficilement et par une sorte de reptation. Pourvues d'une
filière comme les chenilles, elles se suspendent souvent par un fil
pour changer de place ; quelques-unes se filent des sortes de
tuyaux d'un tissu très-lâche et dans lequel elles progressent en
contractant les anneaux du corps.

Les femelles sont pourvues d'une tarière, ordinairement sail
lante, et avec laquelle elles introduisent leurs œufs dans le tissu des
végétaux dont les larves se nourrissent. Celles-ci vivent souvent
en sociétés très-nombreuses ; et, comme elles sont très-voraces,
elles occasionnent quelquefois des dégâts aussi considérables que
les chenilles de certaines espèces de papillons des genres *Orgya*,
*Liparis*, etc. Ces larves réunissent souvent un grand nombre de
feuilles en paquet et vivent au milieu de ce nid commun ; d'autres
fois, elles enveloppent de leurs fils l'extrémité d'un rameau et
vivent a milieu de cette toile soit en commun, soit d'une manière
isolée en se filant chacune un tuyau soyeux propre.

C'est le plus ordinairement sur les conifères que l'on rencontre
les diverses espèces de *Lyda* ; cependant plusieurs autres arbres
en nourrissent aussi qui leur sont propres, les auteurs en signalent
deux espèces sur le poirier.

### 63. LYDA PYRI (Schranck)*.

Synonymie : *Lyda Clypeata* (Klug); — *Lyda flaviventris*, (Fallen non Retz). *Birnblattwespe*, des allemands. — *Tenthredo Hœmorrhoidalis?* (Schmidtberger).

Longueur de onze à douze millimètres ; envergure de vingt à vingt-quatre millimètres, pour les deux sexes. Antennes d'un gris noirâtre et sale avec la base jaune ; une tache jaune cordiforme sur le front de la femelle ; parties de la bouche également jaunes ; corselet profondément et grossièrement ponctué ; jambes de devant et celles du milieu ainsi que les hanches et un anneau bien marqués en noir ; abdomen d'un noir bleuâtre avec le bord visiblement denté en dessous.

Dans le mâle, tout le devant de la tête est noir comme le reste du corps ; l'abdomen est d'un jaune brun avec une tache obscure.

Cette espèce, dont j'emprunte l'histoire à M. Nordlinger, se trouve dans toute l'Europe, depuis la Suède jusqu'en Autriche. Elle est polyphage et se rencontre sur un très-grand nombre d'arbres très-différents. Dans les jardins cependant, c'est ordinairement sur les poiriers, espaliers, quenouilles ou haut-vents, qu'on rencontre sa larve. C'est le plus souvent en mai qu'apparaît l'insecte parfait ; mais dans les années tardives, on en trouve encore dans le milieu du mois de juin. La femelle pond de 40 à 60 œufs, allongés, jaunes et assez gros. Ces œufs sont rangés en lignes sur la face inférieure des feuilles et recouverts d'un enduit glutineux. Quelques jours après la ponte, on

---

* Dans la *Monographie des Tenthredides* de Lepelletier de Saint-Fargeau, on ne trouve pas de *Lyda Pyri*. A la table, on trouve *Lyda Clypeata* Klug, avec le n° 21. Mais dans le texte, le n° 21 donne *Lyda Circumcincta* de Klug, espèce américaine, dont la description n'est pas du tout applicable à la *Lyda Clypeata* dont il est ici question, et qui ne figure pas dans la partie descriptive de l'ouvrage.

aperçoit de petites larves d'un blanc jaunâtre. Elles ne tardent pas à changer de peau, quoiqu'en dise Schmidtberger. Bientôt après leur sortie de l'œuf, ces petites larves commencent à filer une toile qui embrasse une certaine longueur de la branche et qui ressemble assez à celle que filent, aussi en commun, les chenilles de la *Tinea cognatella*. Dans ces toiles, on rencontre un nombre variable de fausses chenilles, souvent huit ou dix, quelquefois plus de vingt.

A mesure que les feuilles comprises dans leur toile se consomment, elles allongent leur réseau pour en prendre de nouvelles. Bien qu'elles soient très-voraces, il ne faut cependant pas prendre à la lettre ce que dit Lœw, que 30 ou 40 de ces larves suffisent pour dépouiller, en quelques jours, un arbre de toutes ses feuilles. Pendant les instants de repos, elles se séparent et se suspendent, au moyen de leurs pattes, aux fils qui composent la toile commune ; ou, si on les inquiète, elles sortent du nid et restent au dehors suspendues à un fil jusqu'à ce que le danger soit passé ou que le besoin de nourriture se fasse sentir. Après quatre à cinq semaines (vers le commencement d'août, à Metz, en 1859), les larves arrivent à l'état adulte ; elles ont alors de 20 à 24 mill. de longueur, sont d'une couleur jaune d'œuf (celles que j'ai observées étaient de couleur moins foncée), avec la tête noire, luisante et une plaque cornée sur le premier anneau. Les antennes sont noires et assez longues pour une larve, le dernier anneau a en outre deux petits cornicules très-visibles. Les trois premiers segments du corps portent chacun deux pattes coniques et écailleuses analogues à celles des chenilles mais qui paraissent presque inutiles au mouvement. Les autres fausses pattes qui se rencontrent sur un grand nombre de larves de la famille des Tenthrédides, font également défaut dans le genre *Lyda*.

Quand les fausses chenilles de *Lyda* ont vécu sur des arbres de petite taille, leur nid descend souvent jusqu'à une faible distance du sol ; alors elles filent un tuyau dans lequel elles rampent pour gagner ainsi la terre dans laquelle elles s'enfoncent de 8 à 10 centimètres et où elles se construisent une coque soyeuse pour y passer l'hiver. Elles ne se transforment en chrysalide que peu de temps avant d'apparaître à l'état d'insecte parfait, ce qui a lieu au mois de mai suivant. Quand, au contraire, l'arbre est élevé, la fausse chenille gagne le sol à la manière de beaucoup de chenilles fileuses, c'est-à-dire en se suspendant à un brin qu'elle laisse filer jusqu'à ce qu'elle ait atteint le lieu dans lequel elle doit subir sa dernière métamorphose. C'est, je crois, le cas le plus ordinaire et du reste le seul que j'aie pu constater.

Souvent, quand les colonies sont nombreuses, elles étendent leur toile sur de nouvelles parties de l'arbre; et ce n'est pas le besoin de nouvelles feuilles qui les fait procéder à cette extension, mais le but d'éviter l'encombrement et les crottes qui restent attachées aux nombreux fils formant la trame du réseau général. Quelquefois aussi le déplacement est déterminé par les dérangements qu'on leur fait supporter et qui paraissent leur être plus importuns qu'aux autres espèces de chenilles qui vivent en société. Aussi ces larves produisent-elles des toiles d'une très-grande dimension et peu en rapport avec leur nombre ou leur besoin, ce qui fait paraître leur présence plus nuisible qu'elle ne l'est en réalité. C'est très-probablement cela qui a fait dire à Lœw que 30 ou 40 de ces fausses-chenilles peuvent dépouiller un arbre en quelques jours.

D'après Schmidtberger plusieurs parasites vivent aux dépens de la larve de la *Lyda pyri*, notamment la larve de l'*Ophion mercator*, Grav. D'autre part, le temps considérable que ces larves passent dans la terre sans s'y transformer en nymphes, les expose aussi à des alternatives d'humidité et de sécheresse, aux gelées, etc., ce qui doit en faire périr un grand nombre. C'est, sans aucun doute, à ces diverses circonstances que l'on doit attribuer ce fait, heureux du reste, que très-abondantes une année, elles sont souvent en si petit nombre l'année suivante qu'on a de la peine à en rencontrer quelques-unes.

Je n'ai pas encore rencontré la *Lyda pyri* dans les environs de Metz, bien que cette année j'aie trouvé sur un jeune cerisier, plusieurs larves vivant ensemble dans une toile commune. Je n'ai pu conduire ces fausses-chenilles au delà du commencement de leur cocon, et cependant leur description se rapporte tellement (sauf la couleur) à celles qui sont décrites par Ratzeburg, Nordlinger et Macquart, que je n'hésite pas à rapporter ces larves à l'espèce indiquée par ces auteurs sous le nom de *Lyda pyri*.

### 64. LYDA SYLVATICA (Fabr.).

Lepelletier de Saint-Fargeau; *Monogr. Tenthr.*, page 9.

Synonymie: *Tenthredo Sylvatica* (Lin.);—*Pamphilius sylvaticus* (Latr.); — *Cephaleia nemorum* (Panzer); — *Cephaleia Sylvatica* (Latr.); — *Tenthredo fulvipes* (Rets);—*Lyda nemorum* (Fabr.); — *Wald Blattwespe*, en allemand.

Femelle : Antennes jaunes avec le premier article noir en dessous ; tête noire ; mandibules testacées ainsi que les palpes ; une tache jaunâtre sur le derrière de la tête ; corselet noir avec l'écusson et un point jaune à l'insertion des ailes ; abdomen noir ; pattes jaunes avec les hanches et la base des cuisses noires ; ailes diaphanes.

Mâle : Se distingue de la femelle par le bord du chaperon, qui est jaune, ainsi qu'une ligne transversale interrompue en avant des yeux.

Longueur des deux sexes de dix à douze mill.

La *Lyda sylvatica* se rencontre à l'état parfait dans le département de la Moselle où elle paraît même (dans nos environs) être la plus commune du genre. Selon Ratzeburg, sa larve vit sur le chêne et n'est pas de la même couleur que celle de la *Lyda pyri*, dont nous venons de lire l'histoire. M. Nordlinger n'en parle pas non plus, ce qui me fait supposer qu'il ne l'a jamais observée sur les arbres fruitiers. Macquart garde le même silence. M. Goureau n'a jamais trouvé sur les poiriers qu'une larve dont il me donne la description et qui est bien évidemment celle de la *Lyda pyri*.

M. Blanchard est à ma connaissance le seul auteur qui indique la larve de la *Lyda sylvatica* comme vivant sur le poirier ; voici du reste ce qu'il en dit : * « On a décrit plusieurs larves de Lydas ; quelques-unes d'entre elles vivent sur le poirier ; telle est la Lyda des forêts (*Lyda sylvatica*), l'une des espèces les plus communes en Europe ; elle est noire avec les antennes et les pattes jaunâtres, excepté leur base ; sa *larve est jaune avec la tête noir.* » Cette diagnose convient bien à l'insecte parfait, mais ce qui est relatif à la larve, semble plutôt se rapporter à celle de la *Lyda pyri.* Selon M. le docteur Sichel, dont on ne saurait mettre en doute l'autorité en cette matière, la *Lyda hortorum* est la seule espèce du genre Lyda qui se rencontre dans les jardins des environs de Paris. Il est donc permis de supposer que c'est de cette dernière espèce, dont la larve est également jaune, que M. Blanchard a voulu parler.

En terminant ce qui est relatif aux espèces de *Lyda* qui vivent sur les poiriers, je dois dire que l'échenillage, c'est-à-dire l'enlèvement et la destruction des nids, est le seul moyen efficace pour se débarrasser de ces insectes.

### XLI. FORMICA (Linné).

Lepelletier de Saint-Fageau ; *Suites à Buffon*, tome 1, page 199.

Tête assez grande proportionnellement ; mandibules triangulaires, très-fortement dentées ; antennes insérées sur le front, très-mobiles, coudées après le premier article, celui-ci presqu'aussi long que la moitié de tous les autres réunis. Corps étroit ; abdomen pédiculé, de forme ovalaire, ayant son premier segment en forme de nœud ; pattes de moyenne grandeur.

Les mâles sont toujours ailés ; les ailes ont une cellule radiale et deux cellules cubitales dont la seconde n'atteint pas l'extrémité ; l'abdomen est armé d'un aiguillon à son extrémité.

* *Histoire des Insectes.* E. Blanchard. Paris, 1845, tome 1, page 190.

Les femelles sont aussi ailées, mais elles perdent souvent leurs ailes après l'accouplement; leurs antennes vont visiblement en grossissant, ce qui permet de les distinguer des mâles, quand elles ont des ailes, et des neutres, quand elles les ont perdues.

Les Neutres ont le labre grand et corné, et sont toujours aptères.

Les fourmis sont des insectes bien connus de tout le monde; ce sont les individus privés d'ailes que l'on rencontre le plus ordinairement; on les désigne sous les noms d'ouvrières et de neutres, bien qu'il soit cependant parfaitement démontré que ce sont des femelles chez lesquelles les ailes et les organes de la génération ont avorté. L'histoire des fourmis a été faite par Huber au siècle dernier, et depuis elle a été complétée par Lepelletier de Saint-Fargeau. Bien que ces observateurs aient fait connaître une foule de particularités fort intéressantes et généralement peu connues, je ne m'y arrêterai pas, en raison du peu d'importance qu'ont ces petits insectes relativement à l'arbre dont je décris la faune entomologique; je me bornerai donc, non à les réhabiliter complétement, mais à détruire à leur égard plusieurs préjugés très-répandus*.

---

* Voici quelques passages de l'ouvrage de Lepelletier de Saint-Fargeau, cité plus haut et dans lesquels l'auteur entreprend la défense des fourmis :
Page 164. « Il est certain que les fourmis détruisent partout beaucoup d'insectes et d'autres animaux nuisibles. Mais la petitesse des espèces de notre pays nous empêche de remarquer de quelle utilité elles sont sous ce rapport. En ramassant la liqueur sucrée que rejettent les pucerons et les gallinsectes, elles rendent un éminent service aux végétaux; car lorsque la miellée, nom qu'on donne assez généralement à cette liqueur, tombe sur les feuilles, elle en bouche les pores, et alors, à moins qu'une pluie bienfaisante ne vienne les laver, ces feuilles dépérissent et tombent bientôt. Il arrive encore que, moyennant cet enduit collant, la poussière se fixe sur les feuilles, voile leur verdure et bouche leurs pores, ce qui produit un effet désagréable à nos yeux et empêche les feuilles de recevoir de l'atmo-

Les fourmis vivent en société fort nombreuses et composées de trois sortes d'individus : 1° de mâles qui sont ailés et qui ne paraissent avoir d'autres fonctions que celle de féconder les femelles ; ils sont retenus en captivité jusqu'à la sortie de celles-ci et meurent pendant ou immédiatement après l'accouplement.

sphère les principes qui constituent l'espèce de sève qui sert particulièrement à la nourriture des fruits. »

Pages 166 et 167. « Les acides ayant la propriété de crisper, et les parties des végétaux où se rendent, pour leur récolte, nos fourmis, étant souvent crispées, on a accusé de ces déformations l'acide formique et par conséquent nos insectes. De là nos jardiniers, qui voient les feuilles et les jeunes branches de leurs arbres fruitiers, ou même d'agrément, rabougries et contournées, cherchent à détruire leurs retraites. Nous pouvons cependant assurer que ces accidents ne sont causés que par les piqûres réitérées des gallinsectes et des pucerons. Ce fait paraîtra clair à tous ceux qui, n'examinant pas superficiellement, trouveront beaucoup de branches contournées, de feuilles rabougries, plissées ou cloquetées, sans que les fourmis y soient parvenues. La seule inspection des branches où se tiennent les pucerons et les gallinsectes prouve suffisamment, ainsi que nous l'avons observé souvent nous-même, ce que dit Réaumur à propos des figures 2 et 3 de la 23e planche, 9e mémoire, pages 294 et 295, tome 3.

« Comme la tige en croissant, tend à s'élever, et que les pucerons qui la » suivent jusque dans sa plus tendre extrémité font perdre au côté contre le- » quel ils sont appliqués, beaucoup de suc nourricier, les courbures que prend » successivement cette tige doivent faire, par la suite, différents tours arrangés » à peu près comme ceux d'un tirebourre. » On voit que cet observateur n'attribue la déformation des végétaux dont il s'agit qu'aux insectes qui en sucent la sève. Si l'acide formique, et par conséquent la présence des fourmis qui l'exhalent continuellement, pouvaient la causer, combien de parties de même nature des mêmes végétaux sont elles parcourues par un nombre considérable de fourmis, sans être déformées, lorsqu'elles vont visiter les pucerons ! On voit même, dans le sol des fourmilières, des végétaux qui sont certainement là dans une atmosphère saturée d'acide formique, et qui cependant n'éprouvent aucune déformation. C'est donc à tort que les fourmis sont accusées de nuire par leur acide aux végétaux. » .... « Je serais aussi satisfait s'il m'était possible de disculper de tout reproche, ces insectes si remarquables par leur industrie, par leur union sociale la plus perfectionnée qui se trouve dans les insectes, et par leur esprit de comparaison, etc. »

2° de femelles, dont tout le soin consiste à pondre des œufs en très-grande abondance, de manière à augmenter continuellement la population de la petite république ; ces femelles sont également retenues en captivité après leur fécondation ; et, souvent pour assurer plus complétement leur dépendance, les neutres leur arrachent les ailes. C'est d'ailleurs toujours dans les parties les moins accessibles de la fourmilière que ces femelles sont obligées de pondre. Leur taille est toujours plus forte que celle des neutres, et souvent aussi que celle des mâles. La troisième sorte de fourmis qui, ainsi que je l'ai déjà dit, n'est composée que de femelles aptères et infécondes, est toujours fort nombreuse. Ce sont ces *neutres* ou *esclaves* qui procurent la nourriture aux femelles fécondées, qui construisent la fourmilière, qui prennent soin des œufs, des larves, des nymphes et même des fourmis nouvellement écloses ; ce sont encore les neutres qui retiennent les mâles en captivité, qui nourrissent les autres ouvrières restées à la maison, et enfin qui amassent les provisions d'hiver.

Les fourmis établissent leurs nids dans la terre, dans le creux des arbres, sous les écorces, au pied des vieux murs, entre les racines d'un grand nombre de plantes, etc. Souvent ces nids sont surmontés d'un amas plus ou moins considérable de débris de toutes sortes où le bois et la terre forment cependant la majeure partie. Ces débris de bois proviennent le plus ordinairement des arbres qui, déjà endommagés par d'autres insectes, ou par des accidents, ont les bords de la plaie ramollis par l'effet de l'air et de l'humidité. Le bois ainsi plus ou moins décomposé, se laissant facilement entamer, est déchiré par les fourmis et transporté en forme de grains de sciure dans l'habitation commune. Ce genre de dommage, causé par les fourmis, est souvent très-considérable et amène en quelques années, la perte d'un arbre déjà perforé par quelques grosses larves, ou accidentellement blessé. On devra donc boucher avec soin, au moyen de mastic à greffer, de poix, de plâtre ou de mortier, selon leur importance et leur étendue, tous les trous que l'on pourra remarquer sur les arbres fruitiers ou autres.

Dans un grand nombre de cas, les fourmis qui habitent les jardins, viennent établir leurs nids aux pieds des murs, sous les racines des espaliers, qu'elles mettent ainsi à découvert, en découpent les radicelles, etc., et leur causent en définitive un très-grand préjudice; on doit alors se hâter de détruire la fourmilière, au moyen de chaux vive, d'eau bouillante ou d'eau benzinée, et non se contenter, comme on le fait trop souvent, de la bouleverser; car, dans ce cas, les industrieuses fourmis ont bientôt réparé le désastre et remis les choses sur l'ancien pied.

Ainsi que je l'ai déjà dit, les larves des fourmis sont apodes et incapables de pourvoir à leur nourriture; ce sont les individus neutres qui sont chargés de ce soin et obligés d'aller au dehors chercher le liquide sucré qu'ils viennent ensuite leur offrir en le ramenant de l'estomac dans la bouche où la larve va le puiser, recevant ainsi *une sorte de becquée*. Ce liquide sucré dont se compose exclusivement, il paraît, la nourriture des jeunes fourmis et de leurs larves, est emprunté aux plantes et plus particulièrement à la sève qui découle de quelques plaies, à celle qui tuméfie ou humecte les jeunes bourgeons, au sucre que certaines fleurs renferment dans leur calice et enfin dans le parenchyme des fruits succulents comme les prunes, les poires arrivées à leur maturité, etc. Il est donc naturel, d'après ce qui précède, de supposer que les fourmis ne parcourent constamment les diverses parties des arbres ou des plantes que pour y rechercher l'aliment sucré dont il vient d'être question. Cependant, d'après les observations de Dalbret, Lepère, Hardy, etc., il est hors de doute que ces animaux entament souvent les jeunes bourgeons pour en faire couler la sève. C'est plus particulièrement au printemps, alors que la provision d'hiver est épuisée et qu'elles n'ont pas encore d'autres endroits où elles peuvent aller chercher la pâture des habitants de la fourmilière, que les fourmis attaquent les boutons à fleurs ou à bois. A l'automne, au contraire, elles attaqueront les fruits mûrs, parce que, à cette saison, la sève leur fait défaut et qu'il n'y a plus pour elles d'autres ressources que celle-là. Voilà les seuls et vrais dommages directs que peuvent nous occasionner ces insectes, et si, en récoltant les fruits à temps, on peut en quelque sorte les sauver de la dent des fourmis, il est loin d'en être ainsi, en ce qui concerne les jeunes bourgeons dont un très-grand nombre sont souvent détruits ou déformés par les mandibules de ces insectes. On devra donc, dès les premiers beaux jours, placer sur les arbres à préserver, de petites fioles à moitié remplies d'eau miellée ou sucrée et dans lesquelles un grand nombre de fourmis iront se noyer. Ce moyen, très-commode et peu dispendieux, est généralement employé, mais il l'est toujours un peu tard, alors qu'il n'y a plus que les fruits à préserver. En le mettant en pratique dès le printemps, on garantira les bourgeons et on empêchera les fourmilières de prendre de trop grands développements.

Bien que la plupart des auteurs aient démontré depuis long-temps, que ce ne sont pas les fourmis qui amènent les pucerons sur les végétaux, il y a encore un très-grand nombre de jardiniers qui les accusent de ce fait.

On sait, en effet, que les pucerons et les cochenilles vivent de la sève des plantes sur lesquelles elles se fixent en enfonçant leur trompe dans les couches corticales, soit d'une manière permanente comme le font les cochenilles à un certain âge, soit d'une manière intermittente comme le font les pucerons ; la sève, attirée par la succion, s'épanche souvent en dehors par les bords de la plaie, par celle-ci, quand l'insecte retire sa trompe, ou par les cornicules des pucerons, et c'est là que les fourmis vont chercher leur principale provision. C'est aussi pour se la procurer plus facilement ou plus abondamment, qu'on les voit constamment rôder autour des parasites que nous avons indiqués, les toucher de leurs antennes pour les exciter à lâcher le liquide sucré qu'ils tiennent en réserve, ou pour leur faire abandonner leur place afin de pomper la sève à l'orifice du trou formé par la trompe. Tous ces faits sont depuis longtemps hors de doute, et on a lieu de s'étonner de voir encore un aussi grand nombre de jardiniers accuser les fourmis de l'invasion des pucerons ou des cochenilles, tandis que ce sont au contraire ces parasites qui les atti-rent.

En résumé les fourmis ne sont pas aussi coupables qu'on le croit en général, car, dans une foule de circonstances, elles nous sont, au contraire, très-utiles ; quoique très-avides de choses sucrées, elles n'en font pas moins la guerre à beaucoup d'insectes et particulièrement aux jeunes chenilles qu'elles transportent dans leurs magasins pour subsister quand la bise sera venue. On a dit aussi (mais je n'ai pu vérifier ce fait indiqué, pour la première fois, par Huber) que souvent, afin d'avoir constamment à leur portée l'élément liquide et sucré qui transcude des cornicules des pucerons, les fourmis transportent vivants ces homoptères dans leurs fourmilières ; si ce fait est vrai, ce dont je doute fort, les fourmis diminuant ainsi le nombre des pucerons, nous rendent alors de véritables services et c'est alors que, suivant la pittoresque expression de Linnée, on peut dire que ceux-ci sont *les vaches laitières des fourmis.*

Le nombre des espèces du genre Fourmi est assez considérable et on en trouve des représentants dans toutes les parties du monde. Comme presque toujours les espèces méridionales et exotiques sont plus grandes que les nôtres. On peut estimer à une dizaine d'espèces, celles qui font partie de la *Faune de la Moselle,* et par conséquent celles auxquelles on peut appliquer les généralités qui précèdent, et aussi les moyens de destruction dont nous allons maintenant nous occuper.

Quand il s'agira d'un nid de fourmis, les moyens précédemment indiqués pourront être mis en usage pour les fourmilières établies dans les jardins, dans les couches ou dans les serres ; dans les bois, les fourmis nous paraissant plus utiles que nuisibles, on fera bien de ne pas toucher à leurs nids. Quant aux individus isolés il faut, pour les éloigner, boucher les trous des arbres avec du plâtre ou du mortier dans lequel on aura mélangé une substance amère comme la suie, la coloquinte ou l'aloès. On peut aussi disperser les matériaux qui composent le nid, mais il ne faut employer ce moyen que par un temps de pluie. Lorsqu'on dérange souvent les travaux d'une colonie de fourmis, on a aussi remarqué qu'elles finissent par émigrer. Enfin, un procédé qui réussit bien, disent les auteurs, consiste à verser dans les fourmilières, de la saumure, de l'eau de savon, de l'acide sulfurique très-étendu, des solutions de sulfate de fer ou de zinc, etc., etc. Je crois que l'on fera bien de ne pas trop se fier à ces procédés, *infaillibles* c'est possible, mais qui me paraissent aussi avoir un autre résultat également *infaillible*, celui de faire périr les plantes du voisinage. En plaçant des pots à fleurs renversés sur la terre de manière à ce que les fourmis puissent aller y butiner quelques miettes de sucre qu'on aura eu le soin d'y répandre, on en attirera un bon nombre et on pourra les écraser de temps en temps en changeant le pot de place*.

Enfin, on a conseillé, pour se débarrasser complétement et facilement des petites espèces de fourmis que l'on rencontre le plus souvent dans les fruitiers, dans les serres, dans les couches ou dans les jardins, de les faire *chasser* par la grande fourmi des bois. On a en effet remarqué que celle-ci ne peut vivre en compagnie des espèces précédentes, qu'elle leur fait une guerre acharnée et tellement persévérante, que celles qui échappent

---

* Lepelletier de Saint-Fargeau (*Loc. cit.*, page 168) termine ainsi ce qu'il dit des Fourmis : « Ces dégâts, quoiqu'ils se bornent à bien peu de choses, ont fait employer contre les fourmis des moyens de répression et de destruction. Les moyens de répression consistent à placer sur leur passage des corps sur lesquels elles répugnent à marcher ou qui les font tomber. Ainsi, lorsqu'elles ont à monter une ligne tracée avec de la craie, celle-ci empêche pendant quelque temps leur passage... Un cordon de laine oppose également à leur marche ascendante l'entrelacement des fils qui le composent et leur mobilité. Une ligne d'huile tracée par le pinceau est aussi un obstacle qu'elles redoutent de franchir. Mais est-il nécessaire pour les fourmis d'aller où elles vont : les atomes mobiles de la craie tombent avec les premières fourmis qui veulent franchir la ligne ; les autres sont solides et n'empêcheront plus la marche. Les fils de laine se compriment sous les efforts de la multitude ; le chemin devient praticable. L'huile se sèche et n'oppose plus d'obstacles, etc. »

au désastre ne tardent pas à fuir et à vider les lieux. Ce moyen n'est pas cependant d'une efficacité absolue, car il arrive, ou que les grandes fourmis trop peu nombreuses ne tardent pas à disparaître, ce qui permet aux autres de revenir impunément, ou bien que ces grandes fourmis se propagent et se multiplient à tel point qu'elles deviennent plus incommodes que celles qu'elles ont remplacées. Il y a donc là, comme en toutes choses, un juste milieu à atteindre et à conserver et que l'observation seule peut conduire à trouver. Depuis quelques années il existe, à l'entrée de la ville de Boulay, une faisanderie qui, bien dirigée, promet de devenir considérable. Pour nourrir les jeunes faisans qu'on y élève, on fait une consommation prodigieuse d'œufs, de larves et de nymphes de cette fourmi que l'on va chercher dans les bois des environs; on pourra donc s'adresser à ces nouveaux industriels pour se procurer cet insecte qu'ils désignent sous le nom de *Grosse fourmi*.

Il me resterait maintenant à donner la description des espèces de Fourmis qui peuvent être rencontrées sur le poirier, ce qui probablement me conduirait à faire l'histoire de presque toutes celles qui habitent le département de la Moselle. Ce travail serait à peu près inutile, bien qu'au point de vue entomologique une pareille monographie ne serait pas sans intérêt, mais fidèle au cadre que je me suis imposé, je ne ferai la description que des espèces qni sont désignées, par les auteurs que j'ai consultés, comme vivant sur le poirier.

### 65. FORMICA RUFA (Linné, n° 1).

Lepelletier de Saint-Fargeau ; *Suites à Buffon*; tome 1, page 201.

Synonymie : *Fourmi fauve ; — Grande fourmi des bois ; — Rothe ameise* (Ratzeburg) ; — *La fourmi brune à corselet fauve* (Geoffroy).

Ouvrière : Longueur sept mill. Corps presque glabre; tète plus large que le corselet, d'un rouge assez vif, front noir avec une petite ligne enfoncée au milieu, trois ocelles ou yeux lisses, visibles à la loupe ; corselet enfoncé vers le milieu du dos, d'un fauve vif avec le dessus du dos plus ou moins foncé et variant jusqu'au noir ; premier segment de l'abdomen fauve avec le bord supérieur plus ou moins foncé ; les autres segments de l'abdomen formant une masse presque globuleuse, d'un noir brun ou un peu cendré, avec des poils très-courts ; pattes d'un brun noirâtre avec la base des cuisses et les genoux rougeâtres.

Mâle : Longueur de neuf à dix mill. Corps noir ainsi que les antennes ; tête plus petite que chez les neutres ; mandibules faibles, peu dentées ; corselet grand, pubescent et comprimé ; les segments de l'abdomen qui suivent le nœud, en masse presque conique, d'un noir luisant avec l'anus roussâtre et allongé ; pattes d'un rouge livide, cuisses noirâtres en dessous ; ailes obscures avec les nervures d'un brun clair.

Femelle : Longueur de dix à onze millim. ; assez semblable à l'ouvrière dont elle diffère cependant par les ailes et la taille, qui est plus grande ; les yeux lisses très-distincts ; la tête n'a qu'une très-petite tache de noir au-dessus de la bouche ; l'abdomen est court, presque globuleux, d'un noir un peu bronzé, très-luisant, obtus et fauve en avant ; pattes plus ou moins foncées, cuisses rouges ; ailes enfumées, nervure et le point épais, noirâtres.

Cette espèce est indiquée par M. Dubreuil comme attaquant les poires à leur maturité. C'est l'une des plus grandes de notre pays et celle dont il convient de se servir pour se débarrasser des autres fourmis. Elle fait ordinairement son nid dans les bois ou les taillis. Elles n'ont pas d'aiguillon mais elles éjaculent une grande quantité d'acide formique dont les vapeurs pénétrantes se font douloureusement sentir aux mains et aux yeux de ceux qui remuent leurs fourmilières.

L'accouplement de cette espèce a lieu fin de mai ou commencement de juin.

**66. FORMICA FUSCA** (Latreille, n° 3).

Lepelletier de Saint-Fargeau; *Suites à Buffon*; tome 1, page 205.

Synonymie : *Fourmi noire cendrée* (Huber).

Ouvrière : Longueur cinq mill. Corps d'un noir un peu cendré, luisant ; la base des antennes rougeâtre ; une carène sur le devant de la tête et trois yeux lisses distincts ; les derniers segments de l'abdomen (après le nœud) en masse presque globuleuse, un peu velus à l'extrémité ; pattes d'un brun rougeâtre avec le bas des cuisses de couleur plus foncée.

Mâle : longueur de six à sept mill. Corps noir, très-luisant et presque glabre ; antennes généralement noires, mais quelquefois brunes à la base ; anus et pattes d'un rouge pâle avec les hanches noires ; ailes obscures à nervures d'un jaune foncé.

Femelle : Longueur de six à sept millim. Corps d'un noir très-brillant avec un reflet bronzé ; antennes noires avec le premier article seulement brun ; ailes enfumées, nervure et point épais noirâtres ; pattes d'un brun rougeâtre avec le bas des cuisses de couleur plus foncée.

Cette espèce niche ordinairement sous les pierres et sous l'écorce des vieux arbres, elle n'est pas rare dans les couches de nos jardins.

**67. FORMICA FLAVA** (Fabr., n° 4).

Lepelletier de Saint-Fargeau ; *Suites à Buffon ;* tome 1, page 208.

Synonymie : *Fourmi jaune*.

Ouvrière : Longueur trois à quatre millim. Corps d'un jaune fauve plus ou moins foncé, luisant, un peu pubescent ;

l'abdomen ordinairement de couleur un peu plus foncée que
le reste du corps.

Mâle : Longueur de trois à quatre mill. Corps d'un brun
clair ; les antennes et les pattes de couleur plus pâle ; ailes
blanches, diaphanes, avec des nervures jaunâtres, quelquefois les ailes sont très-légèrement enfumées.

Femelle : Longueur cinq à six millim. Corps d'un brun
roussâtre foncé ; antennes et pattes d'un roux jaunâtre clair ;
devant de la tête, partie inférieure et côtés du corselet
brunâtres ; ailes d'un jaune obscur, surtout à la base, avec
les nervures et le point épais jaunâtres.

Cette espèce, l'une des plus petites du genre, n'est pas très-
commune dans le département de la Moselle, elle est également
indiquée par M. Dubreuil. Elle établit ordinairement son nid à
la racine des plantes et plus particulièrement dans les pots de
fleurs. J'en ai aussi trouvé un nid assez abondant à la racine
d'un jeune poirier dans les pépinières de MM. Simon frères.

#### 68. FORMICA CUNICULARIA (Latreille, n° 2).

Lepelletier de Saint-Fargeau ; *Suites à Buffon* ; tome 1, page 203.

Synonymie : *Fourmi mineuse.*

Ouvrière : Longueur cinq millim. Corps presque glabre ;
antennes d'un rouge noirâtre ou noires, avec le premier
article jaunâtre ; tête noire, environs de la bouche rougeâtres,
une ligne légèrement enfoncée sur le front ; trois ocelles
apparents ; corselet d'un jaune plus ou moins foncé, avec
une tache noire sur le dos ; les segments qui suivent le nœud
réunis en masse d'un noir cendré et pubescents.

Mâle : Longueur six à sept millim. Corps noir et très-
luisant ; abdomen soyeux ; pattes noires ou d'un brun très-
foncé ; ailes obscures, enfumées, à reflet irisé, nervures d'un

brun jaunâtre et point épais, noir ; antennes noirâtres, soyeuses, surtout à l'extrémité.

Femelle : Longueur huit à dix millim. Corps grand ; antennes et tête semblables à celles de l'ouvrière ; corselet fauve avec trois taches noires sur le corselet ; abdomen noir ; pattes fauves ; ailes transparentes avec les nervures jaunâtres et le point obscur brun.

Cette espèce est des plus communes, elle fait son nid au pied des espaliers, dans les couches, près des serres, etc. C'est elle que l'on rencontre le plus ordinairement sur les arbres à la recherche des pucerons ou des cochenilles, et aussi, d'après M. Goureau, près de la *Psylla rubra*.

## XLII. VESPA (Linné)[*].

Lepelletier de Saint-Fargeau ; *suites à Buffon*; tome 1, page 504.

Corps épais ; mâchoires longues mais non en forme de trompe ; labre bifide ; mandibules presque aussi larges que longues, dentées, la première dent très-courte, obtuse et éloignée des autres, la seconde dent plus large que les deux inférieures, celles-ci portées sur une même base ; yeux échancrés ; antennes vibratiles, légèrement renflées à leur extrémité, le premier article très-long, le second très-court. Prolongement du milieu du chaperon obtus avec une dent de chaque côté ; thorax ovalaire ; abdomen presque sessile, le premier segment coupé droit, sans tubercules latéraux ; ailes supérieures plissées longitudinalement dans le repos, ayant une cellule radiale, ne s'avançant pas beaucoup plus près du bout de l'aile que la troisième cubitale, qui est en carré long ; pattes fortes, jambes postérieures bi-épineuses à leur extrémité ; articles des tarses non dilatés en forme de palettes pour la récolte du pollen.

[*] Synonymie : GUEPE ; — WESPE (en allemand).

Trois sortes d'individus, tous ailés, les femelles les plus grandes, les mâles dépourvus d'aiguillon.

Sans être aussi abondantes que les Fourmis, les Guêpes sont assez communes pour être connues de tout le monde, soit à cause de la piqûre douloureuse que cause leur aiguillon, soit en raison de la perte qu'elles occasionnent en entamant les prunes, les poires, le raisin, etc., à leur maturité*.

Les Guêpes forment des sociétés dont la durée est annuelle. Les femelles fécondées à l'automne se cachent pendant l'hiver dans les trous des arbres, dans les crevasses, sous les écorces, dans la terre, etc., et y restent engourdies jusqu'au printemps. Dès les premiers beaux jours, elles quittent leur retraite, et c'est alors qu'on les voit butiner dans les premières fleurs de l'aubépine, des cerisiers, des poiriers, etc., pour y puiser quelques sucs destinés à réparer les forces perdues pendant l'hiver et à les disposer à remplir les nombreux travaux qu'elles vont entreprendre.

Bientôt, en effet, ces femelles cherchent une place convenable pour y construire leur nid, les unes dans la terre, les autres dans le creux d'un arbre, une troisième espèce sur les branches d'un buisson ou sous la toiture d'un bâtiment. Ces nids sont formés d'une pâte papyracée que la Guêpe prépare elle-même avec des débris qu'elle arrache soit à du bois mort, soit à l'écorce ou au liber des arbres vivants. La pâte dont elle compose son nid est

---

* La douleur causée par la piqûre de la Guêpe est déterminée par le liquide que cet insecte verse dans la plaie au moment où il enfonce son aiguillon. Un préjugé vulgaire, assez généralement répandu, veut qu'en écrasant l'animal sur la plaie on fasse disparaître la douleur. Cette pratique, au contraire, est des plus mauvaises, en raison de la compression, propre à faire pénétrer l'aiguillon plus avant, s'il est resté dans la plaie, ou le venin si l'aiguillon a été retiré, ou enfin l'un et l'autre, si la Guêpe n'est pas encore envolée au moment où on lui applique le coup. En définitive ce moyen ne saurait produire d'autre soulagement que la satisfaction qui résulte d'un ennemi vaincu au moment de la surexcitation causée par la douleur.

pétrie entre ses mandibules, admirablement disposées pour cela, et liée par une sorte de salive gommeuse dégorgée pendant le pétrissage.

Ce n'est pas ici le cas d'entrer dans de longs détails sur les différentes formes données à ces nids, qui varient selon les espèces, ni de décrire les procédés que ces ingénieuses femelles mettent en usage pour construire les premières cellules hexagonales qui forment la base de la maison commune. Je me bornerai à indiquer sommairement les diverses phases de la vie de nos guêpes.

A peine les premières cellules sont-elles construites, que la femelle dépose un œuf dans chacune, cet œuf ne tarde pas à éclore et à donner naissance à une larve apode, mais ayant des mandibules susceptibles de broyer certains aliments. La femelle cesse la construction des cellules et sa ponte pour ne s'occuper que de procurer la nourriture à ces larves. Celles-ci ne tardent pas à prendre de l'accroissement et bientôt elles bouchent leurs cellules et se transforment en nymphes. Au bout de quelques jours, chaque nymphe produit une guêpe qui sort de sa prison en rongeant la cloison qui en formait l'entrée. Tous les individus de cette première ponte, ainsi que celles des suivantes, sont des ouvrières, c'est-à-dire des femelles dont les ovaires ont avorté.

A partir de ce moment, la mère ne s'occupe plus ni de la construction de nouvelles cellules, ni de la nourriture des nouvelles larves, ce soin est désormais l'unique partage des ouvrières. La mère commune, en effet, n'a plus qu'à pondre des œufs dans les nouvelles loges qui vont être construites, ou dans les anciennes que les ouvrières ont débarrassé des débris de nymphe ou des excréments laissés par l'habitant précédent. Les choses continuant ainsi pendant une grande partie de l'été, la république augmente considérablement d'habitants ; quelquefois le nombre de ceux-ci atteint deux ou trois mille.

Vers le mois d'août, on commence à voir des cellules plus grandes desquelles sortiront des jeunes mâles et d'autres cellules plus grandes encore, d'où sortiront des femelles. Les individus de ces deux sexes, arrivés à l'état adulte, sortent du guêpier pour ne plus y rentrer; c'est alors que l'accouplement a lieu; les femelles hivernent, comme je l'ai dit en commençant, tandis que les mâles, subissant la loi naturelle parmi les insectes, ne tardent pas à mourir. Quant aux ouvrières, elles continuent à donner leurs soins aux larves restées dans le guêpier jusqu'au moment où les ressources commencent à faire défaut, ou bien jusqu'aux premiers froids un peu vifs, « alors, dit Réaumur, il se fait dans les guêpiers un singulier et cruel changement de scène. Les guêpes alors cessent de songer à nourrir leur petites larves : elles font pire, de mères ou nourrices si tendres, elles deviennent des marâtres impitoyables ; elles arrachent des cellules les larves qui ne les ont pas encore fermées ; elles les portent hors du guêpier ; c'est alors la grande occupation des ouvrières. Le massacre est général. » Car, ajoute Lepelletier de Saint-Fargeau, « le froid les privant subitement de nourriture, elles savent bien ne pouvoir les élever. » Bientôt ces ouvrières périssent elles-mêmes et le nid est complétement abandonné.

Pendant les premiers moments, les jeunes larves semblent n'être nourries que par des substances sucrées récoltées dans le calice des fleurs, de la sève des arbres ou aussi du miel volé aux abeilles. Plus tard, c'est avec des morceaux de fruits plus ou moins triturés, qu'elles achèveront de prendre tout leur développement. Cependant, quand ces aliments font défaut, les guêpes s'attaquent aux autres insectes, les engourdissent avec une piqûre de leur aiguillon, ou les décapitent avec leurs mandibules, en hument les parties molles ou les pétrissent avec leur bouche, en forment une sorte de boulette qu'elles vont porter à leurs jeunes élèves.

Le genre guêpe est nombreux en espèces; on en trouve des représentants dans toutes les parties du monde, leur coloration est assez uniforme et composée de noir, de jaune et de fauve. Quatre espèces vivent dans le département, et on peut leur appliquer les généralités qui précèdent, ainsi que les moyens de destruction dont il va être question.

Ainsi que nous l'avons vu précédemment, c'est plus particulièrement aux fruits mûrs que les guêpes vont demander la
subsistance de leurs larves ; un retard de quelques jours apporté
à la récolte des poires lors de leur maturité, peut souvent amener
la perte de tous les fruits d'une quenouille ou d'un espalier. Un
fruit entamé par une guêpe ne tarde pas à être envahi par les
fourmis et les forficules, qui ne font qu'augmenter la blessure, et
la pourriture vient bientôt en achever la destruction complète.

Pour détruire ces insectes, je ne puis conseiller que l'usage des
petites fioles à moitié remplies d'eau sucrée comme il a été dit
pour les fourmis ; quant aux nids, leur destruction ne doit être
entreprise qu'avec précaution, et le soufrage, au moyen d'une
mèche introduite dans l'une des issues (les autres étant préala-
blement bouchées) est, de tous les moyens indiqués, celui qui
réussit le mieux, comme aussi celui qu'il est le plus facile à employer. Cette opération devra toujours être faite le matin avant
le lever du soleil, ou le soir après son coucher, ou mieux encore
par une forte pluie.

### 69. VESPA CRABRO (Fabr.).

Lepelletier de Saint-Fargeau ; *suites à Buffon*, tome 1, page 509.

Synonymie : *Guêpe frelon ; — Hornisse* en allemand.

Longueur du mâle et des ouvrières : vingt-quatre à vingt-
six millim. ; femelle : trente-deux à trente-six millim. Tête
ferrugineuse ; chaperon, échancrure des yeux, tache triangulaire sur le front, base des mandibules de couleur jaune ;
antennes brunes, les trois premiers articles d'un roux clair ;
corselet ferrugineux plus ou moins foncé ; écusson et deux
lignes sur la partie antérieure du dos d'un roux clair ; dessus
de l'abdomen et la base du premier segment roux, le milieu
brun et une ligne étroite jaune sur le bord postérieur,
deuxième segment, brun à la base, jaune postérieurement,
ces couleurs séparées par une ligne très-sinuée ; le troisième

segment jaune avec la base brune, les deux segments suivants et l'anus jaunes avec un point brun de chaque côté ;
en dessous, le premier segment est brun et les quatre suivants ont leur base de cette dernière couleur ; pattes ferrugineuses ; ailes rousses ; corps couvert de nombreux poils
roux.

Les femelles se distinguent par leur taille plus grande, et
les mâles par des couleurs plus claires ainsi que par l'absence d'aiguillon.

La Guêpe frelon est répandue dans toute l'Europe, c'est la plus
grande des espèces de ce genre qui se rencontrent dans cette
contrée. Elle construit son nid dans les cavités des vieux arbres,
ce nid, souvent fort considérable, est formé d'une substance
papyracée jaunâtre plus ou moins foncée et très-friable. Les
frelons, dit Marquart, doivent être considérés comme les plus
grands destructeurs de la Reine-Claude. Ils attaquent aussi les
poires, et comme ils sont plus grands que les autres espèces de
guêpes, ils font aussi plus de mal à ces fruits.

La piqûre du Frelon est très-dangereuse, surtout quand il est
irrité, et on sait que les Guêpes, en général, sont très-irritables,
aussi devra-t-on prendre les plus grandes précautions, quand
il s'agira de la destruction d'un nid de ces insectes.

### 70. VESPA GERMANICA (Fabr.).

Lepelletier de Saint-Fargeau ; *suites à Buffon*, tome 1, page 515.

Synonymie : *Guêpe germanique ; — Vespa vulgaris* (Linné).

Longueur du mâle : dix-huit mill. ; de la femelle : vingt-
cinq millim. ; des ouvrières : quinze millim. Antennes noires ;
tête jaune avec une tache et une ligne transversale noires
plus ou moins interrompues ; corselet noir, avec une bordure, deux lignes de chaque côté et une tache jaunes ;
segments de l'abdomen ayant leur base noire et la partie
postérieure jaune, celle-ci prolongée au milieu avec un point

noir de chaque côté, ces points souvent réunis entre eux ou avec la base ; anus jaune des deux côtés ; pattes jaunes avec le dessus des cuisses noir ; ailes transparentes, un peu enfumées, nervures ferrugineuses ; corps couvert de poils assez longs, et de la couleur de la partie sur laquelle ils se trouvent implantés.

Outre la taille qui est différente, on reconnaîtra les ouvrières à l'anus qui est presqu'entièrement jaune ; les mâles se distinguent par l'absence d'aiguillon, par le sixième segment et l'anus qui sont presque complétement jaunes, et enfin par la forme allongée de leur abdomen.

Cette espèce fait son nid en terre ; ce nid est composé d'une sorte de papier gris cendré, très-mince, luisant et non cassant.

La Guêpe allemande est rare aux environs de Metz, mais j'en ai reçu de nombreux individus pris sur les poires, dans les jardins de Boulay, de Saint-Avold, de Bitche et de Briey. Probablement que, dans ces localités, elle remplace la Guêpe ordinaire.

### 71. VESPA VULGARIS (Fabr.).

Lepelletier de Saint-Fargeau ; *suites à Buffon*, tome 1, page 516.

Synonymie : *Guêpe vulgaire ; — Guêpe ; — Wespe* en allemand.

Longueur du mâle et des ouvrières : quinze à seize mill. ; de la femelle : vingt à vingt-et-un mill. Antennes noires ; tête jaune, tout le vertex et le derrière de la tête, le bord des mandibules, une tache entre les antennes noire ainsi que le bord antérieur du chaperon ; corselet noir, bordé de jaune en avant et le long des épaulettes ; une tache sous les ailes de couleur noire ; écusson et porte-écusson ayant de chaque côté une petite ligne jaune ; segments de l'abdomen noirs à la base et jaunes postérieurement, cette partie postérieure prolongée au milieu avec un point noir de chaque côté, ces points plus ou moins confluents entre eux ou avec la bande ; anus presqu'entièrement jaune ; pattes jaunes avec les cuisses en grande partie noires ; ailes assez transparentes, enfumées et à nervures rousses ; corps parsemé de poils assez longs, noirs en dessus, blanchâtres en dessous et sur les côtés.

Les ouvrières se distinguent par une tache jaune de chaque côté du métathorax et les mâles par le dessous du premier article des antennes, qui est jaune, ainsi que par l'absence d'aiguillon et par leur forme allongée.

Cette espèce est la plus commune du genre; comme la précédente, elle niche en terre, et son guêpier a la même forme et la même composition que celui de la guêpe germanique.

### 72. VESPA SYLVESTRIS (Scopoli).

De Saussure; *Monograph. des Guêpes sociales*, page 123.

Synonymie : *Guêpe Sylvestre.*

Longueur : Mâle et ouvrière seize mill.; femelle dix-huit mill. Antennes noires avec le premier article jaune en dessous; tête jaune avec le vertex et le derrière des mandibules noirs ; bord intérieur des mandibules noirâtre ; corselet noir, bordé de jaune en avant et le long des épaulettes, une très-petite tache jaune sous les ailes ; écusson ayant de chaque côté une tache jaune assez grande ; porte-écusson entièrement noir ou ayant seulement une très-petite tache jaune de chaque côté; segments de l'abdomen avec la base noirs et le bord postérieur jaune, la ligne de démarcation assez régulière ; anus presqu'entièrement jaune ; pattes jaunes, cuisses noires dans les trois quarts de leur longueur ; ailes transparentes, très-faiblement enfumées avec les nervures d'un ferrugineux clair. Tout le corps est couvert de poils assez longs de couleur blanchâtre, excepté sur le vertex où ils ont une couleur obscure ou noirâtre, selon les individus.

On distinguera toujours facilement la *Vespa sylvestris* des deux précédentes, parce que celles-ci ont les yeux prolongés jusqu'à la base des mandibules, tandis qu'il y a un espace libre distinct entre ces deux organes dans la Guêpe sylvestre; elle paraît d'ailleurs assez rare dans notre département.

Les femelles se distinguent par leur taille plus grande; les mâles par l'absence d'aiguillon et la longueur proportionnelle de leur abdomen.

J'ai reçu, de Bitche, un individu de cette espèce, qui avait été pris sur des poires mûres, en même temps que d'autres individus neutres de la *Vespa germanica*.

### XLIII. POLISTES (Latreille)*.

Lepelletier de Saint-Fargeau; *suites à Buffon*, tome 1, page 518.

Ce genre est très-voisin du précédent. Les Polistes diffèrent des guêpes par la première dent des mandibules qui est rapprochée des suivantes, par la forme en cloche du premier anneau de l'abdomen qui est presque pédicellé, par le corps plus allongé et enfin par le bord antérieur du chaperon, qui est anguleux chez les premiers et tronqué chez les secondes.

Le genre *Polistes* est très-nombreux en espèces, trois seulement sont européennes. L'une d'entre elles est très-commune dans le département de la Moselle où on la confond vulgairement avec les guêpes. Les mœurs de ces insectes ont beaucoup d'analogie avec celles des espèces qui précèdent, comme elles, ils vivent en sociétés annuelles, peu nombreuses il est vrai, mais dans lesquelles les choses se passent à peu près de la même manière.

* Synonymie : VESPA (Lin.); — GUÊPE (Réaumur).

Les nids de **Polistes** ne sont pas cachés comme ceux des **Guêpes**, ce sont eux que l'on rencontre si souvent fixés aux plantes, aux tuteurs, aux murs des jardins et même à la tige des graminées.

### 73. POLISTES GALLICUS (Fabr.).

Lepelletier de Saint-Fargeau ; *suites à Buffon*, tome 1, page 527.

Synonymie : *Vespa Gallica* (Fabr.); — *Guêpe ;* — *Poliste française.*

Longueur seize à vingt millim. Corps allongé, glabre et noir ; chaperon jaune, ainsi qu'une tache devant les yeux et une autre à côté, une partie de l'orbite postérieur et une ligne sinueuse sur le front ; antennes jaunes avec les trois articles de la base noirs en dessus ; corselet avec des taches arrondies et des lignes jaunes ainsi que le bord inférieur de tous les segments de l'abdomen.

Les ouvrières sont plus petites que les femelles, et les mâles n'ont que le dessus des cuisses noir.

Cette espèce est excessivement commune, surtout pendant les mois de juillet et d'août. Elle est beaucoup moins irritable que les Guêpes ordinaires ou les Frelons ; elle attaque plus volontiers les baies de raisin, les prunes ou les mirabelles que les poires.

Son nid est petit, presque toujours en évidence et par conséquent très-facile à détruire. On trouve souvent du miel au fond des cellules de ces nids et les enfants les recherchent pour en sucer la matière sucrée.

### XLIV. MEGACHILE (Latreille)[*].

Lepelletier de Saint-Fargeau ; *suites à Buffon*, tome 2, page 330.

Mâchoires et lèvres allongées en forme de trompe, lèvre inférieure allongée ; palpes maxillaires de deux articles ;

---

[*] Synonymie : APIS (Linné); — ANTOPHORA (Fabr.); — TRACHUSA (Jurin.).

mandibules quadridentées; abdomen aplati en dessus et garni en dessous de plusieurs rangs de faisceaux de poils pour la récolte du pollen; premier article des tarses avec une seule brosse; ailes étendues pendant le repos; deux sortes d'individus seulement : des mâles et des femelles, pas de neutres.

Les Mégachiles ressemblent assez à des abeilles dont elles diffèrent beaucoup par la manière dont elles ramassent le pollen. Les femelles construisent des nids composés de cellules diversement groupées, ayant l'apparence d'un dé à coudre, et formés de morceaux de feuilles découpés fort ingénieusement par ces femelles. Celles-ci pondent un œuf dans chacune de ces cellules et y accumulent une certaine quantité d'un miel plus ou moins liquide et qui doit servir à la nourriture de la larve.

D'après ce qui précède, on peut déjà soupçonner que les Mégachiles ne sauraient faire grand tort aux plantes et plus particulièrement aux poiriers. Je n'en aurais pas parlé non plus, si, en 1859, un jardinier de Jouy-aux-Arches ne m'avait apporté un grand nombre de feuilles de poirier couvertes des conceptacles de l'*OEcidium cancellatum*, et qui, outre cette plante cryptogamique assez commune, présentaient des échancrures plus ou moins profondes, de forme quadrangulaire ou arrondie, et qu'il supposait être l'ouvrage de quelque chenille ou de quelque larve habitant l'intérieur du petit champignon parasite. Les disques enlevés pouvaient avoir un centimètre de diamètre, et les quadrilatères environ deux centimètres dans le sens le plus allongé; beaucoup de feuilles portaient aussi des traces de coupures commencées et interrompues à la rencontre des parties jaunes qui entourent toujours la base des conceptacles de l'*OEcidium cancellatum*. Ce fait met pour moi hors de doute l'origine de toutes ces entailles régulières, semblables à celles que l'on rencontre sur beaucoup d'autres feuilles, notamment sur celles des rosiers, et qui sont faites par une espèce du genre *Mégachile* lors de la construction de son nid.

### 74. MEGACHILE PYRINA (Lepelletier de S.-F.).

Lepelletier de Saint-Fargeau; *suites à Buffon;* tome 2, page 334.

Synonymie : *Apis maritima* (Kirby); — *Apis Lagopoda* (Kirby); — *Megachile du poirier.*

Longueur quinze mill.; noire, couvertes de poils assez longs et d'un roux cendré; les deux ou trois premiers anneaux de l'abdomen plus velus que les suivants; tous les segments bordés de poils cendrés assez serrés; ailes transparentes avec les nervures noires; pattes noires, les jambes blanchâtres vers le bout, les quatre premiers articles des tarses dilatés, blancs en dessus et ciliés de roux foncé.

Le mâle est plus petit que la femelle et a le dernier article des antennes comprimé, plus large et plus long.

Après la description de cette espèce, Lepelletier de Saint-Fargeau, dit : « Environs de Paris; assez commune. Cette espèce fait assez souvent son nid dans le terreau des arbres pourris et creux. Elle se sert pour l'enveloppe, de morceaux de feuilles, tels que le poirier ou le marronnier d'Inde. »

Bien que je n'aie pas encore rencontré la *Megachile pyrina* dans notre département, comme cette espèce est commune dans plusieurs parties de la France, je n'hésite pas à lui attribuer les coupures faites aux feuilles dont il a été question, et je pense que personne ne songera à regarder cet insecte comme véritablement nuisible.

## Liste des Hémiptères qui vivent sur le Poirier.

*SCUTELLÉRIENS.*  Cydnus bicolor (Fallen)
Pentatoma dissimilis (Fab.).
— juniperum (Fabr.).
— prasina (Linné).
— baccarum (Fabr.).
*LYGÉENS.*  Capsus magnicornis (Fallen).
— ater (Linné).
— capillaris (Fabr.).
*RÉDUVIENS.*  Tingis pyri (Linné).

La larve, la nymphe et l'insecte, vivent sur les parties vertes dont elles sucent la sève.

La larve, la nymphe et l'insecte, sous les feuilles.
Très-nuisible.

### XLV. CYDNUS (Fabricius)*.

Blanchard; *Histoire des insectes;* tome 2, page 446.

Corps ovalaire, assez large; tête assez petite; antennes assez grêles de cinq articles, allant un peu en grossissant vers l'extrémité; écusson grand, presque triangulaire, mais ne couvrant pas tout le corps; pattes courtes, jambes grêles, garnies de fortes épines dans toute leur longueur, tarses robustes; les ailes supérieures ont la partie coriace plus grande que la partie membraneuse.

Ce genre est nombreux en espèces; quelques-unes d'entre elles sont assez communes dans le département de la Moselle. Leur couleur est ordinairement noire, variée de blanc ou de jaune. Ces insectes vivent sur les parties vertes d'un grand nombre de plantes dont ils sucent la sève. Les femelles pondent leurs œufs sur les feuilles et les larves qui en éclosent, vivent souvent en sociétés

* Synonymie : Cimex (Fabr.); — Pentatoma (Lepel. et Serv.); — Punaises.

assez nombreuses. C'est dans ce cas seulement qu'on peut les considérer comme nuisibles. Une seule espèce est indiquée comme vivant aux dépens du poirier, c'est le :

### 75. CYDNUS BICOLOR (Fabr.).

Amyot et Serville; *suites à Buffon; Hémiptères*, page 98.

Synonymie : *Cimex bicolor* (Lin.); — *Cimex nubilosa* (Harris); — *Tritomegas* (Amyot); — *Tritomegas bicolor* (Amyot et Serville); — *La punaise noire à quatre taches blanches* (Geoffroy); — *La punaise à deux couleurs* (Stoll).

Longueur : sept millim. Corps d'un noir luisant, finement ponctué ; une tache longitudinale assez grande et sinuée irrégulièrement en dedans sur le bord antérieur du prothorax, une autre tache assez large, en croissant irrégulier, à la base des élytres, et une tache moins grande à l'angle extérieure de l'extrémité de la partie coriace, blanche ; partie membraneuse de l'élytre transparente et blanchâtre ; côtés de l'abdomen tachés de blanc.

Cette espèce est très-commune. Elle se rencontre pendant les mois de juin, de juillet et d'août sur un grand nombre de plantes potagères, ainsi que sur les pruniers, les pommiers et plus ordinairement encore sur les poiriers. Comme M. Nordlinger, je l'ai plus souvent rencontrée sur les espaliers que sur les quenouilles ou les hauts-vents; mais si, à Stuttgard, le poirier bon-chrétien est plus souvent que les autres visité par la punaise noire à quatre taches blanches, il n'en est pas ainsi à Metz où je ne l'ai trouvée en abondance que sur le doyenné d'hiver.

Ces insectes plantent leur trompe indifféremment sur les jeunes pousses, sur les feuilles et sur les fruits, ils en sucent la sève et, quand ils sont nombreux, ils épuisent la plante, en font jaunir les parties vertes et empêchent ainsi la maturité du fruit et le développement des boutons qui doivent produire l'année suivante.

On peut, pour les détruire, employer avec succès contre eux les insufflations de poudre insecticide ; mais, comme le plus ordinairement celle-ci ne fait que les engourdir, il faudra pour obtenir un résultat satisfaisant, ramasser les insectes tombés et les jeter au feu, ou bien arroser avec de l'eau bouillante le sol sur lequel ils sont tombés.

## XLVI. PENTATOMA (Olivier)*.

Amyot et Serville ; *Hémiptères, suites à Buffon*, page 128.

Tête peu avancée, yeux latéraux, ocelles placés en arrière ; antennes de cinq articles, le premier court ; bec atteignant la base de l'abdomen ; prothorax hexagonal, élargi posté-rieurement ; écusson triangulaire grand, allongé, dépassant un peu le milieu de l'abdomen ; élytres grandes et larges, la partie coriace plus grande que la partie membraneuse, dépassant un peu la longueur du corps ; ailes inférieures blanches et transparentes ; abdomen large, ramassé, mutique, à bords tranchants, peu convexe en dessus et en dessous, sans sillon ventral ; pattes courtes, grêles et mutiques, à peu près d'égale longueur.

Ces insectes sont bien connus ; on les désigne ordinairement sous les noms vulgaires de *Punaises des bois*, *Punaises des jardins*, etc. Quand on les touche, ils répandent une odeur forte, pénétrante, désagréable, et qui rappelle celle de la punaise des lits. Il suffit même souvent du passage d'un seul pentatoma sur une fleur ou sur un fruit pour leur communiquer une odeur ou un goût repoussant.

C'est plus particulièrement sur les plantes potagères de la famille des crucifères qu'on les rencontre le plus souvent dans les jardins. Cependant on en trouve plusieurs espèces sur les arbres fruitiers. Les deux sexes sont assez semblables entr'eux ;

* Synonymie : CIMEX (Linné) ; — EDESSA (Fabr.),

lors de l'accouplement ils se tiennent bout à bout ; la femelle pond
des œufs de forme ovoïde et en général de couleur verdâtre, elle
les fixe sur les feuilles au moyen de l'enduit glutineux dont ils
sont revêtus en sortant de l'oviducte. Au bout de quelques
jours, ces œufs éclosent ; il en sort de petites punaises qui
diffèrent des individus adultes par des couleurs plus tendres,
l'absence des ailes et une forme proportionnellement plus allongée.
Ce n'est qu'après un certain nombre de changements de peau
que ces larves acquièrent tous leurs organes et sont propres à
reproduire leur espèce.

Le nombre des espèces de Pentatome connu est très-considérable, toutes les parties du monde en possèdent, et nos jardins en
nourrissent une dizaine d'espèces dont quelques-unes sont des
plus communes. Le poirier n'en nourrit pas d'espèces qui lui
soient propres ; mais, comme presque toutes sont polyphages et
sucent indifféremment la sève de plantes très-disparates, on
rencontre souvent, sur les parties vertes de cet arbre, des
individus isolés. On a plus particulièrement signalé les espèces
suivantes :

### 76. PENTATOMA DISSIMILIS (Fabricius).

Amyot et Serville ; *Hémiptères; suites à Buffon*, page 121.

Synonymie : *Cimex dissimilis* (Fabr.); — *Cimex prasina*
(Degéer); — *Pentatoma juniperina* (Lepelletier et Serv.);
— *Pentatome dissemblable* (Amyot et Serville); — *La
punaise verte* (Geoffroy).

Longueur : dix à douze mill. Corps vert en dessus, jaune,
vert ou rougeâtre en dessous ; lobes latéraux de la tête dépassant le milieu de celle-ci, yeux noirs ; antennes fauves avec
l'extrémité des derniers articles plus foncée ; tête, corselet,
écusson et partie coriace des élytres couvertes de points
enfoncés, nombreux et serrés ; partie postérieure de la tête,
cotés latéraux du corselet et angles huméraux des élytres
étroitement bordés de jaune ; pattes fauves, tarses roux ; un

point noir sur la partie antérieure de chaque cuisse et un autre de même couleur, à la place des stigmates, sur les bords latéraux de l'abdomen; partie membraneuse des élytres brune.

Cette punaise est commune dans les jardins, mais le peu d'individus que l'on en rencontre sur les poiriers doit rendre son dommage insignifiant. Je n'en ai pas observé les métamorphoses; selon M. Signoret, elle pond en juin. Selon M. L. Dufour, le dernier segment abdominal est largement échancré dans le mâle.

### 77. PENTATOMA JUNIPERUM (Fabr.).

Amyot et Serville; *Hémiptères; suites à Buffon;* page 132.

Synonymie: *Cimex juniperinum* (Lin.); — *Pelidia* (Amyot).

Longueur de onze à treize millim., largeur de six à sept mill. Corps entièrement d'un beau vert clair en dessus comme en dessous; tête et corselet chagrinés; antennes vertes à la base, noirâtres à l'extrémité; une légère bordure latérale derrière les yeux et l'angle huméral externe des élytres jaunâtre; extrémité de l'écusson blanc ou blanchâtre; partie membraneuse des élytres blanche mais paraissant grise, quand elle repose sur le fond noir du dos de l'abdomen, bord externe de celui-ci jaunâtre.

Cette espèce, qui, à la première vue, peut aisément se confondre avec la précédente, s'en distinguera facilement par la couleur différente de la membrane des élytres. Plusieurs auteurs l'ont indiquée comme vivant sur les arbres fruitiers, mais, dans les environs de Metz, je ne l'ai jamais rencontrée dans les jardins. Dans le département de la Moselle, elle paraît même assez rare, et elle ne s'y trouve que sur le genévrier. Dans la Champagne, elle semble y être très-commune; car, en 1859, j'en ai trouvé une grande quantité dans des baies de genièvre récoltées au mois de septembre dans cette partie de la France. Ce n'est donc, selon

7

moi, que très-accidentellement qu'elle a pu se trouver sur le poirier, et il est même permis de supposer que sa grande ressemblance avec l'espèce précédente l'a fait confondre avec elle et a fait croire à son existence dans nos vergers.

### 78. PENTATOMA PRASINA (Linné).

Amyot et Serville; *Hémiptères; suites à Buffon*, page 131.

Synonymie : *Cimex prasinus* (Linné); — *Cimex dissimilis* (Wolf); — *La Punaise verte des choux.*

Longueur dix millimètres. Corps d'un vert pré, finement ponctué de brunâtre en-dessous ; milieu du front aussi avancé que les lobes latéraux ; membranes des élytres d'un vert pâle ; extrémité des quatre premiers articles et tout le cinquième article des antennes ferrugineux ; pattes vertes.

Cette pentatome est des plus communes. Elle vit dans les champs, d'ordinaire sur les graminées et sur les choux ; dans les vergers, on la rencontre en effet sur le poirier, mais accidentellement, et elle ne doit y causer aucun dommage bien sensible.

### 79. PENTATOMA BACCARUM (Linné).

Amyot et Serville; *Hémiptères; suites à Buffon*, page 132.

Synonymie : *Cimex verbasci* (Degéer); — *Pentatoma confusa* (Westw); — *Pentatoma depressa* (Linné); — *Cimex baccarum* (Linné); — *Pentatoma nigricornis* (Fabr.); — *Pentatoma eryngii* (Germ.); — *Pentatoma Wilkinsonii* (Hope); — *Pentatoma bihamata* (Kolenati); — *Punaise brune à antennes et bords panachés* (Geoffroy); — *Pentatoma* (Amyot).

Longueur de huit à neuf millim. Corps d'un roux plus ou moins verdâtre en dessus, le dessous est d'un jaune testacé avec de nombreux points noirs ; lobes latéraux de la tête notablement plus larges que le lobe médian ; antennes jaunes, le deuxième et le troisième article et quelquefois le quatrième de couleur très-foncée ou noir à l'autre extrémité, le dernier plus ou moins complétement noir ; côtés de l'abdomen tachés de noir et de jaune ou de rouge en dessus ; pointe de l'écusson jaune ; pattes fauves.

Cette espèce est, comme la précédente, extrêmement commune; on la rencontre partout et sur un grand nombre de plantes d'espèces différentes ; souvent elle vit en société et alors elle devient nuisible tant à cause du tort qu'elle fait à la plante qu'à cause de l'odeur pénétrante et fort désagréable qu'elle communique aux fruits sur lesquels elle a séjourné ou dans la pulpe desquels elle a puisé sa nourriture. Les framboises et les mûres sont plus particulièrement exposées à cet inconvénient ; quant au poirier, sur lequel on la rencontre souvent, il ne paraît pas beaucoup souffrir de sa présence. Les deux sexes sont semblables. Selon M. L. Dufour, les œufs sont échancrés sur un côté. Je n'en ai pas suivi les métamorphoses ; et, bien qu'elle soit très-commune, je n'en connais ni les œufs ni les larves. En terminant, j'ajouterai encore que M. Nordlinger dit qu'elle se trouve souvent sur le bouillon blanc. Ici je n'ai pu, au mois de juillet et d'août de 1858, en trouver un seul individu sur cette plante, sauvage ou cultivée, bien que l'espèce elle-même ne fût pas rare à cette époque.

## XLVII. CAPSUS (Fabricius)*.

Amyot et Serville; *Hémiptères; suites à Buffon;* page 280.

Corps en général elliptique ; tête arrondie, non prolongée en pointe ; antennes grêles, insérées au-dessous des yeux, le deuxième article notablement élargi ou épaissi en massue à l'extrémité, le troisième et le quatrième d'égale longueur entre eux ; bec court, atteignant cependant l'insertion des

* Synonymie : MIRIS (Fabr.); — LYGŒUS (Fabr.); — GLOBICEPS (Encyclop.); PŒCILOSOMA (Stéphens); — PHYTOCORIS (Macq.); — CIMEX (Fabr.).

pattes intermédiaires ; partie coriace des élytres peu consistante ; pattes grêles, assez longues, les postérieures les plus longues.

Le genre *Capsus* se compose de plusieurs espèces, la plupart de petite taille, une grande partie se trouve dans nos contrées et y ont produit un très-grand nombre de variétés.

Selon M. Léon Dufour, l'abdomen du mâle est formé, dans une grande étendue, tant en dessus qu'en dessous, par une seule pièce cônoïde très-obtuse, appartenant à l'armure copulatrice ; selon le même auteur, les œufs de *Capsus* qu'il déclare n'avoir jamais vus pondus, sont, dans l'ovaire, allongés, cylindroïdes, tronqués à un bout et légèrement arqués. Ces insectes vivent en société sur beaucoup de plantes herbacées ou ligneuses ; et, quoique les individus en soient très-souvent nombreux, les métamorphoses en sont encore inconnues.

### 80. CAPSUS MAGNICORNIS (Fallen).

Fallen ; *Hémiptères de la Suède ;* page 119.

Synonymie : *Capsus mali* (Meyer); — *Phytocoris magnicornis* (Macq.).

Corps noir, brun en dessus ; antennes noires ou brunes à la base avec le second article fusiforme et l'extrémité composée d'articles plus minces et blancs ; tête et corselet obscurs ; élytres brunes ainsi que l'écusson ; cuisses postérieures renflées, jambes plus claires garnies de petites épines.

Cet insecte m'est complétement inconnu. Il est indiqué par Macquart comme vivant sur les feuilles du poirier et du pommier. Kirchbaum, dit que l'accouplement a lieu en juillet et en août et que cet insecte vit sur le poirier. Il ajoute encore que la *Phytocooris mali*, de Meyer, qui vit sur le pommier, est identique avec cet insecte. M. Signoret, auquel je dois la description de cette cimicide, faite par Fallen, m'écrit encore à ce sujet : « Pour moi comme pour Kirchbaum, *Phyt. magnicornis* me

semble synonyme de *Ph. mali* de Meyer, que ce dernier indique toujours plus grand que *magnicornis*. Je le possède, pris
sur le pommier par moi-même, et il est évidemment plus grand
que ceux qui m'ont été envoyés de Suède par M. Bohéman. De
même j'ai reçu de Meyer, *C. Mali* et *C. magnicornis* (Fall.), sans
que je puisse assigner de caractères distinctifs à ces deux
insectes. » Enfin pour en finir avec les incertitudes qui semblent
se rapporter à *Capsus magnicornis* (Fall.), j'ajouterai que sous le
nom de *Punaise tigre*, Geoffroy a décrit une espèce voisine
connue des entomologistes actuels, sous le nom de *Phytocoris
clavicornis* (Linné), elle vit exclusivement sur le *Teucrium
chamœdrys*; il ne faut pas la confondre avec une autre cimicide
de la même tribu, que les jardiniers connaissent aussi sous le
nom de *Punaise tigre* et qui sera décrite plus loin (voyez
*Tingis pyri*).

### 81. CAPSUS ATER (Linné).

Amyot et Serville ; *Hémiptères; suites à Buffon;* page 281.

Synonymie : *Cimex ater* (Linné); — *Cimex semiflavus* (Lin.);
— *Capsus tyrannus* (Fab.); — *Lygœus tyrannus* (Wolf);
—*Capsus flavicollis* (Fabr.) ; — *Lygœus flavicollis* (Wolf).

Longueur cinq millim. Corps plus ou moins brun dans
toutes les parties ou dans quelques-unes seulement ; pattes
rousses, avec ou sans anneaux , de couleur plus foncée.

On trouve cet insecte sur toute sorte de plantes, dans les prés,
dans les bois ou dans les jardins, souvent isolé; il n'est cependant
pas rare d'en rencontrer des colonies de 25 ou 50 individus, vivant en parasites sur le même végétal. C'est dans ce cas seulement
qu'on peut le regarder comme nuisible et qu'il peut être utile
de chercher à le détruire au moyen des insufflations de poudre
insecticide.

**82. CAPSUS CAPILLARIS** (Fabricius).

Amyot et Serville ; *Hémiptères ; suites à Buffon* ; page 281.

Synonymie : *Phytocoris capillaris* (Blanch.) ; — *Capsus tricolor* (Fabr.) ; — *Capsus danicus* (Fabr.) ; — *Cimex tricolor* ( Fabr. ) ; — *Cimex flavomaculatus* (Herrich-Schœff) ; — *Piggudus* (Amyot) ; — *Capsus pyri* (Macquart).

Longueur six mill. Corps jaunâtre ou rougeâtre ; élytres unicolores ou ayant une tache rouge et un point noir à l'extrémité ; pattes de la couleur du corps, cuisses noires à la base.

Cette espèce varie encore plus que la précédente et présente, sur le corselet et sur les élytres, comme les coccinelles, des variations, par excès ou par défaut de couleur. Elle est également polyphage et, comme la *C. ater*, elle vit en société ou solitaire sur un grand nombre de plantes cultivées ou sauvages, herbacées ou ligneuses. Dans les jardins cependant on la trouve le plus ordinairement sur les rosiers et sur les groseillers, accidentellement on peut en rencontrer quelques individus sur les arbres fruitiers, mais elle ne peut guère être considérée comme étant nuisible à ces arbres.

Beaucoup de variétés, les plus communes et les plus constantes surtout, de cette espèce, ont été considérées et décrites, ou au moins indiquées comme espèces distinctes, par quelques auteurs. C'est ainsi que Macquart cite comme étant nuisible au poirier, le *Capsus pyri*. Or, aucun des auteurs que j'ai consultés ne contient de *Capsus pyri*, et comme le savant diptérologiste français ne donne aucune description de l'insecte qu'il désigne sous ce nom, je suppose qu'il a voulu parler d'une variété bien tranchée des *Capsus ater* ou *capillaris* et que, connaissant déjà de nom la *Capsus mali*, sans en donner la description dans un catalogue où il n'était pas nécessaire de pousser l'exactitude d'une manière bien rigoureuse, il aura voulu caractériser l'espèce qu'il observait par le nom de *Pyri*.

## XLVIII. TINGIS (Fabricius)*.

Amyot et Serville ; *Hémiptères* ; *suites à Buffon* ; page 296.

Corps très-aplati ; tête rétrécie à son insertion ; antennes de quatre articles, le premier cylindrique, le second plus court, le troisième grêle et plus long que les deux précédents réunis, le quatrième en massue globuleuse ; bec pouvant se loger dans un sillon assez marqué et qui s'étend jusqu'à l'extrémité du sternum ; prothorax prolongé postérieurement en pointe de manière à couvrir l'écusson, celui-ci très-petit ; le corselet présente en outre trois lignes longitudinales élevées dans son milieu, les côtés sont fortement dilatés et forment une expansion membraneuse, tandis que le disque est fortement relevé et comme vésiculeux ; élytres ovalaires, plus longues et plus larges que l'abdomen, dilatées latéralement et renflées sur le disque ; toutes ces parties vésiculeuses et foliacées, d'une transparence membraneuse et présentant un réseau à petites cellules formées par de fines nervures ; pattes courtes, grêles et d'égale longueur ; tarses de trois articles.

Les insectes de ce genre sont très-remarquables par les expansions foliacées du corselet et des élytres et le renflement vésiculeux du corselet qui, dans quelques espèces, forme une sorte de capuchon au-dessus de la tête de l'insecte. Ils sont phytophages et se multiplient quelquefois en telle quantité qu'ils causent un préjudice considérable aux plantes sur lesquelles ils vivent. Quelques espèces déterminent la formation de sortes de galles par les piqûres réitérées qu'elles font avec leur trompe sur les parties herbacées des végétaux. Parmi les espèces de ce genre qui habitent la France, une seule mérite de fixer notre attention d'une manière toute particulière.

* Synonymie : ACANTHIA (Wolf) ; — MOURATHIA (Schœff) ; — PIESMA (Burmeister).

**83. TINGIS PYRI** (Fabricius).

Amyot et Serville ; *Hémiptères ; suites à Buffon ;* page 297.

Synonymie : *Acanthia pyri* (Fabr.); — *Tingis appendiceus* (Fill.); — *Cimex pyri* (Fallen); — *Punaise à fraise antique* (Geoffroy); — *Tingis* (Amyot); — *Dyctionata pyri* (Stéphens); — *Tigre* *; — *Punaise du poirier* (de Bosc).

Longueur deux mill. Corps brunâtre ou noirâtre, dilatation des élytres et du corselet, blanches ; celui-ci avec un

---

* Sous ce nom de *Tigre*, les jardiniers, ainsi que plusieurs auteurs d'ouvrages sur l'arboriculture, désignent des insectes et des choses bien différentes, et pour lesquelles il est nécessaire de bien nous entendre pour éviter la confusion :

On distingue d'abord deux sortes de *Tigres :* le *Tigre sur bois* et le *Tigre sur feuille.* En ce qui regarde les arbres fruitiers, en général, le Tigre sur bois n'est autre chose que la cochenille, soit qu'elle affecte la forme hémisphérique comme la cochenille du pêcher ou celle du pommier, soit qu'elle ait la forme conchylienne comme l'*Aspidiotus*, dont il sera question plus loin.

Le Tigre sur feuilles se dit des insectes qui, comme les cochenilles des Camélias, du Laurier rose, de l'Oranger, etc., forment avec leurs corps des taches blanchâtres ou jaunâtres plus ou moins nombreuses sur les parties herbacées d'un grand nombre de plantes cultivées dans nos serres tempérées ; ou bien encore des insectes qui, par leurs piqûres ou leurs déjections, maculent plus ou moins les feuilles de certains arbres, comme c'est le cas pour le *Tingis Pyri* dont nous nous occupons.

Mais en dehors de cette dénomination de *Tigre*, appliquée à des insectes ou à leurs produits, les jardiniers désignent encore sous ce nom des taches ou des maculatures produites sur les feuilles sans la coopération des insectes, soit d'ailleurs qu'ils connaissent cette indépendance, soit, au contraire, qu'ils attribuent à tort à des animaux la production de ces taches.

De ce nombre, sont les taches jaunes ou orangées qui se rencontrent sur les feuilles du poirier en juillet, en août ou en septembre, et qui sont produites par le *Mycelium* de l'*Œcidium cancellatum :* Les taches noires produites sur les feuilles de beaucoup de plantes par le *Mycelium* de

renflement vésiculeux grand et en forme de capuchon, ou
de mitre avancé sur la tête, les côtés et la carène médiane

petits champignons appartenant aux genres *Puccinia*, *Œcidium*, *Uredo*,
etc. : les taches rouges, brunes ou noires produites par la brûlure ou par
les larves mineuses des *Cécydomyies*, des *Tinéides*, etc.

Pour nous, nous conserverons le nom de *Tigre* au *Tingis Pyri*, en faisant observer encore que la synonymie qui précède a, sans doute, été
cause de la confusion commise par plusieurs auteurs, et particulièrement
par Dalbret, qui attribue à un seul insecte (le véritable Tigre), plusieurs
altérations produites par des insectes tout à fait différents. M. Dubreuil
pousse encore la confusion plus loin ; ainsi, il commence par décrire une
espèce de cochenille *qui ressemble à du son* et qui se fixe sur l'écorce au
mois d'octobre, où elle reste jusqu'au mois de juin de l'année suivante ; à
cette époque, M. Dubreuil la fait changer de peau et produire le *Tingis
Pyri !!!*

Lepère va plus loin : ainsi, il nomme *Grise* le tigre sur feuille, et d'après
ce qu'il en dit, il est impossible de ne pas reconnaître le *Tingis pyri* dont
il est ici question ; cependant la Grise, est un insecte qui détermine sur les
plantes où il se trouve une affection bien différente de celle dont il a été
question jusqu'ici, et qu'il n'est pas inutile de faire connaître.

Si, pendant l'été, on examine la page inférieure des feuilles du Pêcher,
du Poirier, du Melon, etc., on remarque que cette face est couverte d'un
réseau de fil très-fin, de couleur blanchâtre, assez serré, et qui donne à la
feuille la couleur particulière qui a valu le nom de *grise* à cette affection.
Au milieu de ce réseau, dont la présence doit nécessairement nuire aux
fonctions respiratrices de la feuille, on trouve ordinairement un petit acarien ayant le corps globuleux, luisant, de couleur grise et se mouvant avec
agilité. D'autres fois, seul ou en compagnie du précédent, un second arachnide
de taille un peu plus grande, de couleur verdâtre avec deux taches brunes
sur les angles huméraux de l'abdomen, le cephalothorax gros, les palpes
longs et très-mobiles. Ces deux petits animaux aticulés sont excessivement
abondants, l'arachnidien encore plus que l'acarien, et souvent on les trouve,
sur la même plante en compagnie de larves ou d'insectes parfaits. Sur le
Poirier particulièrement, la *Grise* se rencontre avec les *Tingis pyri*, et
de petits œufs blancs et sphériques qui pourraient bien être ceux de notre
Tigre, et enfin avec des larves apodes et blanchâtres qui paraissent servir
à la nourriture de la petite araignée, car celle-ci les tourmente constamment.

dilatée en folioles visiblement réticulées. Elytres présentant
de chaque côté et vers la base une tache brune, et une autre
semblable placée aussi de chaque côté, vers l'extrémité;
ces taches sont plus ou moins grandes et se réunissent
quelquefois de manière à former une tache cruciforme.
Le dessous du corps est d'un vert olivâtre plus ou moins
foncé avec le bord des anneaux noirâtre; après la mort de
l'insecte, toute cette partie du corps se fonce et devient
souvent noire; les pattes sont pâles. Les deux sexes ne paraissent pas différer, et la description qui précède leur est
également applicable.

Le véritable *Tigre*, le *Tingis pyri*, le seul dont il sera désormais question dans ce travail, a été signalé, il y a déjà bien
longtemps, par beaucoup d'entomologistes et d'arboriculteurs,
comme étant nuisible au poirier.

Il est cependant très-étonnant de ne pas en trouver la description, ni même la citation, dans le remarquable ouvrage de
M. Nordlinger; mais ce qui doit paraître encore plus extraordinaire, c'est que ce n'est qu'en 1859 qu'on paraît l'avoir observé
pour la première fois dans les jardins des environs de Metz.
Tous les jardiniers que j'ai consultés à cet effet, m'ont donné des
renseignements identiques et qui constatent que, depuis bien
longtemps, on n'avait vu cet insecte dans nos jardins. C'est en
faisant cette sorte d'enquête entomologique, que j'ai recueilli
les éléments nécessaires pour établir la synonymie indiquée plus
haut pour le *Tigre*. Malgré l'absence d'observations affirmatives
et vu le nombre vraiment prodigieux de *Tingis pyri* rencontrés
sur quelques poiriers, il me semble plus rationnel de penser que
cet insecte existait déjà dans notre département et qu'il y a pris
tout à coup un développement considérable, grâce à un concours
de circonstances favorables à sa multiplication et que jusqu'ici
il ne m'a pas été permis de préciser.

Le *Tingis* se rencontre le plus ordinairement à la page inférieure des feuilles du poirier et de préférence sur ceux qui sont

élevés en espaliers. Quelquefois on le trouve sur les pêchers et plus rarement sur les pommiers, le duvet cotonneux qui recouvre les feuilles de cet arbre, est très-probablement la cause de l'immunité dont il jouit. Macquart cite aussi une espèce de Tigre comme vivant sur les feuilles du laurier (*Laurus nobilis*), mais je crois que dans ce cas, cet auteur s'est trompé, comme M. Dubreuil, et qu'il a fait comme les jardiniers qui nomment *tigre* la cochenille de l'oranger, si commune sur la plupart des arbres de la famille des Laurinées que nous cultivons.

C'est dans le commencement du mois de juillet 1859, que l'on a commencé à remarquer la présence de cet insecte sur les feuilles du poirier ; mais alors on ne trouvait que des larves ou des nymphes avec un nombre relativement très-minime d'insectes adultes et presque toujours accouplés. Dans le courant du mois d'août, le nombre de ces insectes est devenu si considérable que de tous côtés il a attiré l'attention des horticulteurs ; et, chose remarquable, c'est que, dans la même semaine, j'en ai reçu en communication de plusieurs points du département de la Moselle et même des départements de la Meurthe et des Vosges. Partout ils apparaissaient pour la première fois, et, partout aussi, on me signalait la rapidité avec laquelle ils se propageaient, et l'intensité du dommage qu'ils causaient aux poiriers.

Dans le courant du mois d'août ou de septembre, on trouve, sous chaque feuille des arbres envahis, de véritables colonies de *Tingis*, composées de larves, de nymphes et d'insectes parfaits ; ceux-ci sont alors en grande majorité et cependant les accouplements en sont très-rares. Malgré mes recherches, je n'ai pu observer ni la ponte ni l'éclosion des œufs. Les plus jeunes larves que j'ai pu étudier avaient environ un millimètre de longueur. En ce moment elles sont blanches, à l'exception du premier et du quatrième article des antennes, ainsi que les tarses, qui sont d'un brun plus ou moins foncé, quelquefois noir. La tête porte trois pointes aiguës, allongées et dirigées horizontalement en avant. Les expansions latérales du corselet sont blanches, opaques et non encore réticulées. L'abdomen est cordiforme, deux fois aussi long que la tête et le corselet réunis, avec deux taches noirâtres plus ou moins grandes aux angles huméraux; sur la moitié postérieure de l'abdomen se trouve en outre une tache transversale plus ou moins grande, plus ou moins dilatée dans son milieu et de couleur brune ou noirâtre. Le dessous du corps est blanc, avec des taches brunes sur les côtés de l'abdomen et de la poitrine. Antennes de la longueur des deux tiers du corps; pattes longues et grêles. Les bords postérieurs et latéraux de l'abdomen sont hérissés de longues épines, dirigées horizontalement comme celles de la tête; tout le dessous du corps porte également de ces épines placées normalement à la surface et de couleur noire ou blanche, selon la teinte de la partie du corps sur laquelle elles sont implantées.

On trouve aussi souvent des larves de taille beaucoup plus grande et presque entièrement blanches, c'est qu'en ce moment elles vont subir une mue, probablement la deuxième; quand ce changement de peau est terminé, le disque du corselet commence à se boursoufler, les côtés latéraux se dilatent, et l'on aperçoit distinctement les moignons d'où sortiront les ailes de l'insecte. Ces nymphes diffèrent encore des larves par l'absence des épines que nous avons signalées sur le corps de la larve, par le dessous du corps qui n'est plus blanc, mais brunâtre, et enfin par le dessus de l'abdomen qui est blanc avec une tache discoïdale assez grande de couleur foncée.

Ainsi que je l'ai dit plus haut, les *Tingis* vivent en sociétés fort nombreuses sous les feuilles des arbres et, à peu d'exception près, sous les feuilles des poiriers en espaliers, sans qu'il soit possible de trouver une variétée qui en soit moins affectée que toute autre. Les larves, les nymphes et les insectes parfaits marchent lentement et avec une sorte de gravité.

Bien que ces Hémiptères paraissent peu agiles, ils s'envolent facilement au moindre danger, et quand on vient à secouer un arbre habité par eux, ils forment, par leur nombre et leur couleur, une sorte de nuage peu étendu et qui ne tarde pas à se dissiper, parce que tous ces insectes retournent rapidement sous leur abri.

Dans leurs colonies, les *Tingis* paraissent continuellement en mouvement, et quand ils enfoncent la trompe dans la parenchyme de la feuille, c'est pour un instant si court qu'on ne peut supposer qu'il suffit pour y pomper quelque nourriture, peut-être cependant que pendant la nuit, ou quand ils ne sont pas inquiétés, restent-ils fixés plus longtemps et prennent-ils le temps d'en puiser la sève dont bien certainement se compose leur alimentation?

On comprend toutefois que ces nombreuses piqûres doivent être très-préjudiciables à l'arbre, mais ce qui l'est davantage encore, selon moi, c'est la déperdition de sève qui s'opère par les milliers de piqûres dont se trouve labourée la face inférieure de la feuille. Cette sève extravasée s'agglomère en gouttelettes, s'altère, se dessèche et forme une grande quantité de petites taches visqueuses, luisantes, brunes ou noirâtres sur lesquelles l'insecte a de la peine à marcher et qui font par leur ensemble paraître la feuille comme tigrée, de là peut-être l'origine du nom donné à l'insecte qui en est l'auteur. Cette matière gluante continuant à se dessécher et à augmenter, les pores de la feuille s'en trouvent obstrués; alors celle-ci ne respirant plus, jaunit à la face supérieure, se dessèche et finit par tomber, ou, si elle reste attachée à l'arbre, elle lui donne l'aspect d'un arbre mort. C'est seulement alors que l'on commence à s'apercevoir de la présence du Tigre, car, jusque-là, la couleur et la taille de l'insecte ne permettaient guère de les distinguer au milieu des maculatures de la feuille.

On comprend dès-lors qu'un arbre placé dans de telles conditions, et cela pendant les mois d'août et de septembre, ne tarde pas à languir; les fruits restant petits et chétifs, et les boutons à fruits ne se developpant pas du tout, la récolte future est également compromise. Une chose singulière, c'est que les Tigres, même ceux qui sont arrivés à l'état parfait, ne quittent pas des feuilles qui ne fonctionnent presque plus ou qui même sont complètement desséchées. Ce n'est que quand ces feuilles se détachent de l'arbre, ou seulement quand le nombre des individus de la colonie devient trop considérable, qu'on voit émigrer les larves, les nymphes ou les insectes, pour se porter sur les feuilles les plus voisines, de sorte que de proche en proche l'arbre tout entier finit par être complétement envahi. C'est dans ces envahissements progressifs que les pêchers, les abricotiers, les pommiers et même les pruniers voisins se couvrent également de ces insectes sans que toutefois ils s'y multiplient en aussi grande abondance, et aussi sans que leur présence paraisse être aussi nuisible à ces arbres qu'ils le sont aux poiriers.

D'après ce qui précède, il est évident que le dommage causé aux poiriers par le Tigre est déterminé d'une part, par l'absorption et l'exsudation de la sève, et d'autre part, par l'obstruction des pores de la feuille occasionnée par l'accumulation simultanée des déjections de l'insecte et du liquide visqueux et noirâtre dont j'ai expliqué plus haut l'origine.

Par conséquent, tous les auteurs, au nombre desquels je suis fort étonné de trouver Macquart, qui ont dit que cet insecte *détruit* le parenchyme des feuilles, lui ont attribué des dégâts qui étaient causés par d'autres insectes, avant, pendant ou après le passage de celui-ci. Enfin, le fait assez rare, d'insectes persistant à habiter une feuille dans laquelle la sève ne saurait plus circuler, m'a fait supposer que les nombreuses piqûres faites par les *Tingis* pour faire écouler le liquide sucré au dehors, avait surtout pour but d'amener une accumulation de celui-ci et de créer une réserve de nourriture pour l'insecte, quand la feuille est incapable d'en produire directement par la succion. Je livre cette supposition pour ce qu'elle vaut, me réservant de faire des observations qui permettent de la confirmer ou de lui en substituer une plus conforme à la réalité. Quelle que soit d'ailleurs la solution de cette question, le résultat est le même, au point de vue horticole; il importe maintenant d'examiner par quels moyens il est possible d'arrêter les progrès du mal aussitôt qu'on aura reconnu la présence du Tigre, et sauver ainsi la récolte pendante et l'arbre lui-même.

La poudre insecticide, appliquée au soufflet ou à la houppe, semble d'abord réussir parfaitement; dès les premières insufflations, on voit tomber des quantités considérables de larves, de nymphes et d'insectes plus ou moins engourdis. Si l'on se borne à ce premier résultat, on n'a qu'à rechercher le lendemain les tigres tombés sur le sol, et c'est à peine si l'on en retrouvera quelques-uns. C'est qu'en effet bien peu meurent aussi vite, le plus grand nombre n'est qu'engourdi, et en quelques heures ils reprennent assez de vigueur pour remonter sur les feuilles et y continuer leurs dégâts. Pour obtenir un succès plus complet, il faut aussitôt après l'aspersion de la poudre, avoir le soin d'arroser le sol couvert des insectes endormis, avec de l'eau chaude ou une lessive légère et l'on en achève ainsi la destruction.

Ces opérations, surtout celle du soufflage de la poudre, devront se faire le matin s'il n'y a pas de rosée, ou le soir dans les temps secs, de manière à déranger le moins ces insectes et empêcher leur dispersion sur les arbres voisins. En outre, comme la ponte est continue, puisque pendant deux mois au moins on trouve à la fois des jeunes larves, des nymphes et des insectes adultes, il sera bon de renouveler plusieurs fois et à quelques jours d'intervalle, l'application de la poudre insecticide. Quoique souvent efficaces, les moyens qui précèdent ne produisent quelquefois d'autre effet que la dispersion de quelques colonies, mais, dans tous les cas, il sera bon d'employer successivement quelques-unes des méthodes anciennement connues.

Les jardiniers conseillent les aspersions avec de l'eau de savon, de la lessive, une décoction de tabac, etc., mais comme le tigre se tient presque toujours à la face inférieure des feuilles, il en résulte que le plus grand nombre n'est pas atteint par ces liquides dont l'effet me paraît d'ailleurs assez problématique, tant qu'on n'emploie pas des solutés d'une certaine force, et par conséquent dans des conditions où ils deviennent eux-mêmes nuisibles aux végétaux.

Les fumigations de tabac sont de tous les moyens à employer, celui qui réussirait le mieux, s'il était facile à mettre en pratique. Bien qu'en effet ce moyen soit presqu'impraticable en grand, je dois le conseiller, parce qu'il y a souvent urgence à employer un remède radical, si l'on veut sauver une récolte de fruits et souvent l'arbre lui-même. Comme d'ailleurs il est à peu près le seul qui, dans certains cas, puisse être employé contre les puce-rons, les détails dans lesquels je vais entrer trouveront leur application plus tard, et je n'aurai plus à y revenir en faisant l'histoire de ces Homoptères.

On commence par couvrir l'arbre d'une toile fermée par le haut et sur les côtés, de manière à retenir autant que possible les vapeurs emprisonnées; puis, avec le soufflet que je décrirai tout à l'heure, on dirige la fumée du tabac sous la toile et autant que possible en faisant arriver le plus fort du jet sous les feuilles les plus chargées de *Tingis* ou de Pucerons. On continue la fumigation jusqu'à ce que l'on ait atteint toutes les parties infestées et que l'on ait brûlé, pour un espalier de moyenne grandeur, de 20 à 30 gr. de tabac.

Deux ou trois heures après cette opération, on enlève la toile et on procède, avec de l'eau ordinaire, à un bon arrosage de tout l'espalier, on terminera enfin en piétinant fortement le sol mouillé sur lequel sont tombés les insectes. A part la difficulté d'exécution, ce moyen est excellent, mais il ne fait pas périr tous les insectes, et ceux qui échappent à cette asphyxie continuant à se reproduire, on est dans la nécessité de leur faire une nouvelle fumigation, quinze ou vingt jours après la première, si le temps est chaud; vingt-cinq ou trente jours seulement après, si l'on est en août ou en septembre.

La plupart des jardiniers qui font des décoctions ou des fumigations de tabac, ont l'habitude d'employer à cet usage des tabacs de contrebande ou des tabacs de qualités inférieures qui sont livrés à bas prix par l'administration. L'économie, dans ce cas, est plus apparente que réelle, et il vaut mieux employer, en le découpant menu comme pour le fumer, le tabac à chiquer en rolles. Ce tabac produit, à poids égal, une décoction beaucoup plus chargée et une fumée au moins quatre fois plus forte que celle que l'on obtient des autres qualités.

Le soufflet à fumigations se compose d'un soufflet ordinaire à la bouche duquel on adapte un petit cylindre en tôle de quatre à six centimètres de diamètre. On place dans le fond de ce cylindre un morceau d'amadou allumé ; on y ajoute , en le tassant légèrement, le tabac découpé, et on fait agir le soufflet. On peut, si l'on veut, surmonter le cylindre-foyer d'un couvercle portant un tuyau souple ou rigide, et au moyen duquel on dirigera la fumée sous les cloches, dans les bâches, dans les serres, etc.

## Liste des **Homoptères** qui vivent sur le Poirier.

| | | |
|---|---|---|
| *PSYLLIENS.* | PSYLLA ALNI (Linné). | La larve, la nymphe et |
| | — PYRI (Linné). | l'insecte, vivent sur les |
| | — PYRICOLA (Fœrster). | feuilles dont elles sucent la sève. |
| | — APIOPHYLA (Fœrster). | |
| | — PYRISUGA (Fœrster). | Très-nuisibles quand ils |
| | — RUBRA (Fœrster). | sont nombreux. |
| | — AURANTIACA (Gour.). | |
| *APHIDIENS.* | APHIS MALI (Degéer). | Insectes vivant sur les |
| | — PYRI (Koch). | feuilles ou sur les |
| | — PRUNI (Fabricius). | jeunes pousses. |
| | — SORBI (Kaltembach). | Très-nuisibles quand ils sont abondants. |
| | SCHIZONEURA LANIGERA (Illig.) | Vit sur le tronc. |
| | PEMPHIGUS PYRI (Aza-Fitch). | Espèce américaine qui vit sur la racine. |
| *COCCINIENS.* | COCCUS MALI (Schranck). | Vit sur le tronc. |
| | LECANIUM PYRI (Schranck). | Très-nuisible. |
| | ASPIDIOTUS CONCHYFORMIS (Gmélin). | |

8

### XLIX. PSYLLA (Geoffroy)[*].

Amyot et Serville. *Hémiptères, suites à Buffon*, page 591.

Corps allongé, tête inclinée et aplatie en dessus, ayant deux yeux globuleux, saillants, trois ocelles disposés en triangle, un de chaque côté derrière les yeux, le troisième sur le front; antennes insérées devant les yeux, filiformes, de huit à dix articles, de la longueur du corps, le dernier article terminé par deux soies fines et raides; bec très-court paraissant naître de la poitrine, en arrière de l'insertion des pattes antérieures, formé de trois articles, restant perpendiculaire à l'axe de l'insecte, corselet très-convexe en dessus et portant deux petites pointes élevées; écusson grand; ailes supérieures hyalines, plus longues et de consistance plus ferme que les ailes inférieures, les ailes supérieures ont trois nervures principales, longitudinales, dont l'intermédiaire fourchue forme à l'extrémité une espèce de cellule triangulaire; ailes inférieures avec quelques nervures longitudinales à peine sensibles; abdomen conique, intimement uni au corselet, terminé par une sorte de pointe; pendant le repos, les ailes sont disposées en toit aigu et dépassent l'abdomen; pattes postérieures, propres au saut; tarses de deux articles, le dernier plus long, muni de deux crochets ayant entre eux une pelote membraneuse.

Les Psylles sont de très-petits insectes qui vivent sur les plantes dont ils pompent la sève. Les espèces en sont nombreuses et très-difficiles à caractériser. Selon M. Fœrster, la plupart des auteurs qui s'en sont occupés, ont commis de nombreuses erreurs, surtout en ce qui concerne les ocelles, la trompe, les ailes, les organes génitaux, etc. On connaît l'histoire complète

[*] Synonymie : PSYLLE; — CHERMES (Linné); — FAUX PUCERONS (Réaumur).

de plusieurs espèces de Psylles. M. Léon Dufour a écrit celle de
la *Psylla ficus*, Lin.; Réaumur, celle de la Psylle du buis (*Psylla
buxi*, Macq.); Schmidberger, celle de la *Psylla pyrisuga*, Fœrst.,
etc.; les différences qui existent dans la manière de vivre de
chacune de ces trois espèces, sont assez notables pour justifier la
division du genre Psylla des auteurs en plusieurs sous-genres,
ainsi que l'a fait M. Fœrster*.

Le remarquable travail de M. Fœrster est peu connu et comme il a
été publié en allemand, je crois rendre service aux entomologistes français,
qui ne connaissent pas cette langue, en donnant ici la traduction du tableau
synoptique de la division des genres qui composent aujourd'hui la famille
des *Psylliens*.

1 {
Yeux plus ou moins saillants... 2.
Yeux non saillants.......... Genre Livia, Latreille; le type est
la *Livia Juncorum*, Latr.

2 {
Tête avec deux tubercules frontaux 3.
—    sans tubercules frontaux 6.

3 {
Nervure principale des ailes supérieures bifurquée .......... 4.
—    trifurquée.......... Genre: Trioza, Fœrster; le type est
la *Trioza urticæ*; *Chermes urticæ*,
Lin.

4 {
Ailes supér. ayant un sigma obscur Genre: Psylla, Geoffroy; le type
est la *Psylla alni*, Lin.
—    sans sigma.......... 5.

5 {
Hémiélytres coriaces, très-visi-
blement ridées ............ Genre Livilla, Curtis; le type est
la *Livilla ulicis*, Curtis.
Hémiélytres visiblement membra-
neuses................... Genre Arytaina, Fœrster; le type
est la *Arytaina Spartii*, Hartig;
*Psylla Spartii*, Hartig. — *Chermes
quercus*, Linné.

6 {
Hémiélytres sans sigma ....... 7.
Un sigma bien caractérisé aux
hémiélytres.............. Genre Rhinocola, Fœrster, le type
est la *Rhinocola ericæ*, Curtis;
*Psylla ericæ*, Curtis.

Le genre Psylle, restreint comme l'indique M. Fœrster, renferme encore une quarantaine d'espèces, presque toutes sont propres à l'Europe et  sept au moins vivent aux dépens du poirier. Les Psylles ont les pattes courtes, les cuisses renflées, fusiformes, celles des pattes postérieures sont propres au saut; comme ces insectes sont très-agiles et qu'ils volent facilement, il en résulte que ce double moyen de locomotion les rend très-difficiles à saisir à l'état parfait, tandis que leurs larves et leurs nymphes sont très-lourdes et marchent lentement. Les femelles ont une tarière avec laquelle elles percent l'épiderme des plantes pour y déposer leurs œufs; cette opération détermine, dans plusieurs circonstances, la formation d'excroissances ou de fausses galles.

Plusieurs larves sécrètent une matière cotonneuse blanchâtre dont elles se recouvrent, d'autres au contraire, rejettent par l'anus une matière sucrée souvent  assez abondante pour salir les feuilles ou les jeunes pousses  des végétaux et y attirer les fourmis. Par l'ensemble de leurs caractères et de leurs formes, les Psylles ressemblent assez aux petites Cicadelles. Les espèces sont en général assez difficiles à distinguer parce que leurs couleurs varient beaucoup selon qne l'insecte est vivant ou mort, qu'il y a plus ou moins de temps qu'il est transformé, etc. Les

7 {
Antennes de huit articles....... Genre EUPHYLLURA , Fœrster; le type est la *Euphillura olœœ* , Boyer ; *Psylla olœœ* , Boyer de Fonsco- lombe.

Antennes de neuf articles....... 8.

8 {
Articles des antennes très-distincts. Genre APHALORA, Fœrster, le type est le *Aphalora exilis*, Weber; *Psylla exilis*, Weber et Mohr.

Articles des antennes non distincts; antennes sétiformes. Genre ANISOSTROPHA, Fœrster, le type est la *Anisostropha ficus* , Linné; *Chermes ficus*, Linné.

Les divisions systématiquement établies par M. Fœrster, sont cependant si naturelles que chacune d'elles ne renferme plus qne des espèces ayant des mœurs semblables à l'état de larves, de nymphes ou d'insectes parfaits.

pointes frontales offrent, par leur forme et par leur position, les caractères spécifiques, les plus visibles et les plus constants.

### 84. PSYLLA ALNI (Linné).

Fœrster; *Révision du genre et des espèces de Psylles*, n° 1, page 70.

Synonymie : *Psylle de l'Aune.*

Longueur de deux ou trois millimètres. Corps d'un vert un peu jaunâtre en avant; extrémité de la trompe et tarses brunâtres; pointes frontales courtes, larges et tronquées; articles des antennes jaunâtres au sommet à partir du quatrième, les trois avant-derniers plus de la moitié jaunâtres, dernier article entièrement brun ; ailes jaunâtres avec les nervures jaunes.

Cette espèce est très-commune dans le département de la Moselle où on la rencontre sur beaucoup d'arbres d'espèces différentes. Je ne l'ai cependant jamais trouvée sur le poirier; mais Macquart, sans donner aucun détail sur ses habitudes, dit qu'elle habite également le poirier et d'autres arbres fruitiers.

### 85. PSYLLA PYRI (Linné).

Fœrster; *Révision des genres et des espèces de Psylles*, n° 24, page 77.

Synonymie: *Chermes Pyri* (Linné); — *Apiophylla* (Amyot); — *Psylle du poirier.*

Longueur : deux millim. à deux mill. et demi. Corps d'un jaune rougeâtre sale ; tête et thorax avec des taches et des raies brunes ; abdomen avec de larges bandes brunes et le bord postérieur des segments rouge ; pointes frontales médiocrement longues, larges à la base, obtuses au sommet. Antennes presqu'entièrement brunes à partir du quatrième article ; cuisses et tarses bruns. Les nervures des ailes sont d'un brun foncé à l'exception de la nervure costale, qui est jaunâtre jusqu'à sa bifurcation; entre les nervures, se trouvent des taches brunes plus ou moins allongées, plus ou moins apparentes, enfin sur le bord inférieur, près de la première cellule, se trouve aussi une tache plus foncée.

A cette description, que je traduis d'après l'ouvrage de M. Fœrster, cet auteur ajoute encore : « Cette espèce, de laquelle je n'ai qu'un mâle provenant de la collection de M. de Heyden, vient de Bingen et doit être nuisible au poirier ; il est probable que c'est le *Chermes pyri communis*, de Linné et de Degéer, au moins la description, ou plutôt la diagnose (*Alis fusco maculatis*) convient-elle mieux à cette espèce qu'aux *Psylla pyricola* et *Psylla apiophila*. »

Cette opinion de M. Fœrster n'est pas celle de Schmidberger, qui pense que la *Chermes pyri*, de Linné, est la *Psylla pyrisuga*. D'autre part, M. Nordlinger, en donnant de cet insecte une description qui n'est pas du tout applicable à celle de Fœrster, dit que la différence vient peut-être de ce que les auteurs, pour faire leur description, ont pris des individus plus ou moins âgés, vivants ou morts.

Du reste aucun des auteurs qui se sont occupés de cet insecte, n'a parlé de ses habitudes. Tous se contentent de dire qu'il vit ou qu'il a été trouvé sur le poirier. J'ajouterai enfin que pour M. Signoret, si compétent dans l'étude des Hémyptères, la *Psylla pyri* (Burmeister) est bien la *Chermes pyri* de Linné et qu'il l'a également trouvée, aux environs de Paris, sous les feuilles du poirier.

La Psylle du poirier, dont il est ici question, n'a pas encore, que je sache du moins, été observée dans notre département, mais comme elle se trouve sur les bords du Rhin, en Belgique, à Paris et en Bourgogne, c'est-à-dire dans des localités qui forment une ceinture autour de la Moselle, je n'hésite pas à la comprendre parmi les insectes nuisibles aux poiriers que nous cultivons.

### 86. PSYLLA PYRICOLA (Fœrster).

Fœrster ; *Révision des genres et des espèces de Psylles*, n° 25, page 77.

Synonymie : *Psylla similis* (de Heyden).

Longueur : deux à trois millim. Corps d'un jaune rougeâtre avec des taches ou des raies brunes sur la tête et le dessus du corselet ; abdomen avec des bandes, le bord des segments pâle, la poitrine de couleur plus pâle en arrière. Antennes jaunes avec les articles, à partir du quatrième, annelés de brun à l'extrémité, les deux derniers entièrement bruns. Les pointes frontales pâles, un peu courtes, larges à la base et obtuses au sommet ; base des cuisses brune ; ailes jaunâtres avec les nervures jaunes et une tache brune au bord inférieur, avant la première cellule.

J'ai pris, dit M. Fœrster, une femelle de cette espèce près d'Aix-la-Chapelle ; deux autres femelles, sous le nom de *Psylla similis*, m'ont été envoyées par M. de Heyden ; elles avaient été prises par lui à Soden, près Francfort-sur-le-Mein, sur le *Pyrus communis*. L'auteur, auquel j'emprunte cette citation, ne dit pas si c'est sur le poirier sauvage ou sur le poirier cultivé, et ne donne aucun détail sur les habitudes de cet insecte ni sur la nature du dommage qu'il peut occasionner.

### 87. PSYLLA APIOPHILA (Fœrster).

Fœrster ; *Révision des genres et des espèces de Psylles*, n° 26, page 78.

Un peu plus petite que la précédente, du reste assez semblable pour la couleur ; tête et thorax comme dans la *Pyricola* ; abdomen ayant également des bandes de couleur rouge, mais les bords des segments sont d'un rouge vermillon ; les tubercules frontaux sont beaucoup plus courts encore que dans l'espèce à laquelle je la compare, ce qui l'en fera très-facilement distinguer, ils sont pâles au sommet et tronqués de la même manière. Les ailes sont plus transparentes et la tache brune du bord inférieur plus foncée et plus apparente.

M. Fœrster ajoute qu'il a trouvé, sur des poiriers en espaliers, les deux sexes de cette espèce à Aix-la-Chapelle et à Boppart, que M. de Heyden lui en a envoyé plusieurs de Soden, qui se trouvaient aussi sur des poiriers en espaliers et qu'enfin M. Walker lui en a envoyé d'Angleterre, mais sans indiquer la plante sur laquelle il les avait trouvés.

### 88. PSYLLA PYRISUGA (Fœrster).

Fœrster ; *Révision des genres et des espèces de Psylles*, nº 27, page 78.

Synonymie : *Psylla pyri* (Schmidberger); — *le grand Suceur de poires* (des allemands).

Longueur: trois millimètres. Corps d'un rouge foncé teinté de brun, cette dernière couleur domine ordinairement ; les pattes ont les genoux, l'extrémité des tibias et les tarses jaunes; antennes jaunes, les articles, à partir du troisième, sont annelés de brun à l'extrémité, les deux derniers articles entièrement de cette couleur ; les tubercules frontaux courts, fortement tronqués et ordinairement de la couleur de la tête, quelquefois cependant l'extrémité est plus foncée ; ailes passablement transparentes avec les nervures et un sigma de couleur rougeâtre.

Cette espèce, ajoute M. Fœrster, est, parmi toutes celles qui vivent sur le poirier, la plus grande et la plus remarquable ; j'en ai trouvé onze femelles dont l'abdomen avait des bandes brunes et un bord très-étroit de couleur vermillon, et un mâle qui ne présentait pas ce caractère. On la trouve sur les poiriers en espaliers dans les jardins d'Aix-la-Chapelle et de Boppart ; cette espèce ne paraît pas se rencontrer en Angleterre. A Metz, en 1859, j'ai trouvé, sur un jeune poirier en espalier, deux Psylles qui se rapportent assez bien à la description que je viens de donner.

J'ai déjà dit plus haut que, selon Schmidberger, la *Psylla pyrisuga* est le *Chermes pyri* de Linné et de Degéer, tout en reconnaissant cependant que la description donnée par ce dernier auteur ne soit pas complétement applicable au *grand suceur de poires*.

Sans entrer dans l'examen des raisons qu'il donne pour justifier cette opinion, et partageant à ce sujet la manière de voir de M. Fœrster, le savant monographe de la famille des Psylliens, je vais rapporter l'histoire de la *Psylla pyrisuga* de Schmidberger, d'après ce qu'en a publié cet habile observateur.

Le Suceur de poires parait en abondance tous les ans, depuis le milieu du mois d'avril jusqu'au milieu de mai, sur les poiriers, quelquefois, mais rarement et d'une manière isolée, sur les pommiers. Au moment de la pousse des feuilles et de l'épanouissement de la fleur ces insectes se posent sur les pétioles, sur les pédoncules et quelquefois sur la fleur elle-même. Souvent on rencontre les deux sexes réunis ; ils sautent ou s'envolent au moindre attouchement et sont très-difficiles à saisir. Pendant l'accouplement, le mâle est placé auprès de la femelle, celle-ci a les ailes fermées en toit, tandis que le mâle maintient relevé l'aile supérieure qui se trouve du côté de la femelle. Celle-ci étant fécondée, on la voit bientôt pondre ses œufs. Pour cette opération, elle introduit sa tarière dans le pétiole, dans la jeune feuille, sur la fleur ou sur le fruit nouvellement noué, mais toujours sur les parties légèrement velues, et y introduit un œuf. Cette opération dure environ une minute pour chaque œuf ; les ovaires étant très-gros, ces insectes sont très-féconds. C'est surtout en mai que l'on trouve ces œufs ; ils sont jaunes, placés les uns près des autres, sans cependant se toucher ; peu de jours après qu'ils ont été pondus, la partie de la pousse sur laquelle ils sont fixés se contracte, prend une couleur différente et devient facile à reconnaitre. En quelques jours l'éclosion a lieu et produit des petits très-différents de la mère.

Les larves de Psylles ont le corps allongé et cylindrique ; les antennes sont blanchâtres ainsi que les pattes qui paraissent difformes. La trompe sétiforme est fort longue, les yeux sont rouges et le reste du corps d'un jaune foncé, au moins pendant les premiers jours de leur existence. Ces petites larves ne tardent pas à subir une première mue, alors elles changent de couleur et deviennent brunes avec des raies transversales blanchâtres sur le dos ; le corselet est rougeâtre avec des points et des bandes noires ; enfin, la poitrine, le ventre, les pattes et les antennes sont d'un vert pâle avec quelques points noirs. Peu de temps après ce premier changement de peau, les larves de Psylles quittent les fleurs ou les feuilles où elles étaient, et vont se placer les unes à côté des autres, à la base des rameaux de un à deux ans.

Schmidberger pense, et je crois avec raison, que les larves de Psylles une fois fixées changent encore une fois de peau et que c'est alors seulement que l'on voit apparaitre les moignons des ailes ; le corps devient obtus à l'extrémité, se termine par deux petites soies et prend l'aspect général d'une punaise aplatie.

C'est en ce moment que, par les déjections qui sortent goutte à goutte de l'anus avec la consistance d'un liquide épais et visqueux, les nymphes de Psylles commencent à salir la branche où elles se trouvent fixées. Les fourmis, attirées par ce liquide, les visitent souvent et servent à les faire découvrir, car une fois fixées, les nymphes ne changent plus de place jusqu'à leur complète transformation, à moins qu'on ne les inquiète.

Pour subir leur dernière métamorphose, les nymphes se séparent ordinairement et vont se fixer isolément sous une feuille à proximité ; alors la peau se fend sur le front, et ordinairement une heure après, l'insecte parfait se trouve complétement dégagé de sa dernière enveloppe. Dans le premier moment, il est d'un beau vert, les yeux sont roses, les ailes délicates et transparentes. Les couleurs ne se foncent et ne prennent les caractères que nous avons indiqués en commençant qu'au bout d'un temps assez long. Comme pendant l'été et pendant l'automne on ne voit ni accouplements ni nouveaux œufs, Schmidberger en conclut que les deux sexes hivernent et que les femelles ne sont fécondées qu'au printemps suivant.

Tous les auteurs sont d'accord pour considérer cet insecte comme très-nuisible, au moins à l'état de nymphe, qu'il passe, ainsi que nous l'avons vu, fixé à la base des pousses qui se fanent, se flétrissent, se contractent en se desséchant et finissent par mourir si l'on ne vient les délivrer des parasites qui leur enlèvent le suc nourricier. C'est au moyen de frictions faites sur les parties de l'arbre envahi par les Psylles, que Schmidberger propose de détruire ces insectes ; il faut, dit-il, employer, pour cette opération, une brosse ou un pinceau de soies raides. L'auteur auquel j'emprunte tous ces détails termine en disant qu'il a vu souvent cette psylle sucée par un hémiptère du genre *Lygœus*.

#### 89. PSYLLA RUBRA (Fourcroy).

Synonymie : *Psylla Pyri ??* (Linné). — *Psylle rouge* de Geoffroy.

Longueur : deux millim. et demi. Corps brun ferrugineux ; tête d'un brun ferrugineux marqué de taches rouges ; antennes brunes ; thorax brun ferrugineux avec quatre lignes longitudinales sanguines sur la mésothorax ; écusson brun ; abdomen brun, ayant le bord des segments sanguins ; pattes d'un brun noirâtre avec les articulations des tarses ferrugineux ; poitrine tachée de rouge ferrugineux ; ailes hyalines à côtes et nervures ferrugineuses.

Cette description, que je dois à l'obligeance de M. Goureau, est celle d'une espèce très-voisine de celle que Fœrster a décrite sous le nom de *Ps. pyri*, et il pourrait bien se faire que les différences fussent dues à l'âge des insectes décrits ou à des variétés locales. Quoiqu'il en soit, M. Goureau complète cette description par les détails suivants, que je transcris littéralement: « La *Psylla rubra,* Fourcroy, *Psylle rouge* de Geoffroy, est, je crois, la même que la *Psylla pyri* de Lin. La femelle pond ses œufs sur les bourgeons des poiriers vers le 15 mai, ce sont des atômes jaunâtres, oblongs, ayant une très-courte queue. Les larves qui en sortent, observées le 28 mai, ont environ un tiers de millimètre de longueur; elles sont ovales et jaunâtres, un peu plus grosses du côté de la tête, qui n'est pas détachée du thorax; on y voit deux petites antennes de quatre articles, dont le dernier est terminé par deux poils. On remarque sur le dos du thorax deux lignes longitudinales parallèles de quatre points plus colorés que le reste du corps; l'abdomen n'est séparé du thorax que par une ligne transversale, les segments sont à peine indiqués; le dernier est bordé de poils courts. Les pattes sont au nombre de six, articulées, terminées par deux crochets; le suçoir ou bec se voit entre les deux premières pattes comme un point noir.

» Ces larves sont serrées l'une contre l'autre autour du bourgeon; elles croissent rapidement sans changer de place. Le 14 juin, elles étaient toutes changées en nymphes, et déjà plusieurs insectes s'étaient envolés. Cette nymphe est presque circulaire, très-déprimée, longue d'un demi-millimètre et de couleur brunâtre; on distingue très-bien sa tête, son thorax, son abdomen et les fourreaux des ailes; les antennes sont blanches avec l'extrémité noire, le corselet est rougeâtre, orné de deux lignes longitudinales de points noirs, chacune ayant entre elles une ligne médiane blanchâtre qui se prolonge sur la tête et sur l'abdomen; les fourreaux des ailes portent une tache blanchâtre dans leur milieu, les pattes sont de la même couleur; le dessous du thorax et de la base de l'abdomen sont d'un vert-pré luisant. Les nymphes sont serrées l'une contre l'autre et immobiles comme les larves. Elles se transforment sur place. »

Ces détails se rapportent d'une manière remarquable à ceux que j'ai fait connaître plus haut, d'après Schmidberger, pour la *Ps. pyrisuga*, et montrent avec quelle exactitude ces deux observateurs ont suivi les diverses phases de la vie de ces petits insectes.

### 90. PSYLLA AURANTIACA (Goureau).

Longueur : trois millim. Corps de couleur orange; antennes jaunâtres, ayant l'extrémité de la tige noirâtre et le dernier noir ; tête et corselet d'un jaune-orangé foncé avec la partie antérieure de la première bifide, blanchâtre, les yeux noirâtres et les stemmates (ocelles) rougeâtres ; abdomen vert, l'extrémité d'un jaune orangé ; pattes testacées ; ailes hyalines ainsi que les hémiélytres ; ces dernières à nervures testacées.

Cette description, que je dois également à l'obligeance de M. Goureau, ne saurait s'appliquer à aucune des espèces décrites par Fœrster. Elle paraît nouvelle et provient de Sautigny, département de l'Yonne, où M. Goureau l'a trouvée sur des poiriers. M. Signoret la croit également nouvelle, il l'a aussi trouvée sur le poirier aux environs de Paris.

Voici ce que M. Goureau ajoute sur cet insecte: « Je ne sais pas si la Psylle que j'ai appelée *aurantiaca* a déjà été nommée. M. Signoret pourra vous le dire, car je lui en ai donné des exemplaires. Son histoire est semblable à celle de la *Psylla rubra*, mais ce n'est qu'au mois de juillet que je me suis aperçu de sa présence. Je n'ai pas vu l'œuf ni la larve, cette espèce était à l'état de nymphe lorsque je l'ai rencontrée.

La nymphe a deux millimètres de long sur un et demi de large ; elle est ovalaire, plate, brunâtre ; ses antennes sont filiformes, de la moitié de la longueur du corps ; la tête est arrondie en devant, aussi large que le thorax dont elle n'est séparée que par un simple trait ; celui-ci est ridé transversalement et porte de chaque côté un disque presque rond dans lequel les ailes sont renfermées ; l'abdomen est aussi de la largueur du thorax à sa base, de la longueur de ce dernier, arrondi à l'extrémité qui est un peu atténuée. Les six pattes sont courtes ; le dessous de l'abdomen est d'un vert-pré au milieu et brun sur les côtés.

L'insecte parfait commence à s'envoler dès le 5 juillet, il se transforme sur place ; enfin, les antennes ont neuf articles et outre les deux yeux latéraux il n'y a que deux ocelles, les autres caractères sont ceux des Psylles.

## L. APHIS (Linné) [*].

Amyot et Serville ; *Hémiptères, suites à Buffon*, page 597.

Tête petite, yeux globuleux ordinairement saillants ; antennes de cinq, six ou sept articles, quelquefois même de trois seulement ; trois ocelles chez les individus ailés, un entre les antennes, les deux autres de chaque côté de la tête, derrière les yeux ordinaires ; aptères sans ocelles ; les deux premiers articles des antennes courts, les autres plus ou moins longs, le dernier arrondi ou pointu, ordinairement petit et maigre. Bec en forme de trompe, composé de trois articles, paraissant sortir de la poitrine sur laquelle il est implanté, ordinairement long jusqu'à atteindre la première ou la seconde paire de pattes, quelquefois atteignant ou dépassant même l'insertion de la troisième paire. Prothorax court et transversal. Ailes nulles ou au nombre de quatre, posées horizontalement ou en toit pendant le repos. Les deux supérieures hyalines et offrant, ainsi que les inférieures, des nervures dont les dispositions présentent de très-bons caractères pour l'arrangement des espèces. La première nervure (*nervure costale*) commence à l'origine de l'aile supérieure, elle s'étend presque parallèlement au bord externe jusqu'à son extrémité où elle se termine par une tache plus ou moins grande et obscure (*sigma*) de laquelle sort presque toujours une petite nervure courbe qui atteint l'extrémité de l'aile.

De la nervure costale naissent d'abord deux nervures transversales qui vont rejoindre le bord interne de l'aile ; puis une troisième nervure transversale aussi (*cubitus*) qui

[*] Synonymie : PUCERON ; --- BLATTLAUS, en allemand.

rejoint également le bord externe après avoir émis en avant et vers l'extrémité de l'aile une nervure simple ou fourchue touchant aussi le bord externe. Les ailes inférieures sont transparentes, elles ont une nervure costale mais pas de sigma, et deux nervures transversales partant de la précédente et rejoignant le bord interne de l'aile ; abdomen plus ou moins soudé avec le prothorax, peu distinct de celui-ci chez les individus aptères, ordinairement gros, renflé et couvert dans beaucoup d'espèces, ainsi que le reste du corps dans quelques-unes, de poudre blanchâtre ou de filaments laineux plus ou moins longs et de couleur blanche. Pattes assez longues, grêles ; les postérieures quelquefois plus longues sans être cependant propres au saut ; les tarses sont nuls ou composés de un ou de deux articles.

Sur le dos de l'abdomen et vers l'extrémité existent chez un très-grand nombre de pucerons, deux petits appendices ordinairement dirigés d'une manière normale à la surface sur laquelle ils sont implantés, et plus ou moins longs suivant les espèces. Enfin l'abdomen est terminé par une petite queue plus ou moins apparente.

Les caractères qui précèdent et que j'ai à dessein exposés un peu longuement, sont ceux qui conviennent à la grande majorité des insectes qui sont connus de tout le monde et des horticulteurs surtout, sous le nom de Pucerons. De tous les insectes, aucun ne mérite plus que ceux-ci de fixer l'attention des personnes qui s'intéressent à la culture des plantes ou à l'étude de l'histoire naturelle. Leur organisation particulière, leurs habitudes, leur mode de génération surtout, sont en effet des plus intéressants à connaître, tandis que leur prodigieuse fécondité, le tort que dans certain cas ils causent aux plantes cultivées, expliquent suffisamment les détails dans lesquels je vais entrer et qui résument l'ensemble des connaissances acquises sur ces insectes jusqu'à nos jours.

Il n'y a pas encore deux cents ans que Godart*, peintre naturaliste hollandais, disait que les pucerons naissaient d'un liquide
que les fourmis déposaient sur les plantes. Environ cinquante
ans plus tard, Lœvenhœck détruisait cette grossière erreur en
démontrant la présence des jeunes pucerons dans le ventre de la
mère. Ce n'est guère que vers 1730, que Réaumur publia ses
magnifiques travaux et qu'il fit connaitre ceux de Cestoni, de
Lahire, etc., lesquels mirent hors de doute, non-seulement que les
pucerons mettaient au monde des petits vivants sans fécondation
préalable, mais encore qu'une seule fécondation suffisait pour
toute une génération de pucerons, de laquelle pourraient encore
sortir jusqu'à dix générations nouvelles, sans l'intervention
d'aucun accouplement. Bonnet et Degéer, vinrent ensuite confirmer ces découvertes et les compléter par des observations
faites sur un grand nombre d'espèces différentes.

On comprend sans peine que des résultats aussi extraordinaires
et si contraires aux idées admises alors sur la génération des
insectes, excitèrent l'émulation des naturalistes ; et, chose remarquable, c'est que plus on faisait de découvertes dans cette voie,
plus les pucerons semblaient être en dehors de la loi commune ;
l'hermaphroditisme fut alors la seule supposition faite pour
expliquer ce nouveau mode de reproduction.

Linné, Fabricius et Schranck ne paraissent pas avoir fait
d'observations anatomiques nouvelles sur ces insectes, ni d'études
sur leurs mœurs. Ils se sont contentés d'en décrire un certain
nombre d'espèces, mais avec des phrases diagnostiques si courtes
qu'il est maintenant très-difficile, sinon impossible, de reconnaitre les insectes dont ils ont voulu parler ; cette difficulté est
encore augmentée par l'habitude qu'avaient ces auteurs de
prendre pour noms spécifiques des pucerons, les noms des
plantes sur lesquelles ils se trouvaient, ignorant sans doute que
la même espèce de pucerons vit souvent sur plusieurs plantes

---

* *Metamorphosis et Historia naturalis insectorum*. 3 vol. in-8°, 1658.

différentes et que la même plante est souvent habitée par plusieurs espèces de ces insectes. Cette deuxième période de l'histoire scientifique des pucerons correspond à la dernière moitié du siècle dernier; elle a été suivie par une troisième période qui s'étend jusqu'à ces dernières années et qui est surtout signalée par les travaux remarquables et les belles recherches anatomiques de Dutrochet, Léon Dufour, Siebold, Kyber, Morren, etc., et les curieuses observations de Schmidberger, lesquelles sans expliquer encore la manière dont s'opère en une fois la fécondation de plusieurs générations, mirent cependant hors de doute l'existence des deux sexes, la nécessité de leur réunion dans certains cas déterminés et détruisirent ainsi la supposition d'hermaphrodisme, faite par leurs devanciers. A ces découvertes déjà très-importantes, il faut encore ajouter l'observation que certains pucerons produisent tantôt des œufs et tantôt des petits vivants, d'autres toujours des petits vivants, tandis que quelques espèces, rentrant dans la loi générale, paraissent toujours pondre des œufs.

Dans une dernière période, qui comprend l'époque actuelle, les travaux sont plus particulièrement technologiques comme le sont ceux de Hartig, de M. Walker, de M. Koch, de Burmeister et de Kaltembach. Ce dernier auteur est celui qui m'a servi de guide dans la description des espèces de pucerons qui vivent sur le poirier; bien que son ouvrage ait été publié en 1843, pour des raisons que j'aurai plus loin l'occasion de développer suffisamment, je l'ai préféré à celui de M. Koch, qui a été publié en 1857.

En général, les auteurs qui, en France du moins, se sont occupés des pucerons, ont pris pour types les espèces les plus répandues (celles du rosier, du pêcher, du pommier) et semblent admettre que toutes les autres ont des habitudes analogues. Kaltembach, bien qu'il n'ait pas le premier signalé les différences qui existent sous ce rapport, a établi trois divisions, selon que les pucerons se reproduisent par des œufs et par des petits vivants, comme c'est le cas le plus général, ou qu'ils pondent toujours des œufs, ou enfin qu'ils ne font que des petits vivants.

9

Il désigne ces trois catégories par les noms de vivi-ovipares, ovipares et vivipares, qualifications qui se comprennent d'elles-mêmes. Je suivrai les mêmes divisions en faisant remarquer, dès à présent, que les deux dernières renferment des insectes encore peu connus et sur lesquels il y a encore une ample moisson de faits nouveaux à observer.

Si, pendant l'hiver, on examine avec attention les pousses de certains arbres, on trouve sur quelques-unes, quelquefois en grand nombre, des grains noirs, brillants, ovoïdes et qui sont fixés sur l'écorce par un enduit glutineux. Quelle que soit la rigueur de l'hiver, si l'on ouvre ces corps ovoïdes au printemps, on trouve un jeune puceron dans leur intérieur. C'est qu'en effet ce sont les œufs des pucerons dont nous allons suivre les évolutions.

Dès que la température commence à être plus douce et moins variable, mais surtout quand la sève commence à circuler dans les plantes, les jeunes pucerons sortent de l'œuf en poussant devant eux une sorte de couvercle qui le termine à un bout; presque tous les œufs éclosent à la même époque; et, en quelques jours, deux ou trois tout au plus, toute la nichée est sortie de la coquille. Au moment où le jeune puceron sort de l'œuf, il est tout à fait semblable à la mère aptère dont il provient, sauf cependant la couleur qui d'ordinaire est plus pâle, au moins dans quelques parties du corps. Les anatomistes ont constaté la présence de jeunes embryons dans le corps de ces pucerons qui viennent de naître.

La jeune larve croît assez rapidement de volume, probablement par l'introduction de l'air dans ses organes, et au bout de quelques heures, elle va se fixer sur la partie du végétal où elle doit trouver sa nourriture. C'est le plus ordinairement sur les parties vertes et tendres, les bourgeons, les jeunes feuilles, les pousses en train de se développer, etc., qu'ils se rendent et où ils se fixent les uns près des autres, la tête tournée dans le même sens ou vers un centre commun ; là ils enfoncent leur trompe dans le parenchyme de l'épiderme et pompent le suc ou la sève qui doit leur servir de nourriture. On comprend dès-lors que ces nombreuses piqûres et la déperdition de sève qui en résulte, sur des pousses en voie de développement, amènent dans leur organisation une perturbation qui les déforme plus ou moins et produit ici la formation de galles ou d'exostoses, là une courbure des feuilles ou des pétioles, leur décoloration, etc.

La déformation particulière des feuilles du pêcher, du poirier, des pruniers, etc., que les jardiniers appellent la *cloque*, n'est cependant pas toujours produite par les pucerons. On comprend en effet, que lors du développement des feuilles, s'il survient un changement brusque de température, la sève s'arrête dans les vaisseaux de la feuille, celle-ci tourmentée par l'affluence du liquide nourricier et ne pouvant plus l'élaborer, se déforme, se contourne, se crispe, en un mot commence à se *cloquer*. Si alors quelques pucerons paraissent, ils trouvent un abri convenable et une nourriture toute prête pour leur subsistance. Ils ne feront ensuite, par leurs nombreuses piqûres, que favoriser le développement du mal qui les a précédés, et à la permanence duquel ils ne font souvent que contribuer pour une faible partie. Il me paraît bien démontré que la cloque peut exister sans les pucerons; outre la preuve qui précède, on peut encore dire que cet accident se montre très-souvent en avril et en mai, époque de l'année où les pucerons n'ont pas encore paru, ou ne sont pas très-abondants. Une température chaude et soutenue pendant quelques jours la fait souvent disparaître, bien que cette circonstance soit, ainsi que nous le verrons plus loin, très-favorable à la multiplication des pucerons.

Un arbre sain et vigoureux peut quelquefois être abondamment pourvu de pucerons sans apparence de cloque, tandis que celle-ci se montrera tout à coup s'il survient un abaissement brusque de température ou si les racines de l'arbre viennent à pénétrer dans un sol moins favorable à sa végétation. Enfin, un dernier argument pour détruire une erreur assez généralement répandue, c'est que les arbres, les pêchers exceptés, abrités ou bien exposés, sont moins sujets à la cloque que les autres, et que cependant il est bien reconnu que ces circonstances sont plus particulièrement favorables à la multiplication des pucerons. Quant à la formation des bourses ou des vessies que l'on rencontre sur les feuilles de certains arbres et dans lesquelles vivent des pucerons, Réaumur en a donné une explication si claire et si nette, que je crois inutile d'insister davantage sur ce point.

Les pucerons nouvellement nés ou fixés sur les feuilles ne tardent pas à subir un premier changement de peau, c'est ordinairement le troisième ou le quatrième jour après leur naissance que cette mue a lieu ; elle est suivie de trois autres mues à des intervalles de quatre ou cinq jours au plus. Les pucerons étant des insectes à métamorphoses incomplètes, on est très-étonné de voir ces changements de peau se succéder sans que la larve présente, après la seconde ou la troisième mue, les moignons caractéristiques de la présence des ailes. C'est qu'en effet ces larves ne doivent pas en acquérir, mais rester aptères pendant toute leur vie, comme les femelles de plusieurs insectes des autres ordres. Souvent, le jour même de cette dernière mue, le plus ordinairement le lendemain, on voit les femelles de pucerons pondre des petits vivants, sans qu'il y ait eu de fécondation, puisque tous les œufs ne donnent naissance qu'à des femelles. C'est au moment de cette dernière transformation que les pucerons acquièrent la petite queue qui termine leur abdomen, ou tout au moins que cet appendice prend le plus de développement.

Ce premier accouchement, qui a ordinairement lieu du neuvième au douzième jour qui suit la sortie de l'œuf, ne tarde pas à être suivi de plusieurs autres qui se succèdent à des intervalles plus ou moins rapprochés. suivant les espèces et suivant la température. Il est incontestable pour moi, que celle-ci exerce une influence extraordinaire sur la plupart des phases de la vie et du développement des pucerons, et particulièrement sur la ponte, la durée de celle-ci, sa fréquence, le temps pendant lequel elle peut avoir lieu, etc.

On peut facilement observer l'accouchement des pucerons; car dans les colonies nombreuses, et par un temps favorable, il y a presque toujours quelques femelles occupées de ce soin. Le petit puceron sort du ventre de la mère le derrière le premier ; presque toujours on lui voit remuer les pattes avant d'être complétement dégagé. En ce moment les pucerons sont un peu allongés et très-peu colorés dans la plupart des espèces ; les yeux sont souvent les seuls organes qui aient une teinte plus foncée et qui soit en rapport avec celle qu'ils doivent avoir plus tard. La ponte d'un petit dure plus ou moins de temps, selon la vigueur de la mère et l'état de l'atmosphère. J'ai vu quelquefois cette opération ne durer qu'un quart d'heure, tandis que d'autres fois, je l'ai vue ne se terminer qu'au bout d'une heure.

Les accouchements se succèdent à des intervalles de deux ou trois heures, et les mères n'ont pas l'air de s'occuper de ce que devient leur progéniture. Le jeune puceron, une fois dégagé tout à fait, ce qui a ordinairément lieu à la suite d'un mouvement de haut en bas que la mère fait avec son abdomen, se cramponne à l'aide de ses pattes aux poils de la feuille ou de la pousse, remue ses antennes, dresse ses cornicules et marche enfin pour aller se placer à côté de ses aînés, frères ou cousins ou même sur eux ; une fois en place, il enfonce sa trompe dans l'épiderme de la plante et y pompe le liquide qui lui sert de nourriture.

Schmidberger, qui a vu des femelles accoucher encore après le coucher du soleil, dit qu'elles ne pondent pas pendant la nuit. Chez moi, j'ai vu souvent accoucher des pucerons du rosier et des pucerons du pommier à la lumière artificielle ; et, pendant le jour, mais dans l'obscurité, j'ai également constaté la naissance de plusieurs petits pucerons ; je crois donc que, si, la nuit, la ponte est interrompue, cela tient uniquement à l'abaissement de la température et que les choses se passent alors comme il arrive pendant les mauvais temps durant lesquels on ne voit plus que de rares accouchements, lesquels sont toujours plus longs à se terminer que dans les temps ordinaires. Après avoir pondu des petits pendant huit, dix ou douze jours, la mère puceron se retire à l'écart, maigrit et finit par périr, après avoir pris souvent une couleur et une forme si différentes que l'on croirait facilement à l'existence d'un nouvelle espèce, si l'on n'avait pas suivi tous les changements successifs qu'elle vient de subir.

D'après ce qui précède, on voit qu'à moins de circonstances tout à fait exceptionnelles, une femelle de pucerons ne saurait produire plus de quatre, six ou huit jeunes au plus par jour, et comme aussi, à mesure que la mère vieillit, le nombre des accouchements faits en un seul jour diminue, il en résulte que le nombre total des jeunes produits par une seule femelle est d'environ 40 à 50, très-rarement plus, et plus rarement encore de 80 à 90, comme le dit Réaumur.

Les pucerons de la deuxième génération vont chacun suivre la même évolution que leur mère, c'est-à-dire qu'ils subiront trois ou quatre mues sans acquérir d'ailes. Tous sont des femelles, lesquelles vont à l'âge de huit, neuf ou dix jours, toujours selon la température, pondre de nouveaux pucerons sans cependant avoir été fécondées.

Si le temps est peu favorable, tous les jeunes pondus seront encore des femelles qui ne prendront pas d'ailes et qui pondront aussi des petits sans avoir reçu l'approche du mâle. Dans la majorité des cas, si le temps est convenable, les premiers jeunes pondus seront aptères, mais ceux qui les suivront, après avoir subi deux changements de peau, présenteront des moignons d'ailes ; ces nymphes subissent une nouvelle mue, après laquelle les ailes deviennent encore plus apparentes, et enfin à l'âge de huit ou dix jours, elles se retirent à l'écart, changent une quatrième fois de peau, et acquièrent des ailes transparentes présentant les caractères que j'ai indiqués plus haut. Ces individus ailés, qui sont toujours des femelles, restent deux ou trois jours tranquilles, elles ne sont pas fécondées, et cependant quelquefois, après avoir pondu un ou deux œufs à côté de leur sœur, elles s'envolent pour aller sur d'autres plantes fonder de nouvelles colonies. La troisième génération n'est donc composée que de femelles aptères ou ailées, lesquelles, sans être fécondées, pondront des petits qui, selon les circonstances, ne seront non plus que des femelles ailées ou aptères.

La présence des individus ailés correspond ordinairement à la troisième, à la quatrième ou à la cinquième génération, quelquefois à une seule ou à deux de ces générations, mais au delà on ne trouve plus, encore une fois, que des générations composées uniquement de femelles aptères et, chose remarquable, c'est que l'on n'observe pas de différence entre les pucerons qui proviennent des femelles ailées et ceux qui sont produits par les femelles aptères.

Les choses se passent ainsi pendant un certain temps, variable sans doute selon les espèces et selon les influences extérieures; Bonnet a compté onze générations successives, Schmidberger en a observé jusqu'à dix-sept, et cela sans aucune espèce de fécondation !

Au moment où la végétation commence à perdre de sa vigueur, vers le mois de septembre, pour les pucerons du pommier et du poirier par exemple, on trouve encore une fois dans les colonies des larves qui sont pourvues de moignons renfermant les rudiments d'ailes, c'est qu'en effet ces nymphes doivent donner des pucerons ailés, mais qui presque tous seront des mâles. Si, dans ce moment, on ouvre une femelle aptère ou ailée, mais de la même génération que ces mâles, on ne trouve plus que des œufs dans le ventre et pas d'embryons de pucerons prêts à naître. C'est à cette époque qu'a lieu l'accouplement. Les mâles sont très-ardents, ce qui est nécessaire vu leur petit nombre relativement à celui des femelles; un seul suffit ordinairement pour couvrir quatre ou cinq femelles aptères ou ailées. Après avoir assuré la fécondité extraordinaire de celles-ci, par un procédé dont on n'a pas encore pu pénétrer le mystère, les mâles subissent le sort commun et périssent misérablement. Les femelles ailées et qui n'ont pas été fécondées, ainsi que les femelles aptères qui ne l'ont pas été non plus ne pondent pas leurs œufs et meurent avec ces œufs stériles dans le ventre*. Quant aux femelles aptères qui ont été fécon-

---

* Kaltembach dit que les femelles ailées, fécondées, périssent également sans pondre ni petits, ni œufs, ce qui me paraît une nouvelle anomalie.

déés, les unes, et c'est le très-petit nombre, meurent avant de pondre, les autres se mettent à pondre des œufs, ou plutôt à accoucher d'œufs ; car chez les pucerons que j'ai vus pondre, les œufs sortent presque aussi lentement que les petits ; le nombre des œufs, la rapidité de la ponte... etc., paraissent dépendre des mêmes influences que celles qui ont été rapportées plus haut ; ainsi à l'air libre, et pendant la nuit, il n'y a que peu ou point d'œufs de pondus ; en captivité, et par une chaleur convenable, la ponte a lieu nuit et jour sans interruption. Les œufs des pucerons sont gros, ovoïdes, enduits d'un liquide visqueux au moyen duquel ils restent fixés sur la plante ; ils sont d'une couleur claire, qui se fonce ou se noircit après deux ou trois jours.

A la première vue, les œufs des pucerons semblent disposés sans ordre ; cependant, on les trouve en plus grande abondance près des boutons, ou du côté de la branche la moins exposée au mauvais temps. Ces œufs passent l'hiver et supportent souvent les froids les plus rigoureux sans perdre la propriété qu'ils possèdent de renfermer la fécondation de dix-sept générations. Cette propriété, d'après les observations de Kyber, se conserve pendant plusieurs années sans perdre de sa force. Quelquefois les œufs éclosent déjà à l'automne, alors les femelles aptères qui en résultent, se réfugient, aux premiers froids, dans les crevasses, sous les feuilles tombées à terre, sous les écorces, etc., passent l'hiver engourdies, et, au printemps suivant, elles vont continuer leur évolution comme leurs sœurs qui n'écloront qu'à cette époque.

Les nymphes de pucerons se font reconnaître par les moignons cylindriques et la coloration blanchâtre de ces appendices. Mais les pucerons ailés, mâles ou femelles, sont quelquefois si différents des femelles aptères que l'on a peine à croire qu'ils appartiennent à la même espèce ; leur corps plus étroit est toujours coloré d'une manière plus variée que celui des individus privés d'ailes. Ces insectes, mâles ou femelles, ne peuvent se conserver sans altération pendant quelques jours seulement : leur forme varie, les couleurs s'altèrent, les caractères les plus essentiels s'oblitèrent ou changent au point qu'il n'est plus possible d'en faire la description ; c'est cette difficulté qui empêche de les conserver dans les collections ; c'est aussi ce qui rend leur étude si compliquée et si peu répandue.

En général, les pucerons aiment une température élevée accompagnée d'une atmosphère humide ; c'est pour cette raison que leur nombre augmente à mesure que l'on s'approche du midi, et que, dans les serres, où ils trouvent toutes ces conditions réunies, ils se propagent avec tant de facilité et tant de persistance. Les variations brusques de température leur sont très-préjudiciables, ainsi que les coups de vent, les giboulées, les orages ou l'exposition au nord, sur les terrains arides élevés ou découverts. Les pays de montagnes ou les bois couverts dans lesquels le soleil ne pénètre jamais, leur sont également peu favorables ; le fond des vallées, les jeunes taillis, les endroits abrités, les jardins clôturés, ceux qui sont exposés au midi ou à l'est, leur conviennent au contraire parfaitement. Mais ce qui par dessus tout leur est plus particulièrement favorable, c'est une végétation vigoureuse et une sève abondante, circonstances qui dépendent particulièrement des soins donnés à la terre, des produits qu'on y cultive, et enfin de la taille qu'on pratique sur les arbres, laquelle détermine la formation de pousses tendres qui réunissent toutes ces conditions. Or, comme on ne trouve ces conditions réunies que dans les jardins ou dans les lieux cultivés, il en résulte que c'est à leur présence qu'il faut attribuer ce fait, observé depuis longtemps, que les pucerons sont surtout abondants près des villes, près des villages ou des endroits habités, tandis qu'ils diminuent sensiblement en nombre et en espèces dans les forêts, dans les champs ou dans les terrains incultes.

En général, les plantes herbacées en nourrissent proportionnellement moins d'espèces que les plantes vivaces, et celles-ci encore moins que les arbres ou les arbrisseaux. Ainsi les Conifères en nourrissent neuf ou dix espèces ; le tremble, huit ; le poirier, sept ; le chêne, six au moins ; le peuplier, cinq ; l'orme, quatre ; le groseillier, trois seulement ; le rosier, deux ; sur le framboisier autant, etc. La plupart des plantes herbacées (absinthe, avoine, betterave, chardon, cerfeuil, ciguë, épilobe, fève, ortie, la plupart des Composées, etc.), n'en nourrissent que deux espèces ; on n'en trouve qu'une seule espèce sur un plus grand nombre encore. Il y a cependant quelques exceptions : ainsi on connaît trois espèces de pucerons qui vivent sur la Tanaisie, autant sur la Millefeuille et cinq sur la *Capsella bursa pastoris.* Certaines espèces vivent sur plusieurs plantes à la fois, mais en général, ces plantes appartiennent au même genre ou tout au moins à la même famille. Celles qui vivent sur les plantes vivaces sont moins polyphages ; et, à part quelques espèces très-communes, on n'en connaît guère qui vivent à la fois sur des arbres appartenant à des familles ou à des genres éloignés dans la classification. Enfin, quand un arbre nourrit plusieurs espèces de pucerons, il arrive souvent que chacune d'elles affecte un lieu particulier d'élection ; ainsi, le chêne en présente une qui vit sur le tronc, une autre sur les vieilles branches, une troisième sur les jeunes rameaux et les autres sur les feuilles ; sur le poirier nous en trouvons sur les racines, sur le tronc et sur les feuilles ou sur les pousses vertes.

De même qu'il y a des pucerons qui peuvent se nourrir indifféremment du suc de plusieurs plantes, de même, il y a des espèces qui vivent sur une espèce botanique dans une localité et sur une autre dans un autre lieu. Enfin on trouve des plantes sur lesquelles on ne rencontre jamais de pucerons et dont la sève paraît être un véritable poison pour ces petits animaux ; les Cryptogames sont plus particulièrement dans ce cas et jusqu'ici on n'en a encore signalé aucune espèce sur les plantes de cette famille. Les Labiées n'en nourrissent que deux, les Graminées et les Cypéracées trois seulement ; en général, les Monocotylédones semblent très-peu convenir à ces insectes.

Il existe, au contraire, des familles végétales qui semblent plus particulièrement destinées à servir de nourriture aux pucerons, dans ce cas se trouvent les Composées et les Crucifères parmi les plantes herbacées ; les Conifères, les Amentacées et les Rosarées parmi les arbres ou les arbrisseaux. On comprend d'ailleurs que la longévité d'une plante influe autant sur le développement des pucerons que les autres circonstances de la végétation de cette plante ou la température, etc.

Les pucerons sont en général de très-petite taille, de un à quatre millimètres au plus, et de couleurs variées ; cependant les noirs et les verts sont les plus répandus ; leur corps est mou et leurs mouvements sont très-lents. Les cornicules qu'ils portent sur l'abdomen sont de forme et de longueur différentes et fournissent de très-bons caractères spécifiques. Il paraît certain que ces organes, exclusivement propres à ces insectes, servent à la respiration ; cependant à leur base interne, il existe des glandes qui sécrètent constamment un liquide sucré, diversement coloré, suivant les espèces, et qui s'écoule en petites gouttelettes par l'extrémité de ces cornicules. En faisant l'histoire des fourmis, nous avons vu que c'est à la recherche de ce liquide sucré qu'il faut attribuer leur présence parmi les pucerons, et je répéterai encore une fois ici que ce sont bien les pucerons qui attirent les fourmis et non celles-ci qui amènent ces Homoptères sur les plantes.

Les pucerons vivent en sociétés plus ou moins nombreuses ; dans ces colonies on rencontre, suivant l'époque de l'année, des femelles aptères et des jeunes seulement, ou un mélange d'insectes aptères, de jeunes larves, de nymphes, d'insectes ailés, de femelles qui commencent à pondre, d'autres qui meurent de vieillesse, etc. Cependant, quel que soit le nombre d'habitants de ces colonies, le mouvement et l'agitation ne s'y rencontrent jamais ; c'est qu'en effet les pucerons sont lents, embarrassés dans leur démarche, et c'est à peine s'ils cherchent à échapper aux nombreux ennemis qui leur ont été donnés par la nature et qui vivent sans obstacle au milieu d'eux. Quelques individus aptères, quand on les inquiète, contractent quelquefois leurs membres, contrefont le mort et se laissent tomber sur le sol ; les insectes ailés sont plus agiles et s'envolent facilement au moindre danger. Les Pucerons qui vivent dans les vessies ou les galles qui se développent sur les plantes à la suite de leurs piqûres, sont encore plus lents à se mouvoir et ils sont quelquefois si pressés dans leur habitation, qu'on a peine à comprendre comment ils peuvent tous approcher de la surface pour y puiser leur nourriture; leur trompe n'étant ordinairement pas aussi allongée que celle des espèces de pucerons qui vivent sur le bois ou sur les écorces.

D'après ce qui a été dit plus haut de la fécondité des pucerons, on voit que le nombre des individus produits par une seule femelle se compose de la somme des termes d'une progression géométrique dont la raison est égale au nombre des individus produits par chaque génération, et le nombre des termes égal à celui des générations produites par la même femelle. Or, si l'on prend pour moyenne le chiffre de 20 individus, qui est bien certainement un minimum, pour le nombre des petits pondus par une femelle, et 8 seulement pour le nombre des générations, on trouvera que cette famille se composera de près de *trente billions* d'individus. C'est-à-dire que la ponte de quelques femelles suffirait pour couvrir de pucerons toutes les plantes d'une contrée sur lesquelles ils peuvent vivre, et que par l'envahissement successif de ces insectes, la végétation aurait bientôt disparu. Heureusement que celui qui a donné à ces petits animaux une si prodigieuse fécondité, leur a donné en même temps un nombre d'ennemis tel, qu'il est souvent extraordinaire qu'il en échappe quelques-uns, et que si toutes les générations de pucerons étaient composées d'individus aptères, leur race finirait par disparaître. En effet, les pucerons non ailés sont si peu aptes aux émigrations que, si l'on met une branche de poirier couverte de pucerons dans un vase sans eau, ces insectes périssent en grande partie à mesure que les feuilles se dessèchent ou se fanent, bien qu'on ait pris la précaution de mettre à leur portée des branches toujours fraîches et sur lesquelles ils trouveraient une nourriture abondante et semblable à celle que l'arbre vivant leur fournit. Cependant, si par accident ou autrement, ils sont enlevés de la plante où ils vivent, ils ne tardent pas à y revenir, si toutefois ils ne rencontrent pas en chemin un de leurs ennemis au rang desquels on est étonné de trouver la fourmi qui, oubliant les services rendus, s'empare de l'animal et l'emporte comme proie dans la fourmilière*.

Si donc la nature n'avait pas pourvu à cette apathie des pucerons, ou, si l'on veut, à l'amour du lieu de la naissance, par la création de femelles ailées chargées de la dissémination de l'espèce, il serait arrivé infailliblement que la multiplication des pucerons sur la même plante aurait amené la mort de celle-ci, et que, par suite, toute la colonie aurait péri à son tour ; cette double conséquence est trop en dehors des admirables lois qui régissent l'équilibre dans toute la série des êtres organisés, pour que le Créateur n'ait pas donné des ailes aux femelles chargées de porter au loin les produits de leur race, et assurer ainsi la conservation de l'espèce, par de nouvelles colonies placées en dehors des conditions où sont les générations qui doivent continuer à vivre au berceau de la famille.

Sans parler des oiseaux ou d'autres animaux qui font une ample consommation de pucerons, nous trouvons parmi les insectes, et presque dans tous les ordres, les ennemis les plus nombreux et les plus voraces. Dans la première partie de ces notes, j'ai déjà eu occasion de citer les Coccinelles à l'état de larves et d'insectes parfaits, comme faisant une guerre à mort à ces petits insectes. Plus haut, j'ai indiqué les larves d'Hémérobes. Un bon nombre d'Hyménoptères de la famille des Ichneumoniens appartenant aux genres *Ephedrus*, *Pemphredon*, etc., déposent leurs œufs sur les femelles aptères, et les larves qui en éclosent, vivent aux dépens des pucerons ; quelques espèces du genre *Crabro* approvisionnent leurs larves avec des quantités notables de pucerons. Une chenille de papillon du genre *Lymacodes*, mange les pucerons

---

* C'est probablement ce fait, que j'ai souvent observé, qui a fait dire à Huber et répéter depuis par un grand nombre d'auteurs, que les fourmis emportent des pucerons dans leurs fourmilières pour se procurer constamment le liquide sucré qui sort des cornicules de ces insectes.

du pêcher ; parmi les Hémiptères, on cite aussi le genre *Lygœus*.
Mais tous ces ennemis réunis sont peut-être encore loin de faire
ensemble autant de mal aux pucerons que quelques espèces de
Diptères appartenant au genre *Syrphus;* voici comment Macquart parle de ces larves et du mal qu'elles font aux pucerons.
« Les larves de *Syrphus,* ou au moins celles d'une partie du
genre, éclosent sur les tiges ou les feuilles couvertes de pucerons
dont elles sont des ennemis aussi redoutables que les larves des
Hémérobes, quoiqu'elles soient conformées d'une manière bien
moins hostile en apparence. Semblables à celles des autres
diptères, elles sont sans pieds et sans yeux ; mais, nées au milieu
des groupes d'une race stupide, il leur suffit d'allonger le corps
et de porter la tête de côté et d'autre pour trouver leur proie ;
quand elles ont dévoré tout ce qu'elles ont à leur portée, elles
avancent en rampant, et en rencontrent de nouvelles. Leur
bouche est armée d'un organe de succion qui a été décrit
avec beaucoup de développement par Réaumur... Lorsque le
développement des larves est arrivé à son terme, elles se fixent
sur les tiges ou sur les feuilles, en s'y collant au moyen
d'une liqueur visqueuse qu'elles font sortir de la bouche. Le
corps se raccourcit, la peau se durcit et elles passent ainsi à l'état
de nymphe. »

A toutes ces causes de destruction, il faut encore ajouter les
orages, les coups de vent, les gelées tardives du printemps ou les
gelées précoces de l'automne, et l'on sera convaincu que la
fécondité des pucerons n'est pas trop considérable pour contre-
balancer leurs pertes. Aussi, grâce à ces admirables conditions
d'équilibre, les pucerons restent-ils, en général, dans les limites
ordinaires de tous les insectes nuisibles que nous avons eu occasion d'étudier jusqu'ici, c'est-à-dire que, sauf de rares exceptions,
ils ne causent que des dommages partiels et plus ou moins limités
à une petite étendue de terrain. C'est cependant à l'absence de
l'un ou de plusieurs des éléments de destruction que je viens de
signaler, et probablement aussi à un concours particulier de
circonstances favorables, que l'on doit attribuer les invasions

extraordinaires de pucerons qui ont été signalées et qui ne peuvent se comparer qu'à celles dont les sauterelles donnent de si fréquents exemples dans le nord de l'Afrique et en Orient. La plus remarquable de ces invasions est celle que M. Morren rapporte de la manière suivante : « L'hiver de 1833 à 1834 fut extrêmement doux, et l'été de 1834 extrêmement chaud et sec ; il se passa des mois entiers sans pleuvoir. Un horticulteur, Van Mons, prédit dès le mois de mai que tous les légumes seraient dévorés par les pucerons. Le 28 septembre suivant, alors que l'épidémie du choléra venait d'étendre ses ravages en Belgique, tout à coup, une nuée de pucerons (*Aphis persica*, Morren) parut entre Bruges et Gand. Le lendemain on les vit à Gand voltiger par troupes en telle quantité, que la lumière du jour en était obscurcie. Sur les remparts on ne pouvait plus distinguer les murs des habitations, tant ils en étaient couverts. On se plaignit du mal qu'ils faisaient aux yeux. Toute la route d'Anvers à Gand était couverte de leurs innombrables légions ; partout on disait les avoir vues subitement ; il fallait se couvrir les yeux de lunettes et le visage de mouchoirs, pour se préserver du châtouillement qu'occasionnaient leurs six pattes. Il paraît que ces insectes étaient interrompus dans leur marche par des montagnes, des collines, des ondulations de terrain, même peu élevées, mais suffisantes pour influer sur le vent. Les différentes directions que l'on a constatées, doivent faire supposer que l'émigration a eu un centre, et que ce foyer était un point d'irradiation, puisque des troupes ont émigré vers le nord, vers l'est et vers le sud, l'ouest étant la côte maritime elle-même. »

Si les émigrations en masses sont rares, l'invasion de certaines espèces de pucerons dans des contrées où elles n'étaient pas connues auparavant, n'est malheureusement plus un fait à vérifier. Les échanges qui se font entre des contrées très-éloignées, de plantes ou d'arbres cultivés, favorisent ces introductions et ces acclimatations peu désirables. Ainsi, le puceron laniger était inconnu en Angleterre, a la fin du siècle dernier ; de là il s'est répandu successivement en Bretagne (1812), en Normandie, dans la

Flandre et en Belgique, où l'on ne remarqua sa présence qu'en 1820. Cet insecte paraît nous venir d'Amérique où nous avons envoyé notre puceron du pommier, lequel s'y est si bien acclimaté que, malgré les nombreuses espèces d'Hémérobes qui vivent dans l'Amérique du nord, M. Aza-fitch en a déjà décrit neuf variétés bien caractérisées.

. D'après tout ce qui précède, il ne paraît pas douteux que les pucerons ne soient des insectes éminemment préjudiciables aux arbres ou aux plantes sur lesquels ils vivent, et que dans bien des cas on les ait considérés comme de véritables fléaux. Cependant, tous les auteurs sont loin de partager cette opinion; et, après avoir défendu ces insectes contre ceux qui les accusaient de la cloque, il nous faut maintenant prouver qu'ils sont bien réellement nuisibles à l'agriculture.

S'il est vrai en effet que, dans certaines limites, une plante forte, saine et vigoureuse peut facilement supporter la déperdition de sève que lui cause des pucerons, on peut bien concevoir cependant qu'il ne saurait en être toujours ainsi. Une plante cultivée, c'est-à-dire en état de dégénérescence par l'hybridation ou une culture forcée, ou un arbre mutilé par les tailles successives, l'ébourgeonnement ou toute autre pratique destinée à le contraindre à donner des fruits ou des fleurs, ou enfin, une plante de serre forcée de se développer rapidement et dans des conditions qui s'éloignent plus ou moins de son état de nature, ne peuvent, sans grands inconvénients, perdre encore une partie, quelque faible qu'elle soit, des sucs nutritifs dont elle a besoin et qui, dans bien des cas, sont déjà trop pauvres ou sont dans un état maladif. Schranck, Kaltembach, et d'autres encore, auront beau dire que des groseilliers ayant souvent leurs feuilles couvertes de pucerons leur fructification est cependant aussi abondante ; que des rosiers infestés de pucerons n'en donnent pas moins leurs brillantes fleurs au mois de juin, ou que les tiges du sureau, du nerprun, du fusain, sont quelquefois couvertes de ces insectes, sans qu'aucun fruit de ces arbrisseaux paraisse avoir avorté etc.; je répondrai que des plantes cultivées ne sont pas dans un état de vigueur comparable à celles que l'on cite, que les plantes de serres ont une constitution qui les rend propres à se couvrir de pucerons et qu'elles sont, par dessus tout, bien moins en état de supporter ces insectes en aussi grand nombre ou aussi longtemps sans souffrir de leur présence.

D'ailleurs, et en dernière analyse, le mal causé par les pucerons est relatif et proportionné à l'importance que l'on attache aux plantes qui en sont envahies. Ce qui est insignifiant dans une forêt ou dans un champ de luzerne, ne l'est déjà plus, quand il s'agit des poiriers, des pommiers ou des pruniers, et devient un dommage réel, quand il s'agit de la cloque du pêcher développée ou aggravée par les pucerons. Enfin, ceux-ci causent de véritables désastres, quand il s'agit des plantes cultivées dans une serre, qui réunissent, comme on le sait, toutes les conditions pour amener un rapide accroissement dans le nombre de ces insectes

Si l'on voulait passer en revue toutes les publications faites en vue de la destruction des pucerons et discuter la valeur de tous les procédés qui ont été proposés, il faudrait faire un travail considérable et duquel il ne sortirait rien de bien important ni de bien instructif. Les procédés les plus bizarres, les pratiques les plus contradictoires et les plus en désaccord avec les habitudes de ces insectes ont été préconisées avec plus ou moins d'enthousiasme et toujours présentées, par leurs auteurs, comme infaillibles. Sans entrer dans ces détails, je vais seulement indiquer brièvement les moyens qui me paraissent les plus recommandables, en y ajoutant les observations faites depuis plusieurs années par les jardiniers les plus compétents de nos environs.

L'écrasement direct des insectes au moyen de la main, d'une brosse, d'une éponge, est très-efficace, mais il est tellement long, qu'il n'est guère applicable qu'aux plantes de serres auxquelles on attache un soin tout particulier. Les arrosages avec l'eau, la lessive, les solutions alcalines, l'urine, l'eau salée, les décoctions de suie, d'aloës, d'absinthe, de noyer, de tabac, etc., réussissent rarement, parce que les pucerons, qui cherchent toujours à se mettre à l'abri de la pluie, se trouvent par cela même à l'abri de ces irrigations. La plupart de ces solutions ne peuvent d'ailleurs devenir efficaces que si elles présentent un certain degré de concentration ; ce qui, dans ce cas, est plus nuisible aux plantes qu'aux pucerons.

Le barbouillage des plantes avec le goudron, l'huile, etc., présente à la fois l'inconvénient de l'écrasement par sa longueur et celui de l'arrosage par le tort que ces substances font aux plantes. L'insufflation des cendres fines, du plâtre ou de la chaux ne paraît produire aucun effet ; la poudre insecticide agit beaucoup mieux, quand elle est appliquée comme il a été dit plus haut à propos du Tigre. Seulement il faut de toute nécessité recommencer l'opération tous les huit ou dix jours, ce qui devient dispendieux.

Les fumigations faites dans les serres ou sur les espaliers, avec le tabac à chiquer, réussissent on ne peut mieux, mais, comme pour les insufflations de poudre, il faut les recommencer souvent, dans les serres surtout, parce que les pucerons qui y échappent, ne manquent pas de continuer à pondre et à produire de nouveaux individus. La taille faite au printemps et de bonne heure, supprime une quantité considérable d'œufs déposés sur les pousses des arbres fruitiers. Pour préserver les greffes ou les pousses qui doivent être conservées, il faut les barbouiller de terre délayée avec du sang de bœuf qui, en se coagulant, devient insoluble et empêche la pluie d'entraîner ce badigeon préservatif. Enfin, dans les serres, on pourrait, avec de grandes chances de réussite, tenter l'éducation des Coccinelles ou des Hémérobes, qu'il est facile de se procurer et dont les larves, trouvant une pâture abondante, ne manqueraient pas de prospérer.

La deuxième catégorie de pucerons, que Kaltembach désigne sous le nom de pucerons ovipares, ne comprend, jusqu'ici, qu'un très-petit nombre d'espèces qui toutes vivent sur les Conifères, les unes renfermées dans des galles, dont elles déterminent la formation par leurs piqûres, les autres à découvert sur les aiguilles de ces arbres. Ces derniers pucerons pondent des œufs, de ces œufs naissent au printemps des petits aptères et d'autres pucerons ailés qui, sous l'une comme sous l'autre de ces formes, doivent encore pondre des œufs ; cette fois il ne sort de ces œufs que des femelles aptères qui se fixent sur l'arbre. Ceux des pucerons ovipares qui vivent dans les galles, pondent des œufs à l'automne, lesquels produisent des pucerons aptères qui passent l'hiver dans cet état ; au printemps suivant, et sans qu'il y ait eu de fécondation, ces femelles sans ailes produisent une deuxième génération composée d'individus remarquables par la sécrétion laineuse qui recouvre leur corps. Les observations faites sur ces insectes sont encore peu nombreuses, et il reste bien des particularités de leur histoire à faire connaître, mais malheureusement leur étude est encore plus difficile que celle des pucerons ordinaires.

Quant aux pucerons qui font partie de la classe que Kaltembach nomme vivipares, ils sont aussi peu connus que les précédents, et comme deux espèces appartenant à ce groupe vivent sur le poirier, nous reviendrons plus loin sur les faits connus de l'histoire de ces insectes.

Le nombre des espèces de pucerons est certainement très-considérable ; M. Koch en décrit plus de deux cents espèces dont un très-grand nombre doit se trouver dans le département de la Moselle, à en juger par le nom des plantes sauvages ou cultivées sur lesquelles cet auteur les a rencontrées ; mais quand on songe à la richesse de la flore des contrées méridionales et aux conditions, particulièrement favorables à leur développement, que l'on rencontre dans ces pays, on sera étonné du nombre d'espèces à faire connaître, et l'on comprendra la tentative faite par plusieurs entomologistes pour diviser l'ancien genre *Aphis*, de Linné, devenu maintenant le type d'une petite famille parfaitement limitée *.

---

* L'ouvrage de Kaltembach est peu répandu en France, et comme il est publié en langue allemande, je crois, avant de passer à la description des pucerons qui ont été signalés sur le Poirier, qu'il ne sera pas sans intérêt de donner un tableau des groupes ou des genres nouveaux admis par Kaltembach dans l'ancien genre Aphis, de Linné.

(*Voir le Tableau d'autre part.*)

## 91. APHIS MALI (Fabr.).

Kaltembach, *Monographie des Pucerons*, n° 52, page 72.

Synonymie : *Aphis mali* (Fabr.) ; — *Aphis pomi* (Degéer) ; — *Aphis oxyacanthœ* (Schranck) ; — *Puceron du pommier* (Gotze) ; — *Aphis pyri mali* (Schmidberger).

Longueur : un à deux millimètres.

APTÈRES : Antennes plus courtes que l'abdomen, d'un jaune

TABLEAU ANALYTIQUE *des genres de la famille des* APHIDIENS.

1 
- Des ailes........................ 2................ APHIDINA.
- Pas d'ailes.................. ...7............. . HYPONOMEUTA.

2 
- Cubitus des ailes émettant un rameau bifurqué. 3.
- — — — — simple... 4.
- — n'émettant pas de rameau............ 5.

3 
- Antennes de 7 articles, ordinairement aussi longues que le corps ....... Genre APHIS, Linné. Type *A. Rosœ*, L.
- Antennes de 6 articles , pas plus longues que la tête et le thorax réunis Genre LACHNUS, Illiger. Type *A. Fagi*, Linné.

4 
- Antennes de 6 articles ; ailes en toit dans le repos , les inférieures avec 2 nervures transversales ......... Genre SCHIZONEURA, Hartig. Type *A. Laniger*, Hausm.
- Antennes de 5 articles ; ailes horizontales, les inférieures avec une nervure transversale............... Genre VACUNA, Hayden. Type *A. Dryophila*, Schranck.

5 
- Antennes de 6 articles ; ailes antérieures avec quatre nervures transversales ................... 6.
- Antennes de 5 articles ; ailes en toit, les antérieures avec trois nervures transversales ................ Genre CHERMES, Linné. Type *Ch. Laricis*, Linné.
- Antennes de trois articles ; ailes horizontales, les antérieures avec trois nervures transversales .......... Genre PHYLLOXEURA, Boyer de F. Type *Vacuna Coccinea*, Heyd.

blanchâtre avec les trois derniers articles d'un brun noir ; yeux d'un brun obscur ; trompe d'un jaune blanchâtre ; le bourrelet et les deux derniers articles de la trompe brunâtres ; la tête est rougeâtre ; le dessus de la poitrine jaunâtre ; le tour du col d'un jaune verdâtre est épineux. Les cornicules sont noirs, assez longs, amincis vers le bout ; la petite queue est noire chez le plus grand nombre, jaunâtre

6 {
Ailes postérieures avec deux veines transversales ................... Genre PEMPHIGUS; Hartig. Type *A. Bursarius*, Linné.

Ailes postérieures avec une nervure transversale................... Genre TETRANEURA, Hartig. Type *A. Ulmi*, Degéer.
}

7 {
Antennes de six articles .......... 8.

Antennes de 7 articles, le dernier très-petit........................ 9.
}

8 {
Dernier article des antennes arrondi et plus grand que le précédent.... Genre RHIZOBIUS, Burm. Type *Rh. Pini*, Burm.

Dernier article des antennes pointu, beaucoup plus petit que le précédent. Genre FORDA, Heyden. Type *F. Formicaria*, Heyd.
}

9 {
Jambes postérieures longues et sans tarses....................... Genre TRAMA, Heyd. Type *T. Troglodytes*, Heyd.

Jambes postérieures de longueur ordinaire; tarses de deux articles ... Genre PARACLETUS, Heyden. Type *P. Cimiciformis*, Heyd.
}

Comme on le voit, le genre Aphis ne comprend plus, d'après Kaltembach, que les pucerons qui ont des antennes de sept articles, aussi longues ou presque aussi longues que le corps, et dont les ailes supérieures ont un *Cubitus* qui émet une nervure divisée en deux branches à sa jonction au bord extérieur de l'aile.

*N. B.* Les genres APHIS et LACHNUS sont vivi-ovipares ; les genres CHERMES, PHYLLOXEURA et VACUNA ?? sont ovipares, et enfin, les genres TETRANEURA, PEMPHIGUS, SCHIZONEURA, et peut-être les autres sont vivipares.

chez quelques-uns. Cette queue a les deux cinquièmes de la longueur des cornicules ; l'anneau anal est d'un jaune brun ; les pattes sont jaunâtres avec les genoux, l'extrémité des jambes et les tarses noirs.

AILÉS : Antennes noires, un peu plus courtes que l'abdomen, le troisième article dentelé en dessous ; les yeux d'un brun noirâtre, les ocelles d'un jaune blanchâtre ; la trompe va presque jusqu'à la naissance de la deuxième paire de pattes : elle est d'un jaune pâle avec l'extrémité brunâtre ; la tête est noire, l'anneau du col est brun bordé de vert et d'épines obliques ; l'anneau pectoral est d'un noir brillant ; l'abdomen entièrement d'un vert-pré, les cornicules sont noirs, minces et de longueur moyenne ; la petite queue et le segment anal varient du brun au noir ; les pattes antérieures sont d'un jaune sale, avec les genoux, le bout des jambes et les tarses bruns ; les quatre pattes postérieures sont d'un brun obscur avec les jambes et la base des cuisses jaunâtres. Ailes transparentes avec la nervure costale et le sigma jaune grisâtre, les autres nervures sont très-visibles, brunes et terminées par une petite fourche.

Cette description est traduite exactement de l'ouvrage de Kaltembach ; elle convient à la majorité des pucerons que l'on trouve en si grande abondance, dans nos environs, sur le pommier et sur le poirier. Mais si on lui compare la description que donne M. Koch (page 107, n° 4, fig. 143 et 144), on y trouve des différences remarquables ; lesquelles prouvent que les deux entomologistes ont décrit des individus d'âges différents, ou que l'espèce varie avec les localités. Ainsi, M. Koch dit que la tête et le corselet sont noirs mat ; qu'il y a sur les anneaux de l'abdomen des ailés, des taches transversales noires, etc. M. Nordlinger donne du même insecte une description qui se rapporte mieux aux individus de nos environs qu'à ceux qui sont décrits par Kaltembach et surtout par M. Koch. Ces sortes de contradictions se reproduiront encore plus loin, à propos des autres pucerons qui vivent sur le poirier, elles prouvent combien la même espèce varie, et, par conséquent, qu'il ne faut pas accepter sans contrôle toutes les espèces qui se trouvent décrites comme nouvelles dans les auteurs modernes.

Quand le puceron, dont il est ici question, vit sur le poirier, il présente les caractères suivants : les individus jeunes et aptères sont d'un vert clair, et leur petite queue est à peine indiquée. Quand ils sont plus grands et qu'ils viennent de changer de peau pour la troisième ou la quatrième fois, ils sont d'un jaune verdâtre. Enfin, quand ils sont arrivés à l'état adulte et qu'ils commencent à pondre, ils sont d'un vert plus ou moins foncé, et leur queue est très-apparente. La couleur noire de l'extrémité des antennes s'étend sur un plus ou moins grand nombre d'articles, quelquefois même, il n'y a que le dernier qui soit de cette couleur. Quand ce puceron est jeune ou qu'il vient de changer de peau, les antennes, la trompe et les pattes sont entièrement jaunâtres. La tête et le corselet présentent souvent une teinte rosée ou rougeâtre, surtout chez les vieilles mères; celles-ci ont l'abdomen plus ou moins renflé, il se déprime et se fronce sur les côtés à mesure qu'augmente le nombre des pucerons ou celui des œufs qui sont pondus.

Cette espèce, qu'à la description qui précède, on pourra reconnaître à tous les âges, se rencontre sur le poirier, sur le pommier, sur l'aubépine et même sur le sorbier, le coignassier et le néflier. C'est pendant les mois de juillet et d'août qu'elle est le plus abondante sous les feuilles qu'elle fait crisper; quelquefois aussi on la trouve sur les jeunes pousses et sur les drageons des racines. L'accouplement se fait en septembre ou en octobre; les œufs, d'abord verdâtres, deviennent bruns à la fin du premier jour et noir brillant trente-six ou quarante heures après leur ponte; celle-ci cesse dès les premiers froids. Les œufs, qui paraissent d'abord disposés sans ordre, sont cependant, sur les espaliers, plus abondants autour des bourgeons, et placés plutôt du côté du mur qu'en avant; rarement on en trouve sur les pétioles, presque jamais sur le limbe de la feuille.

Réaumur a décrit et figuré le puceron du pommier ; Degéer a fait ses observations sur cette espèce, en a décrit l'accouplement et a signalé, sur l'abdomen des mâles, les taches noires transversales dont parle M. Koch, que Kaltembach passe sous silence et que je n'ai pu observer moi-même. C'est également sur ce puceron que, en 1828 et en 1829, Schmidberger a fait ses belles recherches sur la génération de ces insectes*.

* Voici comment cet auteur rend compte des phénomènes qu'il a observés sur le puceron du pommier (*Aphis mali*, Fabr.) : L'accouplement se fait en septembre ou en octobre, la ponte commence aussitôt. Au printemps, les œufs éclosent aux premiers mouvements de la végétation ; les petits sont aptères, de couleur verdâtre, avec les yeux et les articulations rougeâtres ; quelques instants après leur éclosion, ils se rendent à la pointe des bourgeons ou sous les feuilles, où ils se fixent le long de la nervure médiane, se serrant les uns près des autres, quelquefois en si grand nombre, que toute la feuille en est couverte. Une première mue a lieu le deuxième ou le troisième jour après la naissance. Si les pucerons ne sont pas dérangés, ils restent constamment sous la même feuille et y subissent à des intervalles de deux, trois ou quatre jours, trois nouveaux changements de peau, et, comme je l'ai déjà dit, ils n'acquièrent pas d'ailes dans ces diverses mutations dont la dernière a ordinairement lieu vers le dixième ou le douzième jour après la naissance. La ponte des jeunes commence le lendemain de la dernière mue, souvent le même jour ; les accouchements, qui durent d'ordinaire une demi-heure à une heure, se succèdent à des intervalles de deux ou trois heures, et comme ils sont interrompus pendant la nuit, on comprend que la femelle ne saurait pondre plus de cinq, six ou sept petits par vingt-quatre heures. Après dix ou douze jours, la mère cesse de pondre et ne tarde pas à mourir. Schmidberger a cependant vu des femelles vivre quinze ou vingt jours après le commencement de la ponte après avoir donné le jour à trente ou quarante petits; une seule en produisit quarante-deux. Les jeunes pucerons nés le vingt-six avril commencèrent déjà à pondre le deux mai, c'est-à-dire à l'âge de sept jours seulement. Cette troisième génération de pucerons était composée d'individus aptères, qui restèrent tels jusqu'à leur mort, et d'autres qui, après la deuxième mue, présentaient déjà les moignons cylindriques et blanchâtres, où sont renfermées les ailes à l'état rudimentaire, lesquelles parurent en effet complétement développées après le quatrième changement de peau. Ces femelles ailées restèrent encore

**92. APHIS SORBI** (Kaltembach).

Kaltemb. *Monographie des Pucerons*, n° 51, page 70.

Synonymie : *Aphis mali* (Schmidberger); — *Le Puceron brun café (de Réaumur)*; — *Puceron du Sorbier.*

Longueur : un millimètre et demi à deux millimètres.

Aptères : Antennes plus courtes que le corps, brunâtres, avec le troisième article et la moitié inférieure du quatrième jaunâtres; la trompe est jaunâtre et son extrémité brune, elle atteint la naissance de la seconde paire de pattes ; yeux noirs ;

en place deux ou trois jours avant de s'envoler pour aller pondre leurs œufs sur d'autres arbres.

Sans suivre l'auteur allemand dans tous les détails qu'il donne sur les dix-sept générations qu'il a obtenues d'une seule femelle, je crois qu'il sera très-intéressant d'en consigner ici les principaux résultats, lesquels complé-teront d'ailleurs ce qui manque à l'histoire générale des pucerons, que j'ai donnée en exposant les généralités du genre. Les générations qui suivirent et qui provinrent les unes de femelles aptères et les autres de femelles ailées, donnèrent des jeunes qui tous étaient aptères, ou dont les premiers nés étaient d'abord aptères, tandis que les derniers pondus par la même mère, acquéraient des ailes ; une seule fois des femelles ailées naquirent dès le commencement de la ponte. De la troisième génération à la dixième inclu-sivement, il obtint des jeunes aptères ou ailés, mais à partir de la onzième génération, jusqu'à la dix-septième, il ne vit plus que des femelles aptères. Schmidberger n'hésite pas à attribuer ce phénomène à l'abaissement de la température et à la diminution de la sève dans les plantes sur lesquelles vé-curent ces pucerons captifs (du 10 août au 23 septembre pour les dernières générations). A l'appui de cette supposition, il cite ce fait remarquable, qu'en 1828 et en 1829, par un temps froid et pluvieux, les quatrièmes et les cinquièmes générations ne renfermaient que des individus aptères, tandis que dans les circonstances ordinaires, ce sont ces générations qui produisent les premières femelles ailées.

Les femelles de pucerons qui sont aptères, commencent huit ou dix jours après leur naissance à accoucher de petits vivants, tandis que les femelles ailées n'accouchent, en général, qu'après douze ou quatorze jours, c'est-à-

sur le sommet de la tête se trouvent deux petits tubercules demi-sphériques et peu brillants, ressemblant à des yeux lisses; la tête est petite, un peu rougeâtre ainsi que le ventre, et les environs de l'anus ; sur le bord et les côtés du col se trouvent deux petits tubercules arrondis et verdâtres, de la grosseur de la moitié des yeux réticulés. Sur les bords de l'abdomen, ainsi que sur ses deux derniers segments, se trouvent, en dessus, des petits tubercules sensiblement plus forts que les granulations analogues des autres espèces du premier groupe. La poitrine est saupoudrée de blanc, et le gonflement extraordinaire du corps fait que tous les anneaux sont à peine distincts. Les cornicules sont minces, d'un jaune pâle et brunâtre à l'extrémité, de longueur moyenne (trois quarts de longueur normale) ; la petite queue est noire et très-courte ; le segment anal est brun avec le bord plus clair ; les pattes d'un jaune pâle avec l'extrémité des jambes et les tarses bruns.

AILÉS : Antennes un peu plus courtes que le corps, noires,

---

dire trois ou quatre jours après la dernière mue. La vie moyenne des pucerons du pommier est d'environ vingt jours, mais à mesure que la saison avance, cette durée diminue, ainsi que la vigueur des individus; il arrive souvent alors que des femelles ne produisent que huit ou dix jeunes en tout, une femelle de la quinzième génération ne produisit même qu'un seul petit.

Si la température a une certaine influence sur la production des femelles ailées, il ne faut pas s'étonner si les mâles, qui sont toujours ailés, sont si peu abondants, puisqu'ils n'apparaissent qu'à l'arrière saison, alors que les femelles sont moins fécondes. Comme, à cette époque de l'année, on trouve aussi quelquefois des femelles ailées et que les femelles qui sont fécondées pondent des œufs, tandis que celles qui ne l'ont pas été, accouchent encore de petits vivants, il en résulte, qu'au mois d'octobre, on trouve souvent dans les colonies à la fois des mâles et des femelles ailées, des femelles aptères pondant des œufs ou des petits, et enfin des nymphes, des larves ou des œufs.

avec le troisième et le quatrième article, granuleux ; la trompe est brune avec trois anneaux jaunes; elle atteint la base de la deuxième paire de pattes ; les yeux bruns noirâtres ; il y a deux tubercules pointus entre les yeux lisses et les petites fossettes frontales. La poitrine est d'un brun noir et luisant ; sur chaque côté du col se trouve une épine allongée ; l'abdomen est brun avec la base et le bord plus clair ou d'un jaune rougeâtre ; sur le dernier segment deux, et quatre sur l'avant-dernier petit tubercule ; les cornicules de longueur moyenne cylindriques et bruns, avec le milieu plus clair ; la queue très-courte et brune comme le segment anal, le deuxième anneau est d'un rouge-brun comme le ventre. Les jambes d'un jaune sale avec les tarses bruns ainsi que les jambes et les cuisses. Ailes transparentes avec les nervures d'un brun jaunâtre ; la nervure costale et le sigma sont blanchâtres.

Cette description est celle de Kaltembach ; elle diffère aussi de celle de M. Koch ; cependant, on reconnaît que les deux auteurs ont voulu décrire le même insecte ; celui de M. Koch avait seulement des couleurs plus foncées. Bien que, d'après la figure que cet auteur donne de la femelle aptère, les couleurs de celles-ci soient beaucoup plus pâles que ne le dit Kaltembach, ce que j'ai observé moi-même, je pense, avec plusieurs auteurs, que c'est à cet insecte que l'on doit rapporter le *puceron d'un brun café*, que Réaumur a observé sur le poirier. Pour expliquer ces différences de couleur, il suffit en effet, d'admettre, que cela tient à l'âge des individus observés, ou, ce qui est très-probable, à ce que l'époque de l'année était différente.

Le puceron du sorbier paraît en juin. On le rencontre sur le sorbier, sur le pommier, mais jamais en aussi grande abondance que l'espèce précédente.

Dans le département de la Moselle, on ne l'a pas encore trouvé sur le poirier, il paraît cependant qu'il peut également vivre sur cet arbre, et comme il est assez commun sur le sorbier des oiseaux, il ne peut paraître extraordinaire qu'on l'ait rencontré sur le poirier sauvage ou même sur les poiriers cultivés. C'est principalement sur les pétioles et la nervure médiane que se fixent les pucerons du sorbier ; la feuille commence par se plier vers la pointe et finit par se rouler complétement sur elle-même, de manière à couvrir toute la génération des pucerons ; ces feuilles perdent leur couleur verte en juin, se noircissent bientôt et finissent par tomber. Les jeunes pousses se courbent également, ne croissent plus et les fruits restent petits et sans saveur. Schmidberger dit qu'il a vu des espaliers mourir par suite de la trop grande abondance de ces pucerons.

### 93. APHIS CRATOEGI (Kaltemb.).

Kaltembach, *Monographie des Pucerons*, page 65, n° 45.

Synonymie: *Aphis discrepans* (Koch *in litteris*).

Longueur : deux millimètres.

Aptères: Corps ovoïde, luisant, fortement bombé, d'un vert gris, saupoudré d'une poussière bleuâtre ; antennes courtes, du tiers de la longueur du corps seulement, brunes, le troisième article plus pâle à la base. Yeux bruns; trompe verdâtre, atteignant la deuxième paire de pattes et ayant le deuxième et le troisième article brunâtres ; tête et premier anneau de la poitrine tirant sur le brun, les trois anneaux du bout de l'abdomen ayant des bandes noires, étroites en dessus et n'atteignant pas le bord externe ; dessous du corps vert avec le segment anal brun. Cornicules courts (deux tiers de la longueur normale), noirs, amincis à l'extrémité ; le tour des cornicules est jaune rougeâtre ; la queue très-courte, peu apparente et brune ; pattes noires.

Ailés : Antennes plus courtes que le corps, noires, grossièrement granuleuses; yeux bruns ; la trompe atteint l'insertion de la troisième paire de pattes; elle est jaunâtre avec les deux

articles du bout noirâtres ; tête et thorax d'un noir brillant ;
l'abdomen noir en dessus, le ventre blanchâtre ainsi que la
base du premier et du second segment, et souvent aussi le
bord du troisième et du quatrième segment. Les cornicules
minces, variant du noir au brun, de longueur moyenne
(deux tiers de longueur normale) ; la petite queue à peine
visible, noire, ainsi que le segment anal. Les pattes noires
avec la base des cuisses jaunes ; les ailes transparentes avec les
nervures brunes, la nervure costale et le sigma blanchâtres.

A cette description, empruntée à Kaltembach, cet auteur
ajoute que les individus aptères de cette espèce sont très-rares ;
que presque tous ceux qu'on rencontre, sont ailés ou portent les
moignons des ailes qu'ils doivent acquérir. Les premiers sont
d'un jaune verdâtre ou rougeâtre, et recouverts d'une poussière
gris bleuâtre ; les antennes sont pâles, brunes à l'extrémité ; les
pattes et les cornicules pâles, l'extrémité de ces derniers et seulement les tarses bruns.

Cette espèce est décrite et figurée par M. Koch (n° 44,
page 108 ; fig. 145, ailé ; fig. 146, aptère), sous le nom de
*Aphis pyri*, de Boyer de Fonscolombe ; mais c'est une erreur.
Le puceron décrit dans les *Annales de la société entomologique
de France* (page 109, tome X, 1ʳᵉ série) sous le nom d'*Aphis pyri*
ne saurait, en aucune façon, se rapporter à la description qui
précède ; d'ailleurs, M. Koch compare l'insecte qu'il décrit à
l'*Aphis grossulariæ*, et celui-ci ressemble en effet beaucoup plus
à l'*Aphis cratægi* de Kaltembach, qu'à toute autre espèce ; ces
deux dernières espèces sont très-voisines, et le rapprochement
qu'en fait M. Koch, ne laisse pour moi aucun doute sur l'erreur
synonymique qu'il a commise. En terminant ces observations, je
ferai encore remarquer que le puceron décrit par M. Koch, sous
le nom d'*Aphis cratægi* (n° 11, page 64), est une autre espèce
qui n'a de rapport avec celui dont il est question dans cet article,
que parce que, comme lui, on le trouve aussi sur le *Cratægus
oxyacantha*.

L'*Aphis cratœgi* est excessivement commun dans nos environs; on le rencontre déjà au mois de mai, mais plus abondamment en juin, par colonies très-nombreuses, sous les feuilles de l'aubépine, du pommier, du poirier, du prunellier même quelquefois. Kaltembach dit que les individus aptères sont plus rares que les ailés, ou que ceux qui doivent le devenir; M. Koch, dit le contraire; et, ici du moins, les faits semblent lui donner raison. La différence observée à ce sujet par les deux auteurs tient, sans aucun doute, à la différence de température qui existait au moment où ils firent leurs recherches.

Les feuilles habitées par ces pucerons se roulent sur les bords, se contournent et se déforment complétement, puis elles se colorent en rouge d'abord, en jaune ensuite, et finissent par se dessécher entièrement. C'est particulièrement dans les haies d'aubépine que l'on trouve ce puceron; et, chose qui est toute naturelle du reste, j'ai remarqué que dans les jardins entourés de haies d'aubépine ou de prunellier, il était, en 1858, sur les poiriers en espaliers, plus abondants que partout ailleurs. Kaltembach pense enfin que c'est à cette espèce qu'il faut rapporter un puceron qui se trouve souvent sur le pommier en compagnie de l'*Aphis mali*, Lin., avec lequel on l'a confondu et dont il se distingue cependant par sa taille plus grande et sa couleur rougeâtre.

### 94. APHIS PRUNI (Fabr.).

Kaltembach, *Monographie des Pucerons*, page 52, n° 37.

Synonymie : *Aphis pyri* (Boyer de Fonscolombe) ; — *Hyalopterus pruni* (Koch) ; — *Prunifex* (Amyot) ; — *Puceron du prunier* (Geoffroy).

Longueur : un millimètre et demi.

Aptères : Antennes un peu plus longues que le corps, verdâtres, avec le septième article et la pointe du sixième brunâtres ; les yeux d'un brun rougeâtre ; la trompe verte avec la pointe brune et s'étendant jusqu'à la seconde paire de pattes ; le dessus du corps d'un vert clair avec trois lignes dorsales d'un vert-pré, les cornicules très-courts (moitié seulement de la longueur normale), minces, bruns, avec la base verte. La queue est verte, plus longue que les cornicules. Le dessous du corps, les pattes et le segment anal verts ; les tarses bruns.

AILÉS : Antennes plus courtes que le corps, jaunâtres, poudreuses, la base et la pointe un peu brunâtres. Yeux d'un rouge brun ; la trompe verte, brunâtre à l'extrémité et n'atteignant pas la deuxième paire de pattes. Tête et poitrine brunes, fortement saupoudrées de blanc, particulièrement en dessus, dans la partie la plus visible. Chez les jeunes individus, le sommet de la tête est vert ainsi que l'anneau du col. L'abdomen est d'un vert jaunâtre avec trois lignes longitudinales d'un vert-pré ; les cornicules, la petite queue et le ventre, comme chez les aptères. Le segment anal à peine marqué d'une efflorescence obscure. Pattes verdâtres avec l'extrémité des jambes et les tarses bruns, genoux et extrémité des cuisses postérieures brunâtres. Ailes transparentes, souvent poudreuses, avec les nervures brunes ; la nervure costale et le sigma pâles.

Cette description, traduite de l'ouvrage de Kaltembach, est incontestablement applicable au puceron décrit par Boyer de Fonscolombe, sous le nom de *Aphis pyri*. La description donnée par M. Koch (page 22, n° 5), pour son *Hyalopterus pruni*, est également applicable à notre insecte, et je ne comprends pas comment cet auteur a pu confondre l'*Aphis pyri* de Boyer de Fonscolombe, avec l'*Aphis cratœgi*, de Kaltembach, et qu'il n'ait pas reconnu l'identité des deux espèces en présence des doutes exprimés par Boyer lui-même, qui met, avec un point de doute, toute la synonymie de Fabricius à la suite du nom de son *Aphis pyri*.

Une autre erreur de M. Koch, qui est non-seulement incompréhensible mais encore inexcusable, c'est qu'après avoir décrit le puceron de Boyer, sous le nom d'*Aphis pyri* que lui donnait cet auteur, il ait décrit une autre espèce du *même genre* sous le nom d'*Aphis pyri*, Koch ; s'il était permis de donner ainsi un même nom spécifique à deux espèces du même genre, ou même de genres très-voisins et susceptibles d'être réunis, la nomenclature entomologique, déjà si embrouillée, ne serait bientôt plus qu'un véritable chaos. N'ayant pas à faire ici la critique de l'ouvrage de M. Koch, sans m'étendre plus longuement sur les contradictions qui s'y trouvent, je crois qu'on comprendra ma détermination à ne prendre mes descriptions et mes renseignements que dans l'ouvrage de Kaltembach, bien qu'il soit antérieur à celui de M. Koch, et qu'il ne soit pas, comme l'est celui de ce dernier auteur, accompagné de planches coloriées.

Ce puceron, qui paraît en mai, est le plus abondant en juillet; il vit sous les feuilles du prunier, du couetschier, du prunellier, du poirier, selon Boyer de Fonscolombe, et de l'abricotier, selon Degéer. Ces insectes sont complétement verts, mais la forme ovoïde de leur abdomen les fait déjà distinguer. Plus tard, quand ils viennent de changer de peau, leur coloration est également plus verte et plus uniforme. Chez les vieilles mères, le corps est quelquefois bleuâtre. Pendant le mois de juillet, tous ou presque tous les individus se tiennent sous les feuilles ; mais, en août et surtout en septembre, on ne les rencontre plus guère que sur les pousses.

Cet insecte, sa nymphe, et souvent même les œufs, sont recouverts d'une poussière pollineuse, blanchâtre, laquelle est quelquefois si abondante que les feuilles et les fruits de l'arbre sur lequel ils se trouvent en sont tout couverts, au point, dit Kaltembach, que cette poudre blanche salit les habits, quand on vient à toucher ces arbres.

Dans la Moselle, le puceron du prunier est très-abondant, surtout sur les couetschiers et les mirabelliers. Je ne l'ai jamais rencontré sur le poirier, ni même sur le pommier. Sa forme ovoïde et allongée est très-caractéristique, elle suffit pour le distinguer des espèces voisines. Voici comment Degéer rend compte des observations qu'il a faites sur cette espèce de puceron : « Tous les pucerons aptères des feuilles du prunier sont des femelles qui pondent des œufs en septembre ; on les voit alors inquiètes et s'agiter sur les jeunes pousses des arbres, comme si elles voulaient chercher une place convenable à la ponte des œufs. Elles préfèrent pour cela les petits enfoncements qui se trouvent entre la tige et les yeux des boutons, c'est dans ces enfoncements qu'elles déposent leurs œufs l'un à côté de l'autre et quelquefois aussi les uns sur les autres, de sorte que souvent il y en a de petits tas réunis ensemble. Aussitôt qu'ils sont pondus, ils sont d'un vert foncé, mais plus tard ils deviennent d'un noir brunâtre ; la femelle mère, les recouvre ensuite d'une matière cotonneuse blanchâtre qu'elle sécrète, comme les pucerons de l'aulne, par le dessous du ventre et par les côtés de l'abdomen. Toutes les femelles que l'on ouvre à cette époque, ont le corps plein d'œufs... Pendant le temps que j'observais ceci sur le puceron du prunier, j'ai été assez heureux pour voir l'accouplement d'un mâle ailé avec une femelle non ailée... La forme du mâle est celle des pucerons ailés en général ; seulement l'abdomen est plus étroit, plus mince, sensiblement annelé et terminé par une petite verrue ; les cornicules sont très-courts, les yeux grands et les antennes passablement grosses ; enfin les ailes sont une fois plus longues que le corps, et de couleur noire mêlée de vert en dessus. »

### 95. APHIS PYRI (Koch).

Koch. *Monogr. des Pucerons*, page 60, n° 8, fig. 76, ailé ; 77, aptère.

Vert jaunâtre. La tête, une bande transversale sur le col, les bosses du corselet, une tache transversale entre les cornicules, noires, ceux-ci courts, ainsi que les antennes.

Le nom de *A. pyri*, de Boyer, étant passé dans la synonymie de l'*Aphis pruni*, Fabr., il n'y a plus d'inconvénient de conserver le nom assigné par M. Koch, à l'espèce que je vais faire connaître en traduisant ce que cet auteur en a rapporté :

11

« Le 25 mai, j'observai que quelques feuilles d'un poirier
(*Pyrus pyraster*) étaient attaquées à la partie inférieure par des
pucerons, et que ces feuilles s'étaient roulées en dessous dans
le sens de la côte médiane, de manière que les deux côtés se
touchaient. Dans ces feuilles ainsi roulées se trouvaient des colonies de pucerons dont presque tous les individus étaient à l'état
de nymphe; il y avait seulement deux ou trois vieilles mères. Ces
nymphes étaient sur le point de se transformer, et le même jour,
en effet, il y en eut quelques-unes qui produisirent des pucerons
ailés. Les vieilles mères ne paraissaient plus porter d'embryon,
cependant elles étaient encore bombées, quoique déjà aplaties
sur les bords. Leur forme est celle d'un ovoïde large et court,
presque rond. Les premiers anneaux sont nettement accusés, mais
ceux de la partie postérieure sont réunis et comme soudés; la
peau est mate, les antennes courtes, les quatre derniers articles
courts et d'égale longueur, les cornicules très-courts, presque
cylindriques; la queue seulement ponctiforme, à peine visible; les
pattes sont grandes et n'ont rien de particulier. Ces vieilles mères
sont de couleur brun-canelle, d'un brun plus clair sur les côtés,
brun noir sur le dos avec une ligne dorsale moins colorée; tête,
antennes, pattes et cornicules noirs; les cuisses de la dernière
paire de pattes sont un peu jaunes à la base. »

« Les larves sont d'un jaune verdâtre; les antennes, les pattes
et les cornicules plus clairs que le corselet; sur le dos de l'abdomen, deux lignes de taches transversales d'un vert-pré. Les
individus ailés ont la forme et les caractères particuliers au
genre. Les antennes sont sensiblement plus longues que chez les
individus aptères, et les deux articles qui suivent le premier, sont
plus longs, annelés et dentés; les cornicules, quoique courts,
sont aussi plus longs que chez les aptères; la trompe est très-
longue chez tous les individus; elle dépasse le premier anneau
de l'abdomen et ses articulations sont très-visibles. »

« La tête et les antennes des individus ailés sont noires; la trompe
est jaune obscur vers la pointe, mais avec l'extrémité des articles
jaunâtre; poitrine et abdomen d'un vert jaune avec une bande

transversale sur le col ; la base du thorax et celle de la poitrine, une place circulaire derrière la place de l'écusson, trois taches plus grandes et rondes sur les côtés, une grande tache arrondie entre les corricules, une bande transversale sur le bord postérieur des deux avant-derniers anneaux de l'abdomen, d'un vert luisant ; les jambes sont noires ; les cuisses à leur naissance, et le milieu des jambes jaunâtres ; ailes irisées, le rouge et le violet les plus apparents ; les nervures jaunes, la nervure costale brunâtre ainsi que le sigma ; ces pucerons ailés sont agiles et prompts à s'envoler. »

Pendant les mois d'août et de septembre, j'ai cherché ce puceron sur le poirier sauvage, sur les poiriers cultivés de nos environs et sur les autres arbres fruitiers, sans pouvoir en rencontrer un seul individu.

N. B. Avant de terminer ce qui est relatif aux pucerons qui font partie du genre *Aphis,* limité comme Kaltembach l'a fait, je dois encore mentionner une espèce qui ne me paraît décrite nulle part, et qui cependant se trouve sur les poiriers et les pommiers. M. Goureau, qui l'a aussi trouvée sur les poiriers de Sautigny (département de l'Yonne), donne la description suivante des individus aptères : « Longueur, deux millimètres. Noirs ; antennes blanchâtres à la base (dans la plupart des individus il n'y a que le premier article de cette couleur), brunes à l'extrémité ; tête et corps d'un noir un peu velouté ; corricules courts, noirs ; abdomen terminé par une petite queue ; cuisses noires ; tibias blanchâtres, tarses bruns ; bec noirâtre atteignant les hanches intermédiaires ; en dessous, le ventre est d'un brun rougeâtre.

» Ce puceron vit en société nombreuse sous les feuilles du poirier qu'il courbe, crispe et déforme ; écrasé il laisse une tache rouge comme du sang. Je l'ai observé le 1er juin et j'ai été témoin de l'accouchement d'une mère aptère qui a mis au monde un petit, verdâtre, sorti du ventre le derrière le premier, et qui remuait ses pattes de derrière ayant encore la tête dans le ventre de la mère. »

Ce puceron se trouve dans le département de la Moselle, sur les pommiers et sur les poiriers, mais il ne parait pas y vivre en colonies aussi compactes et aussi homogènes que les autres espèces de pucerons. Toujours il se rencontre au milieu des colonies de l'*Aphis mali* et toujours aussi en plus petit nombre que ces derniers. La description donnée par M. Goureau, s'applique très-bien à tous les individus que j'ai rencontrés; cependant je n'ai pu en trouver qui, étant écrasés, aient produit des taches rouges comme du sang; l'intérieur de ces pucerons est d'un vert plus ou moins foncé, quelquefois presque noir, mais jamais rouge. Je dois encore ajouter que je n'ai pas vu de ces pucerons noirs accoucher; par conséquent, je ne puis dire si, au moment de leur naissance, les petits sont verts; mais ce que j'ai vu bien des fois, c'est que des petits pucerons, n'ayant pas encore changé de peau, étaient déjà d'un gris très-foncé et presque noirs comme les mères dont ils étaient issus.

En consultant les planches de l'ouvrage de M. Koch, je ne trouve que les figures 114, 116, qui puissent convenir au puceron observé par M. Goureau et par moi, les dessins représentent les femelles des *Aphis laburni*, Kalt., et *Aphis cerasi*, Fabr., mais les descriptions ne correspondent pas à nos individus. Il faudrait connaître les insectes ailés pour en déterminer l'espèce qui devra, dans tous les cas, être comprise parmi les insectes vivant sur le poirier.

## LI. SCHIZONEURA (Hartig) [*].

Kaltembach. *Monographie des Pucerons*, page 167.

Ce genre est un démembrement du grand genre Aphis de Linné. Les insectes qui le composent, diffèrent des vrais pucerons par le cubitus des ailes, qui n'a qu'une branche simple, par des antennes de six articles et par l'absence de cornicules. Il est,

[*] Synonymie: APHIS (Linné); — MYZOXYLUS (Blot.); — RINDEN-LAUS (des Allemands).

comme le suivant, placé dans la série de ceux qui ne renferment que des espèces vivipares. On n'en connaît jusqu'à présent que six espèces.

Les Schizoneura connus vivent tous sur les arbres. Les uns (*Sch. Reaumuri* et *tremulæ*) sucent les pointes terminales des jeunes pousses, font crisper les feuilles, et celles-ci se réunissent en une tête au milieu de laquelle les pucerons sont à l'abri; d'autres roulent ou plutôt font rouler les feuilles sur elles-mêmes. La *Sch. Lanuginosa* détermine, sur les feuilles, la formation de vessies velues dans lesquelles ils mettent leur génération à l'abri, etc. Tous sont plus ou moins recouverts par une sécrétion laineuse produite par l'insecte lui-même. A l'automne, on voit des mères aptères qui sont fixées aux jeunes pousses où elles restent ainsi sans mouvement jusqu'au printemps suivant; alors elles commencent à pondre des jeunes qui ont des yeux extrême-ment petits, non saillants. Dans quelques espèces, on remarque qu'il y a moins d'articles aux antennes des larves qu'à celles des insectes ailés qui viennent après. Les *Schizoneura* sont, d'après Kaltembach, toujours vivipares, comme les *Tetraneura* et les *Pemphigus;* cependant, on n'a pas encore suivi leurs trans-formations d'une manière complète et l'on ne sait pas, par exemple, comment naissent les vieilles mères que l'on trouve en automne et qui pondent des petits au printemps.

Une espèce de ce genre a été signalée comme vivant sur le poirier, c'est :

### 96. SCHIZONEURA LANIGERA (Hausmann).

Kaltembach. *Monographie des Pucerons*, n° 2, page 169.

Synonymie : *Aphis lanigera* (Hausmann) ; — *Aphis laniger* (Illig.) ; — *Mysoxylus* (Amyot) ; — *Puceron laniger;* — *Wollig apfel blatt-laus* (des Allemands) ; — *Myzoxylus mali* (Blot.).

Longueur : un millimètre et demi à deux millimètres.

APTÈRES: Corps de couleur de miel, brun rougeâtre, recouvert en dessus d'une sécrétion blanche et laineuse ; antennes très-courtes, d'un jaune pâle, les trois derniers articles à peu près égaux et réunis ensemble, plus longs que le troisième ; trompe blanchâtre et noire au bout, assez longue pour atteindre la troisième paire de pattes; yeux très-petits, à peine visibles et bruns ; pattes jaunâtres, tous les genoux bruns ; les anneaux du corps sensiblement effacés. Pas de cornicules, mais une cicatrice circulaire à leur place ; queue invisible.

Aɪʟᴇ́s : Antennes plus courtes que la tête et le thorax réunis variant du brun au noir ; les deux premiers articles de la base très-courts, le troisième annelé de clair et plus long que les trois suivants ; quatrième et cinquième également annelés et de la même longueur, le sixième plus petit que le précédent, lisse et elliptique ; yeux très-grands ; trompe blanchâtre et atteignant la troisième paire de pattes ; tête et thorax noir brillant, anneaux du col brunâtres ; abdomen couleur brun chocolat, sans cornicule ni queue ; pattes grêles avec une teinte brunâtre plus foncée sur les hanches, aux cuisses et à l'extrémité des tibias. Ailes transparentes, avec toutes les nervures et le sigma d'un brun foncé, moins le cubitus qui est blanchâtre à l'origine de la fourche ; le sigma est un peu plus clair vers le bord de l'aile.

Le Puceron laniger vit le plus ordinairement sur les pommiers ; cependant, M. Dubreuil dit positivement qu'il se propage également sur le poirier ; Dalbret dit aussi l'avoir vu sur le sorbier, sur l'alisier et même sur l'aubépine ; mais il ajoute qu'il n'a jamais vu d'exostoses sur ces arbres pas plus que sur le poirier. Dans le département de la Moselle, l'insecte lui-même n'a pas encore été observé, ni sur le pommier, ni sur le poirier. Mais M. Thomas a vu depuis plusieurs années, du côté de Lorry, des pommiers hauts-vents, ayant des chancres boursoufflés et qui présentent tous les caractères qui ont été assignés aux protubérances qui se voient sur le tronc des arbres envahis par ce puceron. Ainsi que j'ai déjà eu occasion de le dire, cette espèce paraît être d'origine américaine. C'est vers 1812 qu'on a commencé à s'apercevoir de sa présence dans les vergers de la Bretagne ; en 1820, dans ceux de la Normandie. Il est excessivement fécond et sa dissémination se fait, comme celle des autres pucerons, au moyen des individus qui sont ailés ; mais, comme en outre des organes du vol, ces insectes ont le corps couvert d'un duvet très-fin et très-léger, le vent les emporte souvent à des distances considérables, c'est ce qui explique son envahissement successif de l'Angleterre, de la Bretagne, de la Normandie, du nord de la France et enfin de la Belgique.

M. Audoin (*Annales de la société entomologique de France*, tome IV, 1<sup>re</sup> série, page 9 du bulletin) décrit ainsi les tubérosités produites par cet insecte : « La branche envahie par le Puceron laniger ne présente d'abord aucune altération bien sensible ; on voit à la surface quelques petites ondulations ou petites bosselures, et ordinairement un sillon plus ou moins élargi qui divise la branche dans le sens longitudinal et dans une étendue de plusieurs pouces quelquefois. C'est dans l'intérieur de ce sillon que sont logés et fixés au pommier les nombreux pucerons qui attaquent les jeunes pousses ; placés à la face inférieure de la branche, ils se trouvent ainsi à l'abri de la pluie. Cette première opération, produite sur les jets d'un pommier, n'est donc pas d'abord bien frappante, et toutefois elle suffit pour modifier à jamais la végétation de l'arbre. En effet, dès ce moment, la sève semble s'épancher sur ce point et déjà la deuxième année on aperçoit une petite nodosité qui devient plus sensible la troisième année, se fait remarquer davantage la quatrième et finit enfin au bout de 6, 7 ou 8 ans par atteindre la grosseur du poing. Ces nodosités ont l'écorce à l'état normal et elles sont formées par des couches ligneuses qui ne se sont développées que du côté où se trouvent les pucerons et y forment le tubercule dans lequel chaque couche conserve encore plus ou moins la trace du sillon formé, par les pucerons, quand elle était sous l'écorce. »

· Le puceron laniger se nourrit de la sève de l'écorce et de l'aubier des arbres sur lesquels il vit ; comme ordinairement ils sont réunis en grand nombre dans la même place, l'écorce finit par se transformer en une sorte de tissu cellulaire à cause de la multiplicité des piqûres. La sève affluant plus abondamment dans cette partie, une grande quantité s'extravase en pure perte et au grand dommage de l'arbre ; sur les branches ou sur les troncs où l'écorce est plus épaisse et où la sève ne circule plus assez abondamment, les pucerons cherchent à s'introduire sous la couche corticale en s'insinuant dans les crevasses, afin d'y rencontrer l'aubier ou le liber, plus tendre et plus riche en sucs nutritifs. Il arrive même quelquefois que cette affluence de sève détermine la formation de pousses qui nuisent également à la fructification de l'arbre. Pendant les hivers rigoureux, ces pucerons entrent dans le sol et vont se fixer sur les grosses racines de l'arbre.

C'est ordinairement en dessous des jeunes rameaux que se fixent ces insectes, leur présence est facile à constater par la sécrétion blanche et laineuse qui se développe sur leur corps et qui, se détachant facilement, couvre de ses débris toutes les parties de l'arbre voisines du lieu où ils vivent en famille. C'est plus particulièrement contre le Puceron laniger que l'on doit employer les arrosages avec l'eau benzinée, la lessive, l'eau de chaux, l'eau du gaz, etc., ou le barbouillage au goudron, à l'huile, etc.

### LII. PEMPHIGUS (Hartig)[*].

Kaltembach. *Monographie des Pucerons*, page 180.

Ce genre est, comme le précédent, un démembrement du genre *Aphis* de Linné ; il en diffère seulement par des antennes de six articles et par le cubitus des ailes, qui est sans ramification.

Les insectes qui appartiennent à cette division, sont de

[*] Synonymie : APHIS (Linné) ; — ERIOSOMA (Heyden) ; — THELAXEA (Dalb.); WOLL-LAUS (des Allemands).

très-petite taille, plus ou moins recouverts par une sécrétion
laineuse qui se renouvelle à chaque changement de peau de
l'insecte et qui est produite par des organes particuliers non
encore décrits. Les uns vivent dans l'intérieur de galles qui se
forment à la suite des piqûres faites par la trompe de l'animal ;
les autres vivent à découvert sur les plantes herbacées, sur le
tronc ou sur les racines des arbres sur lesquels ils déterminent
aussi quelquefois la formation d'exostose de nature analogue à
celles qui sont produites par le *Schizoneura lanigera*. Ceux de
ces insectes qui vivent dans les galles sont plus longs à se transformer que les autres, et tous paraissent acquérir des ailes (moins
cependant la mère fondatrice de la colonie qui est toujours aptère);
dans cet état ailé, ils sortent de leur retraite par une ouverture
qui s'y forme naturellement et vont, sur d'autres arbres, fonder
de nouvelles colonies en donnant naissance à des femelles aptères.
Les espèces qui vivent à découvert sur les plantes, ne se rencontrent que pendant fort peu de temps. Tous les individus de
la première génération acquièrent des ailes, et l'on trouve, après
leur dispersion, les dépouilles des nymphes et le duvet qui recouvrait leur corps.

Kaltembach dit que les *Pemphigus* sont vivipares ; cependant,
il appelle sur eux l'attention des entomologistes; il ajoute qu'il y
a encore beaucoup à apprendre à leur sujet et il termine en
disant qu'il croit que dans certaines circonstances qu'il n'a pu
déterminer, ces insectes sont ovipares.

La mère aptère d'une colonie de ces pucerons, ou au moins celle
des espèces sur lesquelles on a pu faire des observations, présente
plusieurs singularités remarquables ; ainsi, son corps est plus gros
que les autres individus adultes, et ses antennes ont moins
d'articles que n'en ont les antennes des larves ou des insectes
ailés qui proviennent de celles-ci.

On connaît sept espèces européennes du genre *Pemphigus*:
une vit sur les *Gnaphalium erectum* et *Gn. germanicum;* deux
vivent dans des galles sur les *Populus nigra* et *P. dilatata*, etc.
M. Aza-Fitch en a fait connaître une espèce qui vit dans l'Amé-

rique du nord, sur les arbres fruitiers, et plus particulièrement sur les pommiers et sur les poiriers. Sa ressemblance avec le puceron laniger, son introduction possible, probable même, en Europe, sont des motifs qui méritent de fixer notre attention, et c'est ce qui m'a déterminé à donner l'histoire de cet insecte, d'après le travail de **M.** Aza-Fitch, auquel j'ai déjà fait plusieurs emprunts.

### 97. PEMPHIGUS PYRI (Aza-Fitch).

Aza-Fitch, *First report an the noxious*, etc., page 9.

Synonymie: *Eryosoma pyri* (Fitch); — *Pemphigus americanus* (Walker); — *The apple boot blight* (des Américains).

Aptères. Longueur: un millimètre. Forme ovale, de couleur jaune pâle; pattes petites et robustes, à peu près de même longueur; les antennes, qui ressemblent aux pattes, n'ont que cinq articles apparents et sont pointues à leur extrémité; l'abdomen est terminé par un filament blanc, cotonneux et diversement contourné, selon les individus; la blancheur de ces filaments les rend perceptibles à l'œil nu et permet de suivre leurs mouvements sur le tronc de l'arbre où ils ne seraient pas visibles sans cela.

Ailés. Longueur: y compris les ailes fermées, cinq millimètres. Largeur des ailes, un millimètre. Le corps, les pattes et les antennes sont d'un noir de charbon; tout le dessus du corps est couvert d'une abondante sécrétion cotonneuse blanche ou d'un blanc bleuâtre; les ailes supérieures sont transparentes à l'extrémité, un peu enfumées et paraissent recouvertes d'une poussière plus abondante à leur base, les nervures sont noires ou d'un brun foncé et le sigma de couleur enfumée; les ailes inférieures plus transparentes et hyalines, avec les nervures d'un brun pâle.

Cette description est extraite de celle qui est insérée dans le mémoire de l'auteur américain, lequel donne en outre les détails suivants sur cet insecte : « Vers le 29 octobre 1849, j'étais occupé à ranger un certain nombre de jeunes pommiers qui m'avaient été envoyés de la pépinière de *Glens-Falls*, comté de Warren, quand, sur les racines de l'un d'eux j'observai quelques excroissances vraiment singulières. Pendant que je réfléchissais sur la cause qui les avait produites, j'aperçus presqu'entièrement caché sous l'écorce des plus grands, un puceron, et en y regardant de plus près, j'en aperçus un second semblablement caché, l'un était mort et l'autre encore vivant. En examinant les crevasses de cette excroissance avec une loupe je vis qu'elles étaient occupées par des pucerons, si petits qu'ils n'étaient pas visibles à l'œil nu, et qui à n'en pas douter étaient les petits de ceux que j'avais aperçus d'abord. Vers la fin de l'automne, sur les branches dans les taillis, j'avais déjà pris un grand nombre d'individus de la même espèce, et cependant il n'y avait pas de pommiers à un mille à la ronde. Probablement ces insectes provenaient des racines du Thorn (Amelanchier du Canada, *Petromeles Canadensis*, J. Q.), et ce qui semble justifier cette supposition, c'est que l'insecte dont il s'agit se trouve non-seulement sur les arbres de la famille des Pomacées, mais encore sur d'autres arbres fruitiers et des arbres sauvages à feuilles caduques.

» Cette maladie des jeunes pommiers avait déjà été signalée dans nos revues périodiques d'agriculture, et différentes recherches avaient été faites sur l'insecte qui l'occasionne, mais sans donner de résultats satisfaisants, parce que cet insecte appartient à une espèce nouvelle, différente de toutes celles qui ont été décrites jusqu'à présent et qui sont connues des horticulteurs et des pépiniéristes. Une communication de J. Fulton, du comté de Chester, dans l'*Horticulteur de Downing**, ferait penser que

* « Le principal but de mon ouvrage, dit M. Fulton, est d'attirer l'attention sur un sujet important et de demander tous les éclaircissements que l'on pourra me donner à ce sujet. En arrachant des arbres cet automne de 1848, je remarquai que quelques racines étaient pleines d'excroissances ou

cette maladie s'étend sur une vaste étendue de notre pays et cause de grandes pertes à nos éleveurs.

» Une courte description de cet insecte fut publiée par moi dans le *Catalogue des insectes homoptères*, déposé dans le cabinet d'histoire naturelle de l'État, sous le nom d'*Eriosoma pyri*. Tous ces pucerons, qui étaient naguère renfermés dans le genre *Eriosoma*, de Leach, et qui sont caractérisés par la simplicité du cubitus des ailes supérieures, forment maintenant le genre *Pemphigus*, de Hartig, auquel genre on doit nécessairement rapporter cet insecte. Plusieurs des autres espèces de ce genre, aussi bien que cette dernière, sont connues pour attaquer les racines des plantes. Je conserve à peine le plus léger doute qu'elle ne soit aussi la même espèce que M. Walker a décrite, d'après les individus provenant de la Nouvelle-Écosse, sous le nom de *Pemphigus americanus*, quoique la longueur qu'il lui assigne (4 lignes) soit bien supérieure à celle que j'ai trouvée chez les plus grands individus.

» C'est à nos pépiniéristes qu'il appartient de faire l'histoire

verrues, et couvertes d'un insecte laineux, très-petit, dont un grand nombre était logé dans les blessures faites par la taille. Comme les arbres paraissaient vigoureux, je portai peu d'attention à ce fait, jusqu'à ce qu'un autre horticulteur vint appeler mon attention sur lui, en me disant que n'ayant pu suffire à une demande considérable de pommiers, il avait été dans plusieurs établissements pour en acheter, mais qu'il n'avait pu s'en procurer une quantité suffisante parce qu'un très-grand nombre était affecté de cette maladie, et qu'il avait été obligé de les refuser. Depuis lors, un jeune homme de mes amis revint de la Virginie où il avait vendu et livré plusieurs milliers de ces arbres et me dit que là tous les arbres étaient dans le même état et qu'il n'avait cependant pas remarqué que cette circonstance fut le moins du monde préjudiciable à leur santé ou à leur vigueur, et que celui qui les avait propagés ne s'était pas non plus aperçu de ce vice de conformation. Cet insecte, continue M. Fulton, est-il le *Puceron Laniger?* s'il en est ainsi, que peuvent faire les pépiniéristes pour se garantir d'une peste qui malheureusement n'est que trop commune? J'ai trouvé cet insecte dans les arbres qui croissent dans un sol siliceux ou chisteux et rarement dans ceux qui croissent dans une terre grasse et marneuse. »

de cet insecte, et des maladies qu'il occasionne, parce qu'ils peuvent l'observer mieux qu'on ne saurait le faire dans aucune autre profession. Les nœuds ou excroissances apparaissent aussi bien sur les grosses racines que sur le chevelu le plus délié ; dans le seul cas qui soit arrivé à ma connaissance, la principale racine d'un jeune arbre avait un demi-pouce de diamètre à un pied de profondeur et à ce point, elle était aux deux tiers enveloppée par une excroissance de deux pouces de long et de trois pouces d'épaisseur en diamètre, elle était attachée à la racine par un pied beaucoup plus petit que la base*. La forme est irrégulière, bosselée ; la surface est de la même couleur, brun jaunâtre, que la racine elle-même et se trouve partout parsemée de bosses de la grosseur d'un grain de moutarde à la grosseur d'un petit pois. En coupant l'un de ces nœuds saillants, on trouve qu'il est d'une texture ligneuse très-dure et sans aucune cavité à l'intérieur ; sur la principale racine, entre cette excroissance et la surface du sol, se trouvait une seconde excroissance semblable, mais plus petite, et sur plusieurs des radicelles se trouvaient aussi de semblables nodosités variant de la grosseur d'un pois à celle d'une balle. »

» Ces excroissances sont, sans aucun doute, formées de la même manière que les galles et toutes les productions morbides des végétaux ; l'insecte femelle se glisse sous terre en suivant les racines, probablement vers la fin de l'automne, là elle dépose son paquet d'œufs et meurt, ces œufs s'ouvrent quand la terre devient chaude, au printemps suivant, et les jeunes pucerons enfoncent leur trompe dans l'écorce de la racine pour en tirer leur nourriture. Ces piqûres produisent une sorte d'irritation qui attire dans cette partie un flux surabondant de sève et occasionne un développement anormal du bois et dont il résulte les excroissances que nous avons décrites. Comme il arrive pour les autres familles, les pucerons continuent probablement à se

---

* Ici l'auteur donne la description de la figure au quart de grandeur naturelle, et qui représente l'excroissance dont il est question.

multiplier sans le secours d'une nouvelle fécondation jusqu'à l'automne où des individus ailés apparaissent, quittent leur retraite et après s'être accouplés à l'air libre, cherchent de nouveaux arbres pour y propager leur espèce. Les autres, autant que je puis en juger par l'époque avancée de la saison où je trouvai de jeunes pucerons sur les excroissances, restent sous leurs abris pendant tout l'hiver pour continuer leurs opérations sur les mêmes racines pendant l'année suivante.

» Quand un arbre cesse de croître avec la vigueur ordinaire et que ses feuilles sont d'une teinte plus pâle qu'à l'état normal ou jaunâtre, et qu'aucune blessure du tronc ou autre cause de maladie ne peut être découverte, on doit soupçonner la présence de cet insecte sur ses racines; on doit alors fouiller la terre pour s'assurer s'il n'y a pas d'excroissances semblables à celles que nous avons décrites plus haut, et, si l'on en découvre, il sera bon de rejeter au loin la terre qui les recouvrait, autant qu'on le pourra sans inconvénient, et de l'arroser avec de l'eau de savon en assez grande quantité pour remplir les crevasses des excroissances, car il n'y a pas à douter que tout insecte qui sera atteint par cette eau, périsse immédiatement. On mêlera des cendres à la nouvelle terre dont on recouvrira les racines; il est probable qu'en recourant à ces mesures un arbre malade peut être guéri dans le plus grand nombre des cas. C'est surtout dans les pépinières, sur les racines des jeunes arbres arrachés pour être transplantés, que le *Pemphigus pyri* peut être découvert; il en est résulté que, dans notre comté, des milliers d'arbres ont dû être rejetés; il est probable que cette prohibition deviendrait inutile si l'on avait la précaution de tremper leurs racines dans l'eau de savon, à moins cependant que ce puceron ne soit plus résistant que les espèces voisines qui vivent sur les branches ou les arbres. Ceci peut être vérifié par tous les horticulteurs. M. Downing recommande le mélange d'un boisseau de cendres avec la terre dans laquelle on plante ces arbres, ce qui, peut-être, suffit pour produire le même effet que l'immersion des racines dans l'eau de savon. »

Il est certain que ce qui précède ne saurait être applicable à ce qui est connu du *Puceron laniger* et l'on comprendra difficilement les doutes exprimés à ce sujet par M. Fulton. Cependant, pour plus de certitude à cet égard, il suffit de lire la description très-longue et très-compliquée, que M. Aza-Fitch fait des ailes du *Pemphigus pyri ;* cette description que j'ai cru devoir passer sous silence, s'applique si parfaitement aux ailes du genre *Pemphigus* représentées par les figures 13 et 14, de l'ouvrage de Kaltembach, que l'on serait tenté de croire que l'auteur américain les a pris pour guide. Or, le Puceron laniger appartient au genre *Schizoneura* dont le cubitus a un rameau secondaire, tandis que dans les *Pemphigus*, le cubitus est simple. Enfin, je ferai observer que M. Aza-Fitch suppose que la femelle du puceron pond des œufs à l'automne, ce qui est encore en contradiction avec Kaltembach qui range le genre *Pemphigus* parmi les pucerons vivipares.

Bien que dans notre département on ait déjà reçu de nombreux arbres fruitiers de l'Amérique du Nord, il ne paraît pas qu'on y ait encore observé ni les excroissances ni le puceron qui contribue à leur formation, est-ce une raison suffisante pour penser qu'il en sera toujours ainsi? Je ne le crois pas, en raison des envois continuels que l'on fait de l'Amérique du nord en Europe, d'arbres fruitiers que l'on commence à cultiver chez nous ; c'est ce qui m'a déterminé à donner presqu'en entier la description de M. Aza-Fitch.

### LIII. COCCUS (Linné)*.

Amyot et Serville. *Hémiptères, suites à Buffon*, page 628.

Mâle : Antennes de dix articles au moins ; pas de bec, deux ailes transparentes assez longues ; abdomen pourvu de deux filets assez longs.

Femelle : Corps épais, oblong ou globuleux, aptères, com-

* Synonymie : COCHENILLE ; — GALLINSECTE.

posées de quatorze anneaux plus ou moins distincts ; yeux très-petits ; antennes courtes, de neuf articles ; bec court, de trois articles naissant de la poitrine au milieu de l'insertion des quatre pattes antérieures ; abdomen garni de deux à quatre filets courts ; pattes courtes, grêles, d'égale longueur ; tarses d'un seul article visible.

Les cochenilles sont ces insectes que l'on connaît généralement sous les noms de *Poux d'écorce*, *Punaise des bois*, *Tigre sur écorce*, et qui, comme les pucerons, méritent de fixer tout particulièrement notre attention, tant à cause du dommage qu'elles nous causent que par les particularités remarquables qui ont été observées dans leur organisation, leur développement et leurs habitudes.

Il est peu de personnes qui n'aient eu occasion d'observer, pendant le mois de juin ou de juillet, sur les branches de la vigne, du pêcher, de l'aubépine, du poirier ou du pommier, des sortes de galles hémisphériques d'une couleur analogue à celle de l'écorce et souvent entourée à leur base d'un petit bourrelet blanchâtre plus ou moins abondant. En y regardant de près, et surtout en détachant ces sortes de coques de la branche sur laquelle elles semblent collées, on ne tarde pas à y trouver toutes les traces qui caractérisent un insecte. C'est, qu'en effet, ces carapaces desséchées sont celles de femelles de cochenilles, lesquelles servent encore après leur mort, à abriter les germes de la génération destinée à propager l'espèce l'année suivante.

Au milieu du tissu cotonneux dont nous avons parlé, et qui remplit tout l'espace recouvert par les débris de l'insecte, on trouve des centaines, quelquefois des milliers de petits grains de couleur ordinairement rougeâtre et qui sont des œufs, dont l'éclosion aura lieu aux premiers beaux jours de l'année suivante ou, selon les espèces, pendant le courant de l'été. Les nouveaux nés sortent par une petite ouverture restée béante, entre la carapace et l'écorce; Réaumur croit que cette ouverture existe déjà lors de l'accouplement et que c'est par là qu'il a lieu.

Pendant les premiers jours, les jeunes larves, qui sont aptères, ayant encore besoin d'un abri, restent logées sous le ventre de la mère. Bientôt cependant, peut-être après une première mue, elles se dispersent et vont se fixer sur les jeunes pousses, sur les feuilles, etc., dans lesquelles elles enfoncent leur petite trompe pour pomper la sève ou les sucs propres de la plante sur laquelle elles doivent vivre.

Pendant leur premier âge, toutes les jeunes cochenilles se ressemblent, et leur *facies* leur donne l'apparence de petits cloportes. Ces larves, presque microscopiques, ont six pattes grêles, deux antennes très-courtes et une trompe qui paraît implantée sur la poitrine. Pendant le premier âge, elles se meuvent avec facilité ; mais à l'automne, pour celles qui n'ont qu'une génération, ou à une autre époque, pour celles qui en ont plusieurs, elles se déplacent une dernière fois, et se fixent dans une partie de la plante qu'elles ne doivent plus quitter.

Au moment de la fécondation, on voit apparaître des individus ailés, excessivement petits, bien que produisant, dit-on, un léger bourdonnement. Ces insectes sont à ce qu'il paraît les mâles des cochenilles ; ils n'ont que deux ailes, ils sont dépourvus de bec et ont l'abdomen terminé par deux appendices sétiformes.

Les observations de Réaumur, de Degéer, de Geoffroy, de Macquart, de Schmidberger, etc., semblaient mettre hors de doute que les individus ailés dont il vient d'être question, ne fussent les mâles des cochenilles ; cependant, je dois dire ici qu'un naturaliste de Naples a publié, il y a déjà une trentaine d'années, des observations qui tendraient à établir que ces prétendus mâles ne sont que des insectes parasites diptères appartenant au genre Cécidomyie, et que les prétendus accouplements observés n'étaient que l'opération de la ponte, faite par les femelles de ces diptères sur les cochenilles aux dépens desquelles doivent se nourrir les larves de ce parasite. Depuis les observations de M. Costa, rien n'est venu confirmer d'une manière authentique les résultats annoncés par ce naturaliste ; d'ailleurs, pour résoudre la question d'une manière complète, il faut, si les in-

12

dividus ailés que nous avons décrits plus haut ne sont que des parasites, faire connaître quel est le véritable mâle de la cochenille. Quoiqu'il en soit, c'est après cette apparition des individus ailés que les femelles prennent, très-rapidement, un accroissement considérable; les anneaux de l'abdomen se distendent, se gonflent, et bientôt on voit apparaître autour du corps ce cordon blanc de consistance laineuse que j'ai déjà signalé.

Si, pendant que ces femelles prennent leur accroissement, on cherche à les détacher de la partie sur laquelle elles sont fixées, on ne peut le faire sans leur arracher le bec ou les pattes, tant ces organes sont enfoncés dans l'épiderme de la plante. Après deux ou trois jours, on remarque avec surprise qu'à mesure que le duvet cotonneux augmente de volume, la membrane inférieure du ventre se rapproche davantage de celle du dos, parce que les œufs sont, à mesure qu'ils sont pondus, poussés, non en dehors de l'animal, comme c'est le cas général, mais en dessous, entre la première couche de sécrétion laineuse qui isolait primitivement l'abdomen de la plante, et les membranes de l'abdomen, lesquelles se retirent de plus en plus, se dessèchent et restent, après la mort de l'animal, collées au dos pour protéger les œufs jusqu'au moment de leur éclosion, qui a lieu d'ordinaire une douzaine de jours après la ponte; les jeunes cochenilles, au sortir de l'œuf, sont extrêmement petites et très-agiles.

Certaines espèces de cochenilles produisent deux ou trois mille œufs; on comprend qu'avec une pareille fécondité, quelques femelles suffisent pour infester complétement un arbre de jeunes larves qui, aussi bien par la sève qu'elles absorbent, que par les piqûres nombreuses qui en laissent perdre une grande quantité, épuisent les arbres, les font languir et peuvent, dans certains cas, en déterminer le dépérissement et même la mort.

Les cochenilles ne se rencontrent que très-rarement sur les plantes annuelles; ce n'est que sur les arbres qu'on les trouve le plus abondamment; les carapaces qui se trouvent sur le jeune bois, sont celles de l'année, celles qui sont sur le vieux bois, sont celles des femelles qui ont produit leur génération et qui ne sont plus préjudiciables à la plante. La température a une très-grande influence sur la propagation des cochenilles; c'est pour cela que dans les serres chaudes, elles se multiplient en telle abondance, qu'elles finissent par envahir des plantes de toutes sortes et même des plantes annuelles.

Les espèces qui attaquent les feuilles caduques des arbres, y restent jusqu'à l'automne*; si la feuille vient à tomber avant que le manque de sève, ou la température ait averti la jeune cochenille qu'il est temps d'émigrer, la larve alors, tombe avec la feuille; mais elle remonte d'elle-même sur le tronc de l'arbre où elle va chercher une place plus convenable. C'est à cette époque de l'émigration des larves que l'on voit les jeunes pousses s'en couvrir d'un nombre considérable, au point que, non-seulement ces insectes font du tort à l'arbre par la quantité de sève aspirée ou perdue, mais encore en ce qu'ils bouchent les pores de l'écorce et l'empêchent de respirer par les stomates.

Pendant l'hiver, les cochenilles paraissent engourdies et ne prennent pas de nourriture, aux mois de mars et d'avril, elles augmentent un peu de volume sans changer de place et subissent une dernière mue avant la fécondation; dans ce cas, la vieille peau se détache d'elle-même par lambeaux blanchâtres et plus ou moins transparents, ou bien elle reste attachée à la nouvelle et forme une deuxième tunique protectrice pour la ponte de la femelle.

La sève qui s'écoule des piqûres faites par les larves de cochenilles est tellement abondante que, dans quelques circonstances, le sol de dessous certains arbres semble être mouillé par la rosée, ce qui attire une grande quantité de guêpes et de

---

* Toutes les espèces de cochenilles ne sont pourtant pas nuisibles; quelques-unes sont employées dans les arts pour la matière colorante qu'elles produisent (Cochenille du Nopal, Cochenille de Pologne), un autre la *Coccus lacca*, produit, dans l'Inde, la gomme laque, etc.

fourmis friandes de sucs mielleux. C'est par la présence de ces Hyménoptères que l'on pourra plus facilement découvrir celle des cochenilles, dont la taille et la couleur ne permettent pas de les distinguer facilement de l'épiderme de la plante.

C'est le plus ordinairement sur les arbres élevés en espaliers que, dans les jardins, se développent plus abondamment les cochenilles ; c'est du côté opposé à la lumière, à la base des jeunes pousses, près des boutons, qu'elles vont se fixer de préférence ; ces agglomérations sont quelquefois telles que l'écorce parait rugueuse et que plus tard, quand le duvet blanc déborde la carapace des femelles, on dirait un tissu laineux recouvrant une partie de la branche.

Le nombre des espèces de cochenilles décrites n'est pas très-considérable, un grand nombre d'arbres en nourrissent qui leur sont particulières ou qui peuvent à la fois vivre sur plusieurs essences. La déformation qui se produit dans les enveloppes de la femelle après l'accouplement, la petitesse excessive des mâles, ne permettent pas de distinguer facilement les espèces voisines.

Plusieurs vivent sur les arbres fruitiers; les plantes de serres chaudes sont envahies par le *C. adonidum*, celles des serres tempérées par les *Coccus nerii* et *C. Lauri*, etc. Les premières n'ont qu'une génération, tandis que celles-ci et quelques espèces exotiques en ont plusieurs. Enfin, les arbres de nos forêts en nourrissent aussi quelques espèces, mais, dans ces circonstances, on n'a jamais cité une grande invasion de ces parasites.

La destruction des Cochenilles est encore plus difficile que celle des Pucerons ou celle des Psylles. Les fumigations ne produisent rien sur elles, et les arrosages ou les lavages avec des solutions acides, ou l'eau de savon, la lessive, etc., ne produisent d'effets sur elles que quand ces liquides sont caustiques au point d'être nuisibles à la plante. La taille du printemps, faite d'assez bonne heure pour enlever les jeunes bois avant la dispersion des jeunes est, de tous les moyens, le plus rationel, sinon, le plus efficace. Pendant l'été, quand on en découvrira qui auront échappé à la taille, il faudra les détacher de l'écorce avec une brosse ou un torchon rude.

### 98. COCCUS MALI (Schranck).

Nordlinger : *Die Kleinen feinde der Landwirthschaft*, page 316.

Synonymie : *Cochenille du Pommier* ; — *Apfel-schildlaus* (des Allemands).

Mâle : Inconnu.

Femelle : Corps elliptique, de la forme d'un bouclier ayant le bord foliacé, plissé, ridé, presque transparent ; d'un brun blanchâtre avec un bord blanc quand elle est arrivée à l'état adulte ; d'un brun clair sans bordure quand elle est jeune.

Cette description est la seule que j'aie trouvée dans les auteurs, qui, en général, ont fait avec les cochenilles comme avec les pucerons, c'est-à-dire qu'ils se sont contentés de donner pour noms spécifiques aux espèces, le nom de la plante sur laquelle ils rencontraient l'insecte, sans y ajouter une description suffisante ou même une simple diagnose. D'ailleurs, comme nous savons que les cochenilles, une fois fixées et fécondées, changent continuellement de forme et de couleur, que celle-ci varie encore après la mort de l'insecte, il en résulte qu'il est impossible de reconnaître de quelle espèce ont voulu parler Linné, Fabricius, Schranck, etc., surtout quand, comme cela arrive pour les arbres fruitiers, la même plante en nourrit plusieurs ou que la même cochenille vit à la fois sur plusieurs de ces arbres.

En 1858 et en 1859, j'ai trouvé sur les pommiers, sur les poiriers, mais surtout sur l'aubépine, une cochenille *vivante*, de couleur verdâtre, d'environ cinq millimètres de long sur quatre millim. de large. La surface était irrégulièrement plissée et rappelait parfaitement, pour la forme et pour la couleur, la carapace de la tortue géométrique. Les œufs de cette cochenille, que je rapporte au *C. mali* des auteurs, sont placés au milieu d'un tissu cotonneux blanc; ils sont comme les œufs de la cochenille de la vigne, de couleur rosée.

Depuis la mort de l'animal, cette cochenille a complétement changé de caractères extérieurs et elle se rapproche singulièrement de celle que M. Nordlinger décrit de la manière suivante :

« Sur le bois des pommiers de deux ou trois ans, j'ai trouvé une cochenille de grandeur et de forme un peu différentes, *mais morte*; elle est plus ou moins convexe en avant, allant en se rétrécissant en arrière. Sur le premier tiers antérieur se trouve une paire de bosses plus ou moins visibles, une autre paire d'aussi grandes et brillantes vers le milieu du corps, enfin une troisième paire de bosses plus petites, en arrière ; quelques plis transversaux plus ou moins apparents sur la circonférence du corps. »

Aux deux descriptions qui précèdent, M. Nordlinger ajoute encore : « Sur les branches de poiriers de un à deux ans, vit, souvent en famille, une espèce de cochenille aussi grande, presque ronde quoique bossue, d'un brun luisant. Une autre très-semblable sur les cerisiers. Le prunier en nourrit aussi une espèce. »

D'après ce qui précède, on est porté à croire que le *Coccus mali* est aussi une espèce collective, ou bien que sa femelle vit indistinctement sur plusieurs sortes d'arbres fruitiers et qu'elle y revêt des formes très-variées dont quelques-unes sont propres à tel ou tel arbre. Toutes ces incertitudes ne pourront être levées que par la connaissance des mâles de chaque espèce, ou, tout au moins, par l'étude des femelles à un âge où n'étant pas encore fixées d'une manière définitive sur l'épiderme de la plante, elles peuvent fournir des caractères moins variables que ceux qui, jusqu'à présent, ont été tirés de la forme et de la couleur de leur carapace.

Dalbret, qui nomme Kermès, les insectes que nous désignons sous le nom de Cochenille, donne les détails suivants sur leurs habitudes. « Le kermès est connu des cultivateurs sous le nom de *punaise* (*gallinsecte*, des auteurs). Ces insectes se font remarquer au printemps par leur forme et leur fixité. Les plus grandes coquilles ont trois lignes de long sur deux lignes de largeur, ce sont les vieux de l'année dernière et ils sont morts; mais les jeunes sont plus petits et de la couleur de l'écorce, ou à peu près. On trouve ces œufs en nombre variable sous les femelles; ils éclosent en juin, plus ou moins avant dans le mois, selon la température, les petits sont d'un jaune pâle, avec six pattes très courtes; ils se dispersent et vont se fixer sous *les feuilles....;* les années chaudes et sèches leur sont favorables ainsi que les expositions abritées contre les pluies battantes. »

### LIV. LECANIUM (Illiger)*.

Amyot et Serville; *Hémiptères, suites à Buffon,* page 630.

Ce genre est à peine distinct du précédent, et l'on trouve les contradictions les plus manifestes dans les diagnoses qu'en donnent plusieurs auteurs, tandis que d'autres entomologistes n'en produisent qu'avec doute les principaux caractères. Les mâles sont d'ailleurs aussi peu connus et aussi mal caractérisés dans ce genre que dans le précédent, ce n'est que pour ne pas embrouiller la synonymie qu'il aurait fallu établir, que j'ai adopté cette division faite dans le grand genre *Coccus,* de Linné.

Les mœurs et les principales circonstances qui accompagnent l'évolution de ces petits insectes, sont d'ailleurs semblables à celles des Cochenilles, après l'accouplement, les femelles se déforment encore plus dans le genre *Lecanium* que dans le genre *Coccus.*

### 99. LECANIUM PYRI (Schranck).

Macquart, le seul des auteurs français qui se soit occupé d'une manière générale des insectes nuisibles, cite cet insecte sous le nom de *Chermes pyri,* Linné; mais il ne dit rien de ses habitudes. Dalbret cite un *Kermes pyri,* mais sans nom d'auteur et sans

---

* Synonymie : COCCUS (Linné) ; — CHERMES (Geoffroy) ; — KERMÈS.

aucune description. Aza-Fitch, dans l'ouvrage que j'ai déjà eu occasion de citer, donne l'histoire du *Lecanium pyri*, de Schranck, qu'il désigne sous le nom anglais de *Barck louse* (*Poux des écorces*) et qui n'aurait été signalé comme existant dans l'Amérique du Nord, qu'en 1855, par le docteur Harris, et en 1854, par lui-même.

Par suite de l'échange qui se fait, d'une grande quantité d'arbres fruitiers, entre les deux continents, il est possible que cette espèce leur soit devenue commune à cause de la facilité avec laquelle les cochenilles, en général, se propagent. Grâce à l'obligeance de M. le docteur Haro, je donne ici la traduction du passage qui, dans l'ouvrage de M. Aza-Fitch, concerne le *Lecanium pyri* :

« Comme le poirier est très-voisin du pommier, il n'est pas étonnant que la plupart des insectes qui vivent sur l'un de ces arbres, se rencontrent aussi sur l'autre ; nous avons déjà noté ce fait pour un grand nombre d'espèces, en étudiant les insectes du pommier. Mais, indépendamment des espèces communes aux deux arbres, il y en a cependant d'autres qui sont propres à chacun et ne changent pas de domicile ; excepté peut-être dans les cas rares d'une multiplication tellement considérable que l'arbre qui leur est approprié par la nature, ne peut plus fournir à l'alimentation de tous les individus appelés à y vivre. De tous les insectes qui sont particuliers au poirier, le seul qui se soit jusqu'à présent offert à mon observation, est une espèce de poux d'écorce, qui, ce qui est probable, est le même que l'on trouve en Europe sur cet arbre et qui est appelé par Schranch *Coccus pyri* et qui appartient au genre moderne des *Lecanium*. Cet insecte n'avait pas encore été annoncé publiquement de ce côté de l'Atlantique, quand, vers le commencement de juillet 1854 (si je ne me trompe), j'en ai remarqué en grande quantité sur les poiriers de la ville d'Albany et de Troie. Je fais cependant remarquer que le docteur Harris, dans son discours à la Société de Pomologie américaine, dans le mois de septembre dernier (page 8), mentionne accidentellement le fait que nos poiriers souffrent quelquefois de la présence des poux des écorces. »

« La forme sous laquelle se présente cet insecte est celle d'une écaille hémisphérique d'environ 0,20 (mesure américaine), en décembre. D'une couleur brun-marron, adhérente à la portion inférieure de l'écorce et particulièrement sur les jeunes arbres dont la croissance est chétive. Ces écailles sont les restes des femelles mortes en couvrant et protégeant leur famille. Les unes sont d'une couleur plus foncée que les autres, et l'on en voit de petites qui sont entièrement jaunes ; mais elles ne sont pas marquées de taches pâles comme le sont beaucoup de nos poux d'écorce. Ces écailles présentent fréquemment de légères impressions, comme si on les avait pressées sur place avec la tête d'une épingle; leur bord extérieur est ridé comme on le voit dans la figure, souvent aussi il est marqué de bandes noirâtres. Si on enlève une de ces écailles, il reste sur la branche, une tache blanche, de la dimension de l'insecte, on dirait qu'elle a été faite avec de la chaux. A la partie inférieure d'une branche, dans la longueur de neuf pouces, il y avait trente de ces écailles et cinq taches blanches marquant la place d'autant d'insectes qui avaient été enlevés. »

« A l'époque où je remarquai ces écailles, les jeunes poux qu'elles contenaient étaient en action et les petits ressemblaient, à l'œil nu, à des grains de poussière. J'emportai une de ces branches dans ma résidence et l'attachai à un jeune poirier pour voir si ces insectes pouvaient vivre sur cet arbre, mais ils périrent tous, aucun d'eux n'ayant quitté la branche sur laquelle je les avais trouvés. Autant que je pus m'en assurer au mois de mai suivant, les taches ressemblaient à des taches de chaux et malgré le temps qui s'était écoulé depuis que ces taches étaient à découvert elles étaient encore visibles, les tempêtes et les gelées de l'automne et de l'hiver les avaient à peine diminuées. Au-dessous de ces écailles, les jeunes poux sont disséminés dans une matière cotonneuse, qui augmente peu à peu de volume et se fait une issue par l'une des extrémités de l'écaille qu'elle détache de la branche, comme on le voit dans la figure ci-jointe. Alors les jeunes poux sortent de cette matière et se répandent sur les écorces lisses, apparaissant à l'œil nu comme de petites taches ou de petits points blancs. Quand ils sont plus développés, ils sont un peu plus ovales, un peu aplatis, de la centième partie d'un pouce en longueur et ayant un tiers de moins de largeur ; ils sont entièrement blancs, munis de six pattes et de deux courtes antennes d'un blanc transparent; les antennes sont comme des aiguilles, ou d'un égal diamètre dans toute sa longueur et ont à peu près le cinquième de la longueur du corps, elles sont composées de plusieurs petits articles légèrement velus. »

« Je n'ai pas encore eu jusqu'à présent l'occasion de suivre plus loin l'histoire de ces petits insectes, sans doute que, comme pour les autres espèces du genre, les jeunes larves ne tardent pas à se fixer sur l'écorce et à augmenter un peu de volume ; elles conservent la même forme pendant tout l'hiver et au premier printemps les mâles entrent dans l'état de chrysalide ; bientôt après ils en sortent sous la forme de petites mouches munies seulement de deux ailes ; pendant que les femelles, sans éprouver aucun changement appréciable, grossissent peu à peu, jusqu'à ce qu'elles aient acquis le volume et la forme des écailles que nous avons décrites. »

« Un insecte parasite qui appartient probablement au genre *Coccophagus* de Westwood, de la famille des Chalcicide de l'ordre des Hyménoptères, vit dans le corps des femelles et se nourrit de ses petits. Cette larve est semblable à celle que nous avons remarquée sous les écailles du pou d'écorce du pommier, mais elle est plus grande. Ayant accompli toutes ses métamorphoses, elle sort par un trou qu'elle pratique dans l'écaille. Plusieurs écailles étaient ainsi perforées, le trou est rugueux, déchiré sur les bords et l'écaille elle-même était visiblement décolorée tout autour. »

« Cet insecte ne peut devenir essentiellement nuisible au poirier, que quand les femelles sont aussi nombreuses que dans le cas où je les ai rencontrées. Aucun arbre ne peut croître avec un pareil nombre de petits suceurs insérés à la surface de toutes les jeunes branches. Un petit nombre de femelles peut au contraire trouver sur chaque branche une nourriture superflue. Heureusement qu'elles sont d'une taille assez grande pour être facilement aperçues et détruites quand on inspecte avec attention les parties inférieures des jeunes branches. C'est dans la dernière moitié de juin qu'il faut les chercher, époque où les femelles ont atteint tout leur développement et par conséquent où il est plus facile de les découvrir ; on les détache avec une brosse dure ou avec une éponge. Dans ce moment elles sont presque mortes et ne peuvent plus remonter ; les petits, au contraire, sont encore trop jeunes pour se passer de l'abri de leur mère. »

En comparant la description de l'insecte dont parle M. Aza-Fitch, à celle que donne, du *Coccus mali,* M. Nordlinger, on est conduit à penser que les deux auteurs ont décrit la même espèce de cochenille sous deux noms différents, l'un en décrivant les bosses de la carapace, l'autre en comparant les dépressions comprises entre ces bosses, à des enfoncements produits par la tête d'une épingle. Il est cependant bon de faire remarquer que M. Nordlinger dit que le *C. mali* vit sur le pommier, tandis que M. Aza-Fitch dit n'avoir observé le *L. pyri* que sur le poirier.

Une autre observation très-importante, c'est que pour l'auteur américain, il semble n'y avoir aucun doute dans son esprit sur l'identité du mâle du *Lecanium pyri,* avec le petit insecte diptère qu'il a observé et qui, selon M. Costa, ne serait qu'un parasite appartenant au genre Cécidomyie. Bien certainement les observations du naturaliste de Naples ne sont pas inconnues au savant entomologiste d'Albany, et cependant celui-ci ne met pas en doute l'existence du mâle de l'insecte qu'il a étudié. Ne serait-il pas extraordinaire de voir commettre la même méprise, à la fois sur les deux continents surtout, quand, de part et d'autre, les entomologistes décrivent avec le plus grand soin les parasites des cochenilles. Pour M. Aza-Fitch, comme pour Réaumur et Degéer, dont la finesse d'observation est incontestée, les mâles des cochenilles, des *Lecanium,* etc., sont bien ces petits diptères que, seul jusqu'ici, M. Costa a considérés comme les parasites de ces insectes.

### LV. ASPIDIOTUS (Bouché)*.

Bouché; *Naturgesichte der Insecten*, première partie, page 9.

**Mâle :** Deux ailes transparentes et deux balanciers en massue; trompe courte; antennes longues proportionnellement, composées de neuf articles, en forme de soies; organe génital mâle en alène, horizontal, composé de deux articles dont le premier est court, gros et cylindrique; tarses de trois articles avec deux crochets.

**Femelle :** Corps charnu, arrondi ou allongé, peu convexe en dessus; la plupart du temps il n'y a qu'une partie du corps qui devient charnue; la tête demi-circulaire, se grossit de telle sorte que les antennes finissent par disparaître sous elle, la trompe est également repoussée vers la poitrine, de sorte qu'elle paraît sortir du milieu de l'insecte; les jambes s'atrophient également dans quelques espèces. La trompe, longue de la moitié du corps, est organisée comme celle des Cochenilles.

Le genre *Aspidiotus* est, comme le précédent, un démembrement du genre *Coccus*, de Linné. Aux caractères que lui assigne Bouché et qui ne le distinguent pas assez des cochenilles, on ajoute encore que le corps de la femelle, même après la fécondation, reste plus ou moins plat et que les anneaux qui le composent sont toujours distincts.

Bouché donne, ainsi que nous l'avons vu, une description assez complète du mâle que M. Costa considère comme un diptère parasite pour lequel il a même créé le genre *Diaspis*. L'anomalie que forment, dans l'ordre des Homoptères, les insectes de la

---

* Synonymie : Coccus (Lin.); — Diaspis (Costa).

famille des Cocciniens, dont les mâles n'ont que deux ailes et dont les femelles sont aptères, est remarquable en ce sens que les deux sexes de l'espèce s'éloignent également du type de la famille dans laquelle les entomologistes ont cru devoir placer ces insectes, tandis que les anomalies que l'on observe dans les autres ordres (Coléoptères, Lépidoptères, Hyménoptères... etc.) n'existent que dans l'un des sexes. Quelle que soit d'ailleurs la perfection que l'on cherche à introduire dans nos méthodes de classification, on ne pourra jamais éviter ces sortes d'empiéte-ments réciproques de certains groupes sur d'autres plus ou moins éloignés dans la série organique. Partout l'on rencontre de ces types ambigus, qui paraissent appartenir à plusieurs familles naturelles et qui semblent créés pour rapprocher les anneaux éloignés de la chaîne et démontrer l'inutilité de nos efforts à constituer une série continue.

Après l'accouplement, les femelles d'Aspidiotes deviennent plus allongées ou plus larges et elles pondent, toujours sous elles comme le font les cochenilles, des œufs elliptiques qui ne tardent pas à éclore si la température est favorable. Les larves qui proviennent de ces œufs vivent pendant quelques jours à l'abri de la carapace de la mère et y subissent même, selon Bouché, une première mue ; plus tard elles se dispersent sur les feuilles, le jeune bois, etc., selon les espèces. Ces larves sont elliptiques, plates, le dessous de la poitrine se termine par la trompe ; les yeux sont saillants, petits et écartés ; les antennes, longues d'en-viron la moitié du corps, ont six articles, dont les cinq premiers sont arrondis, le sixième allongé et terminé par deux fortes soies plus petites chez les mâles que chez les femelles ; corselet et abdomen ridés et glabres ; les pattes sont plus courtes que chez les individus adultes ; enfin le dernier anneau de l'abdomen porte deux soies divergentes plus ou moins longues selon les espèces.

Les larves d'Aspidiotes sont assez agiles tant qu'elles ne se sont pas fixées sur quelque partie de la plante ; mais une fois qu'elles le sont, elles ne changent plus de place, et se laissent plutôt arracher la trompe que de la retirer de l'épiderme dans lequel elle est enfoncée. C'est ordinairement sur les arbustes appartenant aux familles des Laurinées, des Cactées ou des Magnolacées, que dans les serres chaudes ou tempérées, on rencontre les *Aspidiotus;* dans les jardins, on en trouve sur les rosiers et sur plusieurs espèces d'arbres fruitiers; enfin, dans les champs ou dans les forêts, c'est sur les arbres qui appartiennent à la famille des Amentacées (chêne, saule, peuplier, etc.), que l'on en compte le plus grand nombre d'espèces. Une observation importante à faire ici, c'est que, quel que soit le nombre des aspidiotes que l'on trouve sur une plante, on ne voit jamais la partie du végétal où ils sont fixés, mouillée par la sève comme cela a lieu pour les pucerons ou même les cochenilles; par conséquent, les fourmis n'étant pas attirées par ce liquide sucré, on ne les rencontre pas rôdant autour de ces insectes.

### 100. ASPIDIOTUS CONCHYFORMIS (Gmélin).

Synonymie : *Coccus arborum linearis* (Modéer) ; — *Diaspis linearis* (Costa) ; — *Tigre sur bois* (des Jardiniers) ; — *La Gallinsecte en forme de coquille* (de Réaumur) ; — *La cochenille en écaille de moule* (de Geoffroy) ; — *Cecolepis* (Amyot).

Femelle : Longue de deux millim. et demi à trois millim. et demi, large de un à deux millim. Corps ordinairement arqué, aminci en avant et ayant la forme d'une petite coquille du genre *Mytilus* ou d'une petite sangsue; de couleur brun grisâtre plus ou moins foncé selon la couleur de l'épiderme sur lequel elle est fixée; partie antérieure, correspondant à la tête, de couleur plus claire et ordinairement jaune ferrugineux.

Cet insecte, dont le mâle m'est inconnu, se rencontre par milliers sur l'épiderme de nos poiriers; on le trouve aussi sur quelques autres arbres (*Prunus spinosus, Mespylus oxyacantha,*

*Mespylus germanica*, etc.), mais jamais en aussi grande abondance que sur le poirier où l'on voit souvent les individus se toucher et même se recouvrir les uns les autres. Je dois cependant faire observer ici que les individus que j'ai rencontrés sur le Prunellier sont d'une taille beaucoup plus grande que ceux qui se trouvent sur les arbres fruitiers *.

Réaumur avait déjà remarqué cet insecte et voici ce qu'il en dit (tome **IV**, mémoire 1, page 67) :

« Il me reste encore à parler d'une espèce de gallinsecte qui me semble avoir un caractère propre à déterminer un nouveau genre de ces petits animaux, parce qu'on ne saurait guère les ramener à l'un des deux autres genres que nous avons fixés ; le premier, celui que nous avons nommé *la forme de bateau renversé*, est cependant celui auquel elle a le plus de rapport ; mais au lieu que les deux bouts des gallinsectes en bateau renversé sont à peu près également gros, celles que nous voulons faire connaître ont un de leur bout mince et même pointu par rapport à l'autre. Nous les nommerons des gallinsectes en forme de coquille, parce que leur figure ressemble assez à celle d'une de ces pièces dont deux ensemble forment la coquille entière d'une moule de mer ; nos gallinsectes sont pourtant plus allongés par le plus menu de leurs bouts que ne le sont par le même bout les moitiés des coquilles auxquelles nous les comparons, etc. »

« Ces gallinsectes en coquille sont extrêmement petits et m'en ont imposé pendant plusieurs années ; je les ai pris d'abord pour une coquille qu'un très-petit insecte s'était faite pour se métamorphoser ; les trouvant ensuite pleines d'œufs et ayant oublié que je les avais trouvées remplies par un insecte, je crus qu'elles étaient un joli nid dans lequel un insecte avait renfermé ses œufs, mais enfin j'ouvris de ces nids dans un temps où les petits étaient éclos et

---

* Au Jardin-Botanique de Metz, M. Belhomme a observé cet Aspidiotus sur le *Cornus paniculata* et sur l'*Evonymus verrucosa*; à Paris, M. Belhomme l'a observé sur le *Cladrastes tinctoria* et sur l'*Humamelis virginiana*. Tous ces arbres sont originaires de l'Amérique septentrionale.

la figure de ces petits me les fit reconnaître pour des gallinsectes naissants. » La figure que donne ensuite Réaumur de cette sorte de cochenille, ne laisse aucun doute sur son identité avec celui dont il est ici question.

Depuis Réaumur et Geoffroy, c'est à peine si l'on trouve, dans la plupart des ouvrages d'entomologie publiés en France, quelque chose concernant cet insecte. M. Amyot, dans ses *Rhynchotes de France*, ne fait que citer la synonymie des deux auteurs qui précèdent en indiquant à tort, cependant, les fig. 5, 9 et 11, de Réaumur, lesquelles représentent le gallinsecte en bateau, au lieu des fig. 5, 6 et 7, qui se rapportent à l'*Aspidiotus conchyformis*. Bouché, l'auteur du genre *Aspidiotus*, ne paraît pas non plus avoir connu cet insecte, à moins cependant, ce qui est peu probable, qu'il ne l'ait confondu avec son *Aspidiotus lauri*, auquel il donne aussi la forme d'une petite coquille. M. Nordlinger, dans son ouvrage sur les insectes nuisibles, ne fait qu'indiquer cet insecte ; et, dans un *Supplément aux insectes nuisibles de Ratzeburg*, publié par cet auteur, en 1856, il cite de nouveau un *Aspidiotus* de forme de petite coquille (*Mytilus*) lequel vit sur le cornouiller, sur le frêne, sur le platane, sur le tilleul, sur le *Juglans regia*, etc., mais il ne l'indique pas sur les arbres fruitiers.

En Amérique, on rencontre aussi l'*Aspidiotus conchyformis*, son histoire a été faite d'une manière remarquable par Aza-Fitch. C'est d'après ce dernier auteur que nous allons faire connaître les détails intéressants qui ont été publiés sur cet insecte nuisible, en faisant observer qu'il est assez extraordinaire d'aller chercher en Amérique l'histoire d'un insecte qui y a été introduit par les arbres que nous y avons envoyés. Il est également nécessaire de faire remarquer que, dans le comté d'Albany, c'est sur le pommier que l'on trouve ordinairement l'*Aspidiotus conchyformis*, tandis que dans la Moselle on ne le rencontre que rarement sur cet arbre, probablement en raison du duvet assez serré qui recouvre son jeune bois.

« Le pou d'écorce, dit M. Aza-Fitch, est sans doute le plus

pernicieux et le plus destructeur de tous les insectes nuisibles connus jusqu'à présent dans nos contrées comme vivant sur le pommier. Répandu dans tous les états du nord, il cause partout la mort de beaucoup d'arbres ou nuit à la santé et à la vigueur de beaucoup d'autres. Il se présente sous la figure de petites écailles, adhérentes à l'écorce, et ayant à peu près la forme de celles des moules, comme on le voit dans la figure ci-jointe. Il n'est pas rare de rencontrer des arbres dont l'écorce est littéralement couverte de ces écailles, depuis la racine jusqu'à l'extrémité des branches ; quelques-uns même, ne trouvant plus de place vacante pour se fixer, se portent sur les feuilles et même les fruits sur lesquels on en trouve souvent plusieurs. Quand un arbre continue ainsi à être infesté il dépérit d'années en années et finit par mourir. C'est ce que j'ai observé surtout sur les jeunes arbres qui se trouvent isolés dans les champs ; car alors les insectes ne trouvent pas d'autres sujets sur lesquels ils puissent émigrer et chercher une nourriture suffisante pour remplacer celle qui leur manque sur l'arbre en souffrance. On a aussi remarqué que des arbres qui avaient été couverts de ces insectes pendant une ou deux années, et qui étaient arrivés à un point de dépérissement qui ne leur permettait plus de fournir une nourriture abondante à ces insectes, avaient repris leur vigueur ordinaire après un petit nombre d'années, parce que les insectes parasites avaient abandonné l'arbre qu'ils avaient épuisé. Je ne saurais dire si, dans ce cas, l'insecte périt faute d'aliments ou s'il émigre sur d'autres arbres, je crois cependant que le premier fait, celui du dépérissement de l'insecte par faute de nourriture, est celui qui arrive le plus souvent. »

« Bien que cet insecte fasse un tort considérable aux arbres des vergers de l'état de New-York, ce n'est rien en comparaison des ravages qu'il exerce chez nos voisins de l'ouest. Dans les districts qui longent le lac de Michigan, en particulier, il y produit maintenant des dégâts dont l'intensité surpasse tout ce que l'on a dit jusqu'à présent sur ce pou d'écorce. C'est à peine si l'on trouve un seul arbre qui en soit exempt, et si l'on ne prend

13

des mesures pour les détruire, on est sûr de voir périr l'arbre un petit nombre d'années après leur invasion. »

« Georges Kimball, Esq., de Kenosha, dans le Wisconsin, m'a donné les renseignements intéressants qui suivent sur l'introduction et la multiplication de ces insectes sur ces arbres: « Le pou
» d'écorce paraît avoir été amené ici en 1840 par quatre jeunes
» poiriers que mon fils avait rapportés de Cleveland, Ohio. Ces
» arbres étaient chétifs et leurs feuilles avaient une teinte noi-
» râtre, l'écorce était littéralement recouverte de ces poux, s'en-
» chevêtrant et se recouvrant eux-mêmes de manière à former
» de larges écailles qui se détachaient par le choc de la pluie
» et restaient souvent attachées en grappes après les feuilles de
» l'arbre, jusqu'à ce qu'enfin, en 1848, ces arbres périrent n'ayant
» grandi que d'un pouce tous les ans pendant les trois dernières
» années. Mais avant cette mortalité, les insectes avaient plus ou
» moins envahi mes autres arbres. Bientôt même, tous furent
» atteints, les plus jeunes plus que les plus âgés. Quelques-uns
» de ces insectes allèrent se réfugier jusque sur mes poiriers,
» particulièrement sur un petit arbre qui se trouvait ne porter
» que de mauvais fruits. Ce dernier en fut couvert autant que
» quelques-uns de mes pommiers. Nous n'avons rien trouvé dans
» les livres, ni dans les rapports d'agriculture ou d'horticulture,
» qui puisse être rapporté à ces insectes, et de là sans doute notre
» ignorance des moyens de les combattre. Dans notre localité on
» fit des efforts pour organiser une société dont chaque membre
» paierait dix dollars, pour former une caisse d'encouragement
» pour les expérimentateurs et pour récompenser convenablement
» l'auteur du meilleur remède. Un procédé secret dont l'expé-
» rience a d'ailleurs démontré l'inefficacité, fut acheté partout dans
» notre Comté moyennant un dollar par individu. Espérant que
» mes jeunes arbres plus vigoureux pourraient surmonter cette
» infection du pou d'écorce, je fis arracher et jeter au loin tous mes
» vieux arbres, au nombre de plus de trente, il m'en reste mainte-
» nant environ 150 dont aucun n'a plus de douze années et j'espère
» que les remèdes que j'ai employés les préserveront de ces poux

» d'écorce. Mais dans toute cette partie du Comté, les arbres sont
» couverts et rongés par ces insectes ; un arbre ne vit pas plus de
» trois ans après qu'il a été envahi, et partout l'on peut rencontrer
» quelques arbres morts et un grand nombre d'autres qui sont
» assez malades pour que l'on désespère de les guérir. »

« Cet insecte, continue M. Aza-Fitch, après avoir rapporté
cette communication de son correspondant, ne paraît pas avoir
pénétré dans l'ouest jusqu'à présent, au-delà des districts qui
bordent le lac Michigan. J'ai remarqué que les vergers situés
sur les bords du Mississipi en sont exempts, et dans une inspection sévère des arbres de la ferme de Ridge, appartenant à l'es-
quire Baldwin, moins de cent milles à l'ouest de Chicago, je les
ai tous trouvés intacts. Mais il ne saurait y avoir aucun doute sur
leur invasion future, graduellement accomplie, jusque dans ces
contrées. Il est également à craindre que pendant quelques années
àprès l'apparition des poux d'écorces dans une région, ils n'ac-
complissent les mêmes évolutions que celles qu'ils parcourent
maintenant dans les environs du lac Michigan, car ces phénomènes
sont communs à tous les insectes nuisibles, c'est-à-dire, qu'ils ne
se multiplient et n'atteignent un développement considérable,
que quand ils sont entièrement naturalisés. »

« Dans l'ouest on admet généralement que cette cochenille est
une nouvelle espèce particulière à ces contrées, parce qu'elle
ne se trouve décrite dans aucun des livres accessibles à la masse
des lecteurs. C'est par ces raisons que mon ami Robert W. Ken-
nicott, de Northfield (Illinois), a, dans une communication faite
au mois de juin dernier à l'académie des sciences naturelles de
Cleveland, et publiée dans ses mémoires, avec la figure des jeunes
larves, décrit cette espèce sous le nom de *Coccus pyrus malus*,
sous lequel il est désigné maintenant dans quelques-unes de nos
revues périodiques d'agriculture de l'ouest. Mais cet insecte est
bien celui que nous avons observé jusqu'à présent dans l'est, il
a toujours été regardé comme étant le même que celui qui est
connu depuis longtemps et qui vit en Europe sur les pommiers
et quelques autres arbres. Réaumur le décrivit en 1738, et cet

auteur l'indique comme vivant sur l'orme ; il paraît aussi avoir
été décrit d'abord par Modéer et publié par lui sous le nom de
*Coccus arborum linearis* (ce qui littéralement signifie Cochenille
linéaire des écorces d'arbres). Il fut aussi désigné sous ce nom
par Geoffroy et par les auteurs qui l'ont suivi. Gmélin parle du
même insecte (au moins l'a-t-on supposé généralement) sous le
nom de *Coccus conchyformis* ou pou d'écorce, ayant la forme
d'une coquille de moule. Le nom spécifique de *Arborum linearis*
s'il est réellement employé pour désigner l'insecte dont il est
question et qui vit sur l'écorce du pommier, n'est certainement
pas heureux, puisque cette espèce n'est pas du tout linéaire dans
sa forme, qui est conique, comme presque toutes les espèces de
cochenilles qui attaquent les arbres comme celle-ci. M. Costa a
récemment réformé ce nom, en retranchant l'expression *arborum*
qui n'était qu'un pléonasme, mais le nom original doit être
rejeté en raison de son peu de rapport avec les règles modernes
de la nomenclature scientifique*. Le nom de *conchyformis*
donné par Gmélin, doit en conséquence être préféré à cause de
sa priorité et de sa justesse. Quelques autorités scientifiques
pensent cependant que les *C. conchyformis* et *C. linearis* forment
deux espèces distinctes. Ces doutes touchant la question de savoir
lequel de ces deux noms convient à notre pou de l'écorce du
pommier, seraient facilement levés s'il était prouvé que c'est la
même espèce que celle qui vit en Europe, question que je suis
à peine en état de résoudre avec le peu d'autorité sur ces insectes
que j'ai entre les mains. Comme M. Curtis, le célèbre entomo-

---

* Tout en admettant la justesse des observations faites pas ces auteurs
relativement au nom spécifique, peu convenable, du reste, employé par
Modéer, on ne saurait admettre la conclusion qui précède. Je ne sais trop
ce que l'auteur entend par les règles modernes de la nomenclature scientifique, mais si elles sont conformes aux principes qu'il professe en ce moment,
on peut en conclure qu'elles ne sont pas encore admises en Europe, car
leur adoption conduirait, sans aucun doute, au bouleversement complet de
oute nomenclature scientifique.

logiste anglais, actuellement président de la Société entomologique
de Londres, a donné une série d'articles sur plusieurs espèces
de ce genre, dans le troisième volume des *Cronicles gardener's*,
volume que je n'ai pas en ma possession, et comme j'ai déjà
eu avec lui quelques rapports de correspondance, je lui envoyai
récemment, pour avoir son opinion, quelques échantillons de
notre pou d'écorce du pommier et quelques autres, très-probablement de la même espèce de notre osier rouge (*Cornus sericea*).
Voici un extrait de la réponse que j'en ai reçue : « J'ai examiné
» avec soin vos échantillons, ils sont identiques et se rapportent
» au *Coccus arborum linearis*, de Geoffroy, et je pense au *Coccus*
» *conchyformis*, de Gmélin, qui dans ce cas n'est qu'un synonyme ;
» vous avez raison de les placer dans le genre *Aspidiotus.* »
J'espère que cette citation satisfera ceux de mes amis qui, jusqu'à présent, ont repoussé l'opinion émise par moi que cet
insecte n'est pas nouveau, mais une espèce commune à notre
contrée, à l'est, et aussi à l'Europe. »

« M. Rennie dit qu'il a trouvé cette espèce en abondance
sur les buissons de groseilliers. Je ne l'ai jamais trouvé sur les
groseilliers cultivés, mais quelquefois seulement sur notre groseillier sauvage (*Ribes floridum*) et en assez grand nombre. Les
écailles sont entièrement semblables à celles que l'on trouve sur
le pommier, mais un peu plus petites et d'une couleur d'un brun
moins foncé, et quoiqu'elles ne soient pas souvent communes on le
trouve aussi sur les branches des noyers, mais quelquefois si petites
qu'elles sont imperceptibles à l'œil nu. Comme celles-ci forment évidemment une espèce nouvelle je propose de les désigner sous le
nom de Poux d'écorce du noyer (*Aspidiotus juglandis*). Mon
ami, M. le docteur Todd, de Wheeling, en Virginie, m'a envoyé
des échantillons des espèces du même genre vivant sur les rosiers.
Il dit à ce sujet : « Mes plus belles roses sont envahies par cette
» vermine, elle tue infailliblement tous les rosiers sur lesquels elle
» se développe. Cette espèce présente une écaille ronde, molle,
» d'environ les cinq centièmes d'un pouce de diamètre, souvent
» avec une légère tache jaune au centre. C'est probablement l'*As*-

» *pidiotus rosœ*, de Bouché (*Schœdlich: gard.: ins.*, page 53) dé-
» crite dans l'édition anglaise du *Traité de Kollar*, page 179. »

« L'*Aspidiotus conchyformis* a environ la huitième partie
d'un pouce anglais de longueur, il a une forme ovale irrégulière,
souvent bombée au milieu et plus ou moins courbée à la plus
petite extrémité qui est pointue, tandis que l'autre est arrondie ; sa
couleur est d'un brun passant souvent au noir. La petite extrémité
est pâle et jaunâtre. L'insecte ressemble parfaitement à une très-
petite écaille de moule appliquée sur l'écorce. Cette ressemblance est assez frappante pour avoir été saisie par tout le monde
et lui avoir fait donner le nom vulgaire de *Pou d'écorce en
coquille*. Ces écailles sont placées irrégulièrement, quoïque le
plus ordinairement elles se trouvent sur la longueur des branches,
ayant leur petite extrémité dirigée vers le haut. Ces écailles sont
les restes des corps des femelles recouvrant et protégeant leurs
œufs. Durant l'hiver et au printemps, ces œufs peuvent être
trouvés en soulevant l'écaille qui les recouvre. Leur nombre,
pour chaque individu, est fort variable ; ceux que j'ai comptés
m'ont donné les nombre suivants : 13, 22, 36, 54, 58, 71, 86,
102. J'ai trouvé uniformément un plus grand nombre d'œufs
sous les écailles des arbres vigoureux. Mais quand un arbre en
est recouvert de manière à dépérir et par conséquent à ne plus
fournir une nourriture assez abondante, alors le nombre des
œufs est moindre. »

« Sous ces écailles, j'ai souvent trouvé une larve ordinairement
plus petite, longue de trois centièmes de pouce, d'une forme un
peu ovale, arrondie à l'une de ses extrémités et en pointe aiguë à
l'autre, molle, de la couleur du miel, légèrement transparente et
luisante, avec une tache opaque brune vers le milieu, produite
par les aliments contenus dans l'intestin et divisée en deux
segments par des lignes transversales légèrement marquées. Ce
ver est probablement la larve de quelque petit insecte Hymé-
noptère spécialement créé par la Providence pour détruire les
œufs de ce pou d'écorce. La preuve que ces œufs lui servent de
nourriture, c'est que quand la larve est jeune, on trouve un

certain nombre d'œufs avec elle sous l'écaille, quand elle est plus grande au contraire les œufs sont plus rares. Les individus dont je viens de donner plus haut la mesure et la description n'avaient plus que deux œufs à consommer. Que la larve soit grande ou petite elle parait remplir la cavité de l'écaille concurramment avec les œufs et je n'ai trouvé qu'une seule fois ce parasite sur des arbres bien portants, sur lesquels cependant chaque écaille renfermait un grand nombre d'œufs. Sans doute cette larve reste sous les écailles du pou d'écorce pendant son premier état et elle en sort en perçant un trou rond. La figure représente une écaille amplifiée et perforée par la sortie du parasite; la petite ligne qui est à droite représente la longueur naturelle de l'écaille. »

« Les œufs d'*Aspidiotus* sont un peu moins grands que la centième partie d'un pouce, ils ont une forme ovale régulière, à peu près deux fois aussi longue que large, ils sont mous, opaques et peu luisants, la plupart sont blancs, les autres d'un jaune pâle. »

« Pas plus tard que le 12 mai, j'ai déjà trouvé des larves écloses et courant avec activité parmi les œufs, mais restant encore à l'abri sous l'écaille. En général, ce n'est guère que quinze jours après leur sortie de l'œuf que les jeunes larves se montrent au dehors et qu'elles quittent l'écaille pour se répandre sur l'écorce. A l'œil nu elles apparaissent comme de petits points blancs uniformément répandus sur l'écorce lisse des branches et ayant l'air d'y former une granulation appartenant à l'épiderme. Une personne à laquelle je faisais un jour remarquer ces points blancs ne voulait pas croire qu'ils étaient autre chose que des points naturels propres à l'écorce, jusqu'à ce qu'enfin, par une attention soutenue elle fut parvenue à les voir se remuer sur l'écorce. Au moment de la sortie des larves de l'œuf, elles sont à peu près de la grandeur de la moitié de cet œuf, d'une forme ovale et d'une couleur jaune-foncé, on aperçoit trois paires de pattes, deux placées antérieurement, les autres postérieurement et très-distinctes, elles marchent avec beaucoup d'animation et d'agilité. Je n'ai

pas suivi cet insecte à travers les phases subséquentes de sa vie
avec assez de soin pour en donner l'histoire. »

« *Le Fermier de la prairie* et autres publications agricoles de
l'ouest, ont fait connaître un grand nombre de remèdes pour la
destruction du pou de l'écorce. Le remède secret qui a été préconisé dans toute cette contrée comme devant les détruire
infailliblement était simplement une infusion de Quassia dont on
arrosait ou aspergeait les arbres au moyen d'une seringue. On
ne tarda pas à s'apercevoir que ce procédé n'avait aucune efficacité
et qu'il n'avait d'utilité que quand on répandait ce liquide sur
les jeunes nouvellement éclos, époque à laquelle les infusions de
tabac ou l'eau de savon, bien plus économiques, sont tout aussi
efficaces. Les liquides dont nous venons de parler, ainsi qu'une
lessive forte, l'eau de potasse, l'eau blanche, les cendres sèches,
le soufre et je ne sais combien d'autres substances, ont été préconisées par différents auteurs. Dans un dernier numéro du
*Fermier de Michigan* (vol. 13, page 82), A.-G. Hanford, rend
un compte favorable des effets du goudron et de l'huile de lin
battus ensemble et appliqués à chaud avec une brosse de feutre.
Avant l'évolution des bourgeons, cette couche se dessèche, se
fendille, se détache et emporte avec elle les écailles mortes. Des
arbres traités par ce moyen ont grandi de deux pieds à deux
pieds et demi l'été suivant, et cependant la croissance de ces
arbres n'avait pas dépassé quelques pouces pendant les années
précédentes. Le remède préconisé par M. Kinball, de Kenosha,
est probablement l'un des plus efficaces et aussi convenable que
tout autre ; cet horticulteur, fait bouillir des feuilles de tabac
dans une forte lessive, jusqu'à ce que le tout soit réduit en une
pulpe impalpable ce qui se fait assez rapidement, alors il y mêle
du savon fondu (que l'on a fait refroidir ; mais pas assez cependant pour qu'il se prenne en gelée) de manière à former du tout
une masse de la consistance d'une bouillie épaisse ; l'objet de
cette manipulation est d'obtenir une préparation qui ne soit pas
enlevée de l'arbre par les premières pluies, ce qui arrive ordinairement aux couches faites avec la décoction de tabac que ces

premières pluies enlèvent souvent et que les pluies suivantes enlèvent infailliblement. »

« Les fibres du tabac mélangées à cette préparation, contribuent à la faire adhérer partout où elle est appliquée, bien plus que ne le ferait toute autre substance entièrement soluble dans l'eau. On commence à nettoyer les arbres afin que chaque branche puisse être atteinte par le pinceau et on applique la préparation avant que les boutons ne se soient gonflés au printemps. Deux hommes strictement chargés de ce travail et avec lesquels on pouvait compter que l'arbre serait enduit jusqu'à la dernière branche, furent employés l'année dernière pendant quinze jours à enduire 150 arbres jeunes. Quand je vis ces arbres vers la fin de septembre, on voyait encore des traces de la composition qu'on avait appliquée sur le tronc et sur les branches, l'écorce de ces parties était en bonne santé. Les arbres avaient poussé avec vigueur, se portaient bien, et c'est à peine si sur les nouvelles branches on voyait çà et là une écaille de pou d'écorce, tandis que sur les anciennes branches on n'en voyait aucune. Quoique les arbres détruits par les poux d'écorce fussent dans les carrés voisins, il paraît que les insectes préfèrent mourir d'inanition plutôt que de s'empoisonner en émigrant sur les autres arbres, de là on peut conclure qu'il suffit d'une seule application bien faite avec cette composition pour détruire tous ces insectes et pour protéger les arbres sains contre l'invasion de ceux qui habitent les arbres du voisinage pendant une période de deux années; car, propres comme l'étaient en septembre les arbres qui avaient été envahis par le pou d'écorce, ils n'ont pas dû avoir besoin d'une nouvelle couche au printemps suivant. »

Cet extrait de l'ouvrage de M. Aza-Fitch est un peu long sans doute, mais il est tellement intéressant et contient tant de choses applicables à notre pays que je n'ai pas craint de le donner tout entier.

Dans le département de la Moselle, je n'ai jamais rencontré d'écailles d'*Aspidiotus* ayant une couleur noire; ordinairement on les trouve en plus grande adondance dans les environs des bourgeons ou à la naissance des jeunes branches, les œufs sont toujours blancs et leur nombre n'a jamais dépassé 88, dans ceux que j'ai comptés provenant d'une seule femelle ; à part ces différences de peu d'importance, toutes les autres particularités indiquées par l'auteur américain sont de la plus exacte ressemblance, et je n'hésite pas à reconnaître que c'est bien la même espèce qui habite les deux continents ; tout me fait supposer qu'elle a été transportée d'Europe aux États-Unis avec les arbres fruitiers qu'on a introduits dans ces contrées où elle aura sans doute trouvé des conditions de développement plus favorables ; c'est ce qui explique son extrême multiplication. Quant au parasite qui vit aux dépens des œufs de cet *Aspidiotus*, j'ai aussi trouvé à Metz des écailles d'*Aspidiotus* ayant un trou rond, mais je n'ai rencontré dans l'intérieur de ces dépouilles, ni œufs, ni larves.

Comme remède en dehors de ce qui est indiqué plus haut, je dirai que le badigeon à la chaux, fait à l'automne et renouvelé au printemps, donne de très-bons résultats.

---

### Liste des **Diptères** qui vivent sur le Poirier.

| *TIPULIENS.* | | |
|---|---|---|
| | CECIDOMYIA NIGRA (Meigen). | La larve vit dans les jeunes poires et les fait tomber. Assez nuisible. |
| | — PYRICOLA (Nordling.). | |
| | — PYRI (Bouché). | La larve vit dans les bourgeons terminaux des jeunes pousses. |
| | SCIARA PYRI (Schmidberger). | La larve vit dans les jeunes poires et les fait tomber. Assez nuisible. |
| | — SCHMIDBERGEI (Kollar). | |

## LVI. CECIDOMYIA (Latreille)*.

Macquart ; *Diptères, suites à Buffon*, Ed. Roret, t. 1, page 159.

Tête petite, hémisphérique ; pas de stemmates ; palpes de
deux, trois ou quatre articles ; antennes recourbées vers
l'extrémité, à articles nombreux, aussi longues que le
corps dans les mâles, à articles sphériques et circulairement
entourés de poils ; chez la femelle les antennes sont plus
courtes, plus rapprochées à leur insertion ; le nombre des
articles des antennes est assez variable ** , ordinairement
de douze chez les femelles et de vingt-quatre chez les
mâles *** ; corselet ovoïde ; abdomen composé de huit anneaux, cylindrique chez les mâles, pointu chez les femelles
et terminé par une tarière plus ou moins longue ; cette
tarière est composée de plusieurs articles emboîtés les uns
dans les autres comme le sont les tubes d'une lunette d'approche ; ailes obtuses ou arrondies à l'extrémité, ayant le
bord postérieur garni de franges plus ou moins longues et
trois nervures sur le disque ****, dressées parallèlement pendant le repos ; pattes longues proportionnellement, plus ou
moins velues, premier article des tarses courts.

* Synonymie : TIPULA (Linné) ; — CÉCIDOMYIE.

** Beaucoup d'auteurs (Macquart, Blanchard) disent que le nombre des
articles varie de dix à trente-six, mais M. Brémi fait observer que ces organes
étant très-délicats, il arrive souvent qu'ils sont incomplets quand on les
examine ; c'est probablement ce qui est cause de la divergence d'opinion
que l'on rencontre dans les auteurs relativement au nombre des articles
des antennes des Cécidomyies.

*** Dans le mâle de la *Cecidomyia ribesii* M. Brémi n'a trouvé que douze
articles.

**** M. Brémi dit que la *Cecidomyia grandis* (Meigen) a quatre nervures
aux ailes, et que la *Cecidomyia formosa* (Brémi) en a cinq.

Les Cécidomyies sont des insectes de très-petite taille et dont la forme générale rappelle celle du cousin ordinaire que tout le monde connaît. Ces insectes échappent, en raison de leur exiguité, aux yeux du vulgaire, mais il n'en est pas de même de leurs travaux ou plutôt des produits dont la présence de leurs larves détermine la formation. Trop souvent aussi, leur nombre prodigieux supplée à leur petite taille, et, dans certains cas, ces insectes en apparence si chétifs, et incapables de rien, nous causent, à l'état de larves, des pertes considérables dans les récoltes du blé, du colza, etc.

Les mâles des Cécidomyies sont en général plus rares que les femelles ; ils sont très-ardents, l'accouplement se fait ordinairement dans l'air, les deux sexes sont placés bout à bout et le mâle retient la femelle au moyen d'appendices particuliers en forme de pinces et relevés sur le dos en temps ordinaire; une fois le temps de l'accouplement passé, les mâles ne tardent pas à mourir. Les femelles, excessivement nombreuses dans plusieurs espèces, ont une tarière ordinairement très-longue, mais qui le plus souvent n'apparaît au dehors, qu'au moment de la ponte; une fois fécondées, ces femelles ne paraissent plus s'occuper que du soin de placer leurs œufs, et une fois ce soin accompli, elles meurent rapidement.

C'est, en général, sur les parties vertes des végétaux que les Cédydomyies déposent leurs œufs en les enfonçant dans le paren-chyme de la plante, au moyen de leur longue tarière rétractile. Ces œufs ne tardent pas à éclore; les larves qui en résultent, sont apodes, amincies en avant, elles n'ont ni trompe ni mandibules, mais seulement des appendices en forme de lèvres qui, par leur réunion, constituent une sorte de museau au moyen duquel la larve pompe la nourriture, nécessairement liquide, qu'elle emprunte au végétal sur lequel l'œuf a été pondu. Cette succion constamment exercée sur un même point, y détermine une affluence du suc nourricier et donne lieu à des excroissances, à des boursoufflements et à des déformations dans lesquelles vivent les larves des Cécidomyies à l'abri des agents extérieurs.

Les galles ou excroissances qui sont produites par les insectes dont il est ici question, ressemblent assez à celles que déterminent aussi les larves des *Cynips*, de l'ordre des Hyménoptères, cependant elles en diffèrent par moins de régularité et moins de constance dans leurs formes. Les galles produites par les larves de Cécidomyies sont simples et caduques comme le sont celles qui se développent sur les feuilles du tilleul et qui sont produites par la *Cecidomyia tilliacea* (Réaumur), ou persistantes comme celles du hêtre, produites par la *Cecidomyia fagi* (Hartig), ou doubles, c'est-à-dire visibles des deux côtés de la feuille, comme celles de la *Cecidomyia polymorpha* (Brémi) qui vit sur le tremble, etc., etc.

D'autres espèces de Cécidomyies pondent leurs œufs sur d'autres parties de la plante et y causent des altérations très-variées et très-importantes à étudier, selon la nature de l'organe qui est atteint et surtout suivant l'importance économique qu'on y attache. Ainsi par exemple : la *Cecidomyia salicina* pond ses œufs sur les bourgeons terminaux du saule marceau et fait ainsi avorter les pousses de cet arbrisseau ; la *Cecidomyia verbasci* pond ses œufs sur les fleurs du bouillon blanc et les empêche de s'ouvrir; la *Cecidomyia tritici* pond ses œufs sur l'ovaire du blé et fait dépérir la graine ; la *Cecidomyia palustris* produit le même effet sur le vulpin des prés; la *Cecidomyia nigra* pond ses œufs sur l'ovaire du poirier et les jeunes poires ne tardent pas à pourrir intérieurement puis à tomber sur le sol; la *Cecidomyia brassicæ* pond ses œufs sur l'ovaire du colza et les siliques de la plante avortent complétement, ou, si elles se développent, elles ne produisent que quelques graines ; la *Cecidomyia degeeri* pond ses œufs sur l'écorce des jeunes rameaux du *Salix purpurea* et y détermine la formation de boursoufflures irrégulières ; enfin, par une exception singulière, la *Cecidomyia entomophila* pond ses œufs sur les insectes que l'on conserve dans les collections.

Certaines larves de Cécidomyies vivent en société plus ou moins nombreuses comme celles du coquelicot, du lotier et du poirier; d'autres vivent solitaires comme celles du hêtre, du frêne et du bouillon blanc. Quand, après un ou plusieurs change-

ments de peau, ces larves ont parcouru toutes les phases de leur
développement, ce qui en général, se fait d'une manière assez
rapide, elles se changent en nymphes soit dans leur propre peau
comme la Cécidomyie du blé, soit en se filant une coque soyeuse
comme la Cécidomyie du pin. Il y a cependant des larves qui,
tout en ayant une filière, ne se filent pas de coque de soie, soit
par suite d'une sorte d'arrêt de développement, soit par toute
autre influence extérieure ; M. Brémi a vu qu'une larve de
Cécidomyie fileuse cesse la formation de son cocon, si on l'inquiète pendant ce travail, et qu'elle se transforme néanmoins en
nymphe et plus tard en insecte parfait.

La transformation de la larve en nymphe a lieu soit dans la
galle, l'excroissance, ou la cavité, dans laquelle a vécu la larve
(*Cecidomyia fagi*, *C. fraxini*), soit en dehors de ces organes
(*Cecidomyia nigra*, *C. tritici*) et dans des endroits propices pour
passer l'hiver. C'est ordinairement dans la terre, à la racine des
plantes, ou quelquefois sous les feuilles tombées, sous les écorces, etc., que se fait cette métamorphose. Mais comme ces larves
sont apodes et qu'elles ne peuvent avancer que par un mouvement
de reptation qui parait très-pénible à exécuter, pour leur permettre
de faire quelquefois de longs trajets, la nature emploie des procédés très-divers. Ainsi, quelques larves (*Cecidomyia nigra*) attendent
que le fruit, dans lequel elles ont vécu, se détache de lui-même
de l'arbre, tombe sur le sol, s'ouvre ou se décompose et livre ainsi
passage aux prisonnières ; d'autres attendent la maturité du fruit
(*Cecidomyia brassicæ*) et la déhiscence de ses valves pour se
laisser tomber sur le sol; d'autres enfin (*Cecidomyia tritici*,
*Cecidomyia populi*) quittent le grain de blé ou la feuille du peuplier
en rapprochant leurs deux extrémités, puis en se détendant brusquement se lancent en l'air, retombent sans se blesser sur le sol sur
lequel elles recommencent la même manœuvre jusqu'à ce qu'elles
rencontrent une place convenable pour y pénétrer et s'y transformer en nymphes, immédiatement ou plus tard, et attendre,
dans cet état, la saison favorable à leur éclosion.

Les larves de Cécidomyies sont, en général, blanches ou un

peu verdâtres ; cependant il y en a de grises, de jaunes et de rouges ; leurs anneaux sont toujours bien marqués et leurs formes cylindriques, coniques ou plus ou moins aplaties. Dans les nymphes qui ne se filent pas de coques, on distingue facilement sous leur dernière peau, les ailes, les antennes et les pattes de l'insecte parfait. Dans quelques espèces, peut-être même dans toutes, la tête et le thorax présentent des tubercules en forme de petites cornes. D'après les récentes observations de MM. Amblare et Laboulbène, ces cornicules servent probablement d'organes respiratoires aux nymphes qui en sont pourvues.

Peu de Cécidomyies n'ont qu'une génération annuelle, beaucoup en ont deux, quelques-unes (*Cecidomyia strobilana*) en ont trois et même quatre. Il arrive aussi que l'on trouve à la fois, dans une galle habitée par ces insectes, des larves prêtes à se transformer en nymphes, tandis que d'autres commencent seulement leur évolution.

A l'état parfait, les Cécidomyies n'ont qu'une existence de courte durée, quelques heures seulement pour certaines espèces ; pendant ce temps on les voit souvent réunies en groupes de plusieurs centaines et voltiger comme font les cousins pendant les chaudes soirées d'été. C'est ordinairement à l'ombre, près des buissons ou des taillis, dans les prés et les lieux bas, humides et chauds, qu'on les trouve le plus souvent à l'état parfait. D'après ce qui précède, on comprend pourquoi l'on ne rencontre ordinairement que des individus isolés qui, la plupart du temps, sont des femelles occupées de la ponte de leurs œufs ; c'est ce qui explique les contradictions qui existent dans les auteurs, relativement à la rareté proportionnelle des deux sexes et aussi en ce qui concerne les individus appartenant à quelques espèces. Quoiqu'en dise Meigen, c'est plutôt pendant l'été qu'au printemps qu'on rencontre le plus grand nombre des espèces à l'état parfait ; leur étude est du reste assez difficile en raison de la petitesse des individus et surtout de leur fragilité, de la variation qui s'opère dans leurs couleurs après leur mort, etc.

Le nombre des espèces de Cécidomyies déjà décrites par les

auteurs est très-considérable, mais beaucoup sont encore à
découvrir, même en France; et comme on en connaît à peine
quelques espèces de l'Amérique du Nord et qu'on n'en connaît
aucune des autres continents, on est frappé de la tâche qu'aura à
accomplir celui qui voudra entreprendre la monographie de ces
insectes intéressants.

### 101. CECIDOMYIA NIGRA (Meigen).

Macquart; *Diptères, suites à Buffon*, tome 1, page 161.

Synonymie : *Cécidomyie noire; — Die Schwartz Birngalle-
mücke* (en allemand).

Longueur : deux millimètres. Corps noir; thorax postérieurement d'un cendré changeant, à bandes noires; écusson
gris; bords des segments de l'abdomen, rougeâtre; balanciers
jaunâtres; ailes brunâtres.

Cette description est copiée dans M. Macquart, qui ne donne,
dans l'ouvrage cité plus haut, aucun autre renseignement, tandis
que, dans un autre ouvrage du même auteur (*Des arbres et des
arbrisseaux d'Europe*, page 436), cette espèce de Cécidomyie est
indiquée comme vivant (à l'état de larve sans doute) dans les
châtons du bouleau, et plus loin (page 448) comme vivant sur le
charme.

Cependant sous le nom de *Cecidomyia nigra* (Meigen),
M. Nordlinger donne, d'après Schmidberger, la description
d'un insecte dont il est impossible* de méconnaître l'analogie,
sinon l'identité, avec celui dont il est ici question.

Il est permis de supposer que Schmidberger a fait sa descrip-

---

* Voici les caractères que M. Nordlinger assigne à cet insecte : Longueur :
un à un millimètre et demi. Antennes d'un brun noir; corselet noir, cendré
à la partie postérieure, une ligne noire sur le dos; écusson grisâtre; partie
postérieure du corps, noirâtre, garnie d'incisions jaunes; tarière de la femelle
aussi longue que tout le corps, d'un jaune sale; jambes d'un gris pâle; ailes
pâles, ayant trois nervures effacées.

tion sur deux individus vivants qu'il avait à sa disposition, les ayant obtenus d'éclosion, tandis que Macquart s'est servi d'insectes morts, conservés dans sa collection. Quoiqu'il en soit, on a de la peine à comprendre la différence, si tranchée d'ailleurs, dans les habitudes que ces deux entomologistes attribuent à la *Cecidomyia nigra* (Meigen). Ces observations préliminaires terminées, je donne, toujours d'après Schmidberger, l'histoire de l'insecte dont ce dernier auteur a suivi les métamorphoses, en la complétant toutefois de mes propres observations.

Au moment où les pétales des fleurs du poirier commencent à se montrer entre les sépales du calice, c'est-à-dire vers le milieu du mois d'avril, cet insecte (la *Cecidomyia nigra*) se place perpendiculairement sur la fleur, perce les pétales, et, avec sa longue tarière, introduit un ou plusieurs œufs sur les étamines de la fleur encore fermée. Schmidberger dit cependant avoir vu quelquefois cette Cécidomyie pondre ses œufs sur le calice de la fleur. Ces œufs, réunis en tas, au nombre de quinze à vingt, sont blanchâtres, un peu transparents, allongés et pointus à un bout. L'éclosion se fait très-rapidement; Schmidberger a déjà trouvé, le quatrième jour après la ponte, de petites larves se frayant un passage pour gagner l'ovaire où on les trouve complétement installées avant l'épanouissement de la fleur; de cette façon elles évitent le contact des rayons du soleil qui leur sont très-nuisibles, aussi bien que la pluie qui leur est également nuisible, bien qu'à un moindre degré. Arrivées au centre de l'ovaire, elles continuent à en manger l'intérieur; après quelques jours, elles ont atteint tout leur développement et n'attendent plus qu'une occasion favorable pour déloger. Si la pluie survient, les jeunes poires pourrissent, se fendillent et laissent sortir les jeunes larves qui n'ont qu'à se laisser tomber sur le sol, ce qu'elles font sans se blesser, et elles s'enfoncent dans la terre où elles se transforment en nymphes; s'il n'y a pas de pluie, elles attendent que la petite poire tombe naturellement, qu'elle se fendille et se pourrisse par son contact avec le sol humide, de manière à permettre aux jeunes larves de sortir

**14**

facilement, c'est là le cas le plus ordinaire; quelquefois enfin il arrive ou que les poires ne tombent pas, ou qu'elles ne s'altèrent pas, et que cependant elles ne se dessèchent pas complétement, alors les jeunes larves y restent emprisonnées, s'y transforment en nymphes mais ne donnent d'insectes parfaits que si plus tard il se produit des altérations qui leur ouvrent une issue au dehors; car les Cécidomyies sont encore bien moins que leurs larves, en état de se frayer un passage à travers les parois, même très-ramollies, des jeunes poirettes. Enfin, si le temps est sec, il arrive que les poires qui contiennent des larves de Cécidomyies, se dessèchent complétement et que cette sécheresse, jointe à la contraction que subissent les poirettes, font périr toutes les larves contenues dans ces jeunes fruits. Cette dernière circonstance a surtout été très-facile à observer, en 1858, dans certains jardins de Plantières et de Vallières, où, dès la fin de mai, le Doyenné d'hiver avait la moitié de ses fruits desséchés et où l'on trouvait dans l'intérieur, durci et raccorni, les petites larves mortes et desséchées de l'insecte que je rapporte, avec doute cependant, à la *Cecidomyia nigra*, car je ne l'ai pu obtenir d'éclosion.

En 1831, dit Schmidberger, la ponte ayant été faite du 15 au 18 avril, les larves avaient subi toutes leurs tranformations du 14 au 20 mai; en 1832, l'évolution ne fut terminée que du 20 au 26 mai, en raison de la température froide du printemps de cette année. Il faut donc quatre à cinq semaines pour que les larves de cette Cécidomyie aient atteint l'âge auquel elles cessent de prendre de la nourriture. En novembre, Schmidberger trouva des larves déjà transformées en nymphes et serrées les unes contre les autres; elles étaient d'une couleur jaune-foncé et on distinguait parfaitement les pattes et les antennes de la future Cécidomyie.

C'est évidemment au printemps que l'éclosion a lieu. L'auteur auquel j'emprunte ces détails les a vues éclore chez lui en décembre, en janvier et en février; mais ces éclosions précoces, déterminées, sans doute, par la température plus élevée du lieu où se trouvaient les larves, n'ont produit que des insectes qui n'ont pas voulu sucer la nourriture qu'on leur donnait et qui tous ont péri rapidement sans s'accoupler.

La *Cecidomyia nigra* décrite par Macquart existe dans notre département où elle n'est même pas très-rare au mois d'avril. Durant le mois de mai, on trouve en abondance dans certaines années (1857 et 1858) et dans quelques jardins de Plantières, de Vallières et de Saint-Julien, une grande quantité de poirettes provenant presque toutes d'arbres élevés en quenouilles, et dans l'intérieur desquelles se trouvent de petites larves, en nombre très-variable ; car, dans certaines poires, on n'en compte que quinze à vingt, tandis que dans d'autres, en 1858 surtout, j'en ai trouvé jusqu'à soixante-dix et même quatre-vingts. Ces larves sont jaunes, longues d'environ deux millimètres et se changent en nymphes sans se filer de coque.

Ordinairement l'intérieur de la jeune poirette est mangé d'une manière assez régulière, c'est-à-dire que les larves, quelqu'en soit le nombre, se tiennent à égale distance de l'épiderme, mais quelquefois aussi elles attaquent celui-ci, alors le fruit se déforme, se courbe, et si l'épiderme est tout à fait enlevé, les larves ainsi mises à jour, périssent avant leur complet développement Je n'ai pu, malgré plusieurs tentatives, obtenir l'éclosion de la Cécidomyie à laquelle ces larves appartiennent, et ne puis, par conséquent, assurer qu'elles soient bien celles dont Schmidberger a suivi les métamorphoses et qu'il rapporte à la *Cecidomyia nigra* de Meigen, et cela avec d'autant plus de doute que cet auteur ne donne pas la description de la larve.

Le moyen, non d'éviter cet insecte, mais d'en diminuer le nombre, consiste tout simplement à ramasser au mois de mai, toutes les jeunes poires tombées, toutes celles qui sont tachées et qui pendent encore à l'arbre et à les écraser ou à les jeter au feu.

### 102. CECIDOMYIA PYRICOLA (Nordlinger).

Nordlinger ; *Die Kleine feinde, der Landwirtschaft*, page 527.

Synonymie: *Die Birne gallemücke* (en allemand).

. Longueur, sans les antennes : deux millimètres. Antennes à articles allongés, visiblement séparés et velus, d'un gris noirâtre ; tête contractée, en forme de massue ; dos et jambes d'un gris noirâtre ; ailes ayant les nervures ordinaires des autres Cécidomyies, d'un gris obscur, avec un duvet gris ; balanciers blancs ; parties postérieures du corps, parties postérieures de la poitrine de couleur jaune-brun sale dans les individus morts, d'un rouge vif dans les individus vivants.

Cette diagnose, dit M. Nordlinger, ne convient à aucune des espèces décrites par Meigen*, pour éviter toute confusion avec une autre espèce dont parle Ratzeburg et qui se trouve décrite par Bouché, sous le nom de *Cecidomyia pyri*, je lui ai donné le nom de *Pyricola*. Suivant cet auteur, cet insecte (la *Cecidomyia pyricola*) a été obtenu d'éclosion avec des larves contenues dans de jeunes poires avortées, et dans lesquelles se trouvaient également des larves de la *Sciara pyri* ; c'est ce qui me fait supposer qu'elle a des habitudes analogues à celles que nous avons fait connaitre pour la *C. nigra*.

### 103. CECIDOMYIA PYRI (Bouché).

Nordlinger; *Die Kleine feinde der Laudwirschaft*, page 527.

A propos de l'insecte précédent, M. Nordlinger cite la *Cecidomyia pyri* et il dit que cette espèce a été décrite par Bouché. Je ne possède que deux ouvrages de ce dernier auteur (*Naturgeschichte der Schœdlichen und Nützlichen Garden Insecten und*, etc., Berlin 1833, et *Natúrgeschichte der Insecten beson-*

---

* J'ajouterai que je ne lui trouve non plus aucun rapport avec les espèces décrites par Macquart.

*ders in hinsich ihrer ersten Zuftünde*, etc., Berlin 1854, *Erste
Liefernng*), et dans aucun d'eux je ne trouve décrite ou men-
tionnée la *Cecidomyia pyri*.

Ratzeburg ne fait que citer cet insecte, et Macquart, sans en
donner la description dans son *Histoire des Diptères* (suites à
Buffon), cite cette Cécidomyie dans son *Catalogue des arbres et
arbrisseaux d'Europe*, où il ajoute : « Elle est quelquefois très-
nuisible au poirier en racoquillant l'extrémité des jeunes tiges
et en occasionnant la courbure du tronc. » D'après cela, il est
probable que la Cécidomyie dont ce dernier auteur a voulu
parler, pond ses œufs sur les bourgeons terminaux des jeunes
pousses du poirier, que les larves qui en éclosent déterminent
l'avortement des feuilles qui le composent, que celles-ci restent
à l'état rudimentaire et qu'elles forment un abri dans lequel les
jeunes larves achèvent leur évolution ainsi que cela se fait chez
la *Cecidomyia salicina*. Malgré mes recherches et celles de plusieurs jardiniers dévoués à mes travaux, je n'ai pu rencontrer,
sur le Poirier, de larves ayant dans leurs habitudes quelque
rapport avec celles de la *Cecidomyia pyri*.

### LVII. SCIARA (Meigen)[*].

Macquart. *Diptères, suites à Buffon*, tome 1, page 147.

Tête sphérique ; trompe courte ; palpes de trois articles
distincts ; yeux réniformes, rapprochés l'un de l'autre, placés
sur le vertex ; antennes grêles, courtes, filiformes, les deux
premiers articles presque cylindriques, séparés des autres
qui sont peu distincts ; ailes grandes, finement velues, arrondies, avec les cellules basilaires et marginales étroites ; abdomen cylindrique dans les mâles, pointu dans les femelles ;
jambes longues et minces, les cuisses sillonnées au côté interne, et les tibias bi-épineux à l'extrémité.

[*] Synonymie : MOLOBRUS (Latreille) ; — TIPULA (Linné).

Le genre *Sciara* est composé d'un assez grand nombre d'espèces ; toutes sont de petite taille et , en général , mal décrites et mal définies. Ces insectes voisins des Cécidomyies en diffèrent par leurs antennes qui ont seize articles et pas de poils disposés en verticilles. Les ailes sont le plus ordinairement de couleur sombre. Les femelles ont aussi une tarière rétractile au moyen de laquelle elles enfoncent leurs œufs dans différentes parties des végétaux ou dans le terreau qui résulte de la décomposition des tissus ligneux.

Une espèce, la *Sciara thomœ* (Fabricius), vit en Suède , où elle présente le singulier phénomène d'émigrations en quantité considérable et opérées par des larves apodes réunies et comme agglutinées ensemble, formant un ruban de 10 à 15 centimètres de largeur, de deux à trois d'épaisseur et atteignant quelquefois la longueur de 10 à 12 mètres ; d'après les petites dimensions des individus qui composent ces colonnes serpentiformes , on peut évaluer leur nombre à plusieurs millions.

Aucune espèce de *Sciara* n'a encore été observée dans le département de la Moselle, bien certainement il y en existe, mais elles n'ont pas encore attiré l'attention , au moins à l'état parfait, des naturalistes qui ont exploré nos contrées ; on rencontre souvent à l'état de larve celle d'une espèce de ce genre dans les poirettes calebassées , comme le sont celles dans lesquelles vivent les larves de la *Cecidomyia nigra.*

### 104. SCIARA PYRI (Schmidberger).

Nordlinger ; *Die Kleine feinde der Landwirschaft*, page 533.

Synonymie : *Die Birn muckchen* (en allemand).

Longueur : deux millimètres ; largeur : un peu moins d'un millimètre. Tête d'un brun noir ; antennes et corselet noirs ; articles des antennes au nombre de seize, cylindriques, les deux de la base plus gros que les autres ; balanciers en forme de massue et de couleur blanchâtre ; partie postérieure de l'abdomen de couleur plombée, avec sept anneaux soyeux ;

jambes longues et minces. Le mâle porte à l'extrémité de l'abdomen, des pinces formées de deux articles en massue et toutes couvertes d'un duvet fin.

Cette description, dit M. Nordlinger, se rapporte assez bien aux individus que j'ai élevés; mais, cet auteur ajoute que dans ceux qui sont desséchés, les antennes sont d'un gris noirâtre et les jambes d'un jaune plus ou moins clair.

D'après Schmidberger, on trouve sur les fleurs de poirier, non encore épanouies, des femelles qui y enfoncent leurs œufs. Ceux-ci produisent des larves qui descendent dans l'endocarpe, mangent tout ce qui s'y trouve et occasionnent ainsi le dépérissement précoce du fruit. La jeune poire ainsi attaquée, s'allonge, se contracte par le milieu et produit ces poirettes calebassées dont nous avons déjà parlé à propos de la *Cecidomyia nigra.*

Les larves qui, selon Schmidberger, appartiennent à la *Sciara pyri*, sont longues de trois millimètres et larges de un millim.; elles sont apodes, ont dix anneaux, la tête pointue et deux taches noires sur le devant de celle-ci. Elles arrivent à l'état adulte vers la fin du mois de mai, alors elles abandonnent la jeune poire, s'enfoncent dans la terre où elles se transforment en nymphes dans une petite cellule voûtée. Quelquefois elles restent dans le fruit jusqu'en juin, sans être transformées en nymphes, et souvent, au commencement de l'hiver, on en rencontre encore quelques-unes qui sont malades et qui ne produisent pas de nymphes. L'éclosion de l'insecte parfait a ordinairement lieu, en captivité, du 15 août au 15 septembre, mais Schmidberger ne dit pas à quelle époque elle a lieu à l'état libre.

En rapprochant ce qui précède de ce qui a été dit à propos des larves de la *Cecidomyia pyri* on voit que, sauf la taille qui est différente, on peut croire qu'il s'agit du même insecte. En lisant ce que Schmidberger a écrit à propos des *Cecidomyia* et des *Sciara* qui vivent sur les poiriers, on ne saurait cependant avoir de doutes sur ce qu'il en rapporte; car il a obtenu d'éclosion et avec les poirettes récoltées par lui d'abord, en août et en septembre, des *Sciara pyri*; plus tard, et dans les mêmes vases, des *Cecidomyia nigra* ou tout au moins l'espèce qu'il y rapporte. Cependant, en raison des mœurs tout à fait différentes que Macquart, dont personne d'ailleurs ne saurait mettre en doute l'autorité en ce qui concerne les Diptères, attribue à sa *Cecidomyia nigra*, qui vit sur les chatons du charme et du bouleau, des doutes que m'a communiqués M. Bigot, autre autorité diptérologique et qui ne connait pas de *Sciara pyri*, il est permis de penser que des espèces voisines ont été confondues. De tout cela il résulte pour moi, qu'il y a ici, comme pour l'*Allantus œthiops*, de nombreux faits nouveaux à observer et que toutes ces incertitudes ne pourront être levées que par de nombreuses expériences et l'étude des insectes obtenus d'éclosions.

### 105. SCIARA SCHMIDBERGEI (Kollar).

Nordlinger; *Die Kleine feinde der Landwirtschaft*, page 534.

Synonymie: *Sciara pyri major* (Schmidberger).

Longueur: Deux millimètres; largeur: un millimètre; ces dimensions sont celles de la femelle, le mâle est plus mince et plus court. Antennes noirâtres et plus courtes que le corps; tête noire, corselet noir et brillant; palpes d'un gris-cendré; abdomen noir dans le mâle; brunâtre, avec des anneaux noirs, dans la femelle; pattes cendrées, tarses noirs.

Selon Schmidberger, cette espèce de Sciara a des mœurs semblables à celles que nous avons fait connaitre pour les *Cecidomyia nigra* et *Sciara pyri*. Cet auteur a obtenu, au mois de juillet, l'éclosion de cet insecte avec des larves qui vivaient aussi dans l'intérieur de poires nouvellement formées.

M. Nordlinger dit qu'il ne saurait admettre que toutes le espèces de *Sciara* et de *Cecidomyia* qui se rencontrent au printemps sur les fleurs du poirier, y aillent toutes pour y déposer des œufs. Il pense que beaucoup d'entre elles ne s'y rendent que pour y sucer le suc mielleux qui s'y trouve et qui constitue, comme on le sait, la nourriture de ces insectes à l'état parfait. Ces réflexions de M. Nordlinger viennent encore confirmer les doutes que j'ai précédemment émis relativement à la nomenclature des espèces entomologiques qui correspondent aux larves blanches, jaunes ou rougeâtres et de taille variable qui se trouvent dans les jeunes poires*.

En terminant ce qui est relatif aux insectes Diptères qui ont été jusqu'ici indiqués comme étant nuisibles au poirier, je dois faire observer qu'un bon nombre d'insectes Hyménoptères appartenant aux genres *Eulophus*, *Misocampa*, *Platygaster*, etc., vivent en parasites sur les larves des insectes appartenant particulièrement à la tribu des Tipulaires. J'ajouterai encore qu'outre les Diptères appartenant aux genres *Cecidomyia* et *Sciara*, il y en a encore d'autres appartenant aux genres *Bibio*, *Syrphus*, etc., qui vivent sur les arbres, mais sur lesquels on ne possède aucun détail particulier. On sait seulement que celles de ces espèces qui appartiennent au genre *Bibio*, pourraient bien être des espèces nuisibles aux plantes, l'une d'elles porte même le nom de *Hirtea pyri* (Fabricius) ou *Bibio Johannis* (Meigen). Quant à celles qui appartiennent au genre *Syrphus*, on sait qu'elles ne vivent que de pucerons dont elles font une

---

* C'est à l'une des espèces que nous venons d'examiner qu'il faut rapporter l'article publié par M. Félix Arrame, dans la Presse du 28 novembre 1857. Suivant cet auteur, on doit attribuer le manque de la récolte de poires de cette année à la prodigieuse multiplication d'une espèce de larve qui les fait calebasser, pourrir et tomber avant leur maturité. Seulement cet auteur commet la faute énorme de dire que ces larves donnent naissance à *un papillon*. Cet auteur ajoute encore une naïveté dont il fait bien certainement à tort remonter la responsabilité à M. Blanchard; selon lui, en effet, cet entomologiste consulté sur les moyens à employer pour se préserver à l'avenir des ravages de cet insecte, aurait conseillé *de ramasser la terre de dessous les arbres, à trois ou quatre centimètres d'épaisseur et la transporter hors du jardin !* Les larves de Cécidomyies s'enfonçant souvent plus profondément, il aurait fallu dire *huit ou dix centimètres de terre à enlever*. ce moyen est bon, sans doute, mais est-il praticable ??

énorme consommation, ainsi que nous l'avons dit à l'histoire de
ces Homoptères.

L'histoire de tous les insectes dont je viens de parler, devrait
comme celle des *Coccinelles*, qui termine la première partie des
insectes du poirier, être comprise dans ce travail, mais en
présence du silence de presque tous les auteurs et du petit
nombre d'observations qu'il m'a été donné de faire sur eux, je
n'ai pas osé l'entreprendre en ce moment et j'ajourne la publication de ce qui les concerne jusqu'à la publication de la quatrième partie de l'histoire des insectes qui vivent sur le poirier.

**Fin de la 2ᵉ Partie des Insectes nuisibles au Poirier.**

# TABLE ALPHABÉTIQUE

## DES NOMS DES INSECTES CITÉS

Dans cette seconde partie.

| | Pages. |
|---|---|
| Acanthia pyri | 104 |
| Allantus adumbrata | 49 |
| — Œthiops | 54 |
| Anisostropha ficus | 116 |
| Anobium paniceum | 12 |
| Apfel schild blatt-laus | 181 |
| Aphalora exilis | 116 |
| APHIS | 126 |
| Aphis cratœgi | 158, 223 |
| — mali | 113, 148, 153 |
| — pruni | 113, 158 |
| — pyri | 113, 157 |
| — sorbi | 113, 153 |
| Aphis bursarius | 149 |
| — cerasi | 164 |
| — discrepans | 156 |
| — dryophila | 148 |
| — fagi | 148 |
| — grossulariœ | 157 |
| — laburni | 164 |
| — laniger | 148, 165 |
| — oxyacanthœ | 148 |
| — persica | 143 |
| — pomi | 143 |
| — pyri mali | 148 |
| — rosœ | 148 |
| — ulmi | 149 |
| Apiophylla | 117 |
| Apis maritima | 92 |
| — lagopoda | 92 |
| Arytaina spartii | 115 |
| ASPIDIOTUS | 188 |
| Aspidiotus conchyformis | 113, 190 |
| Aspidiotus juglandis | 197 |
| — rosœ | 198 |
| Barck louse | 184 |
| Bibio johannis | 216 |
| Bibio | 216 |

| | Pages. |
|---|---|
| Birn blatt-wespe | 65 |
| Blatt-laus | 126 |
| Blennocampa adumbrata | 49 |
| — Œthiops | 54 |
| Bombyx dispar | 19 |
| — pyri | 12 |
| CAPSUS | 99 |
| Capsus ater | 93, 101 |
| — capillaris | 93, 104 |
| — magnicornis | 93, 100 |
| Capsus danicus | 102 |
| — flavicollis | 101 |
| — mali | 100 |
| — pyri | 102 |
| — tricolor | 102 |
| — tyrannus | 101 |
| CECIDOMYIA | 203 |
| Cecidomyia nigra | 202, 208 |
| — pyricola | 202, 211 |
| — pyri | 202, 211 |
| Cecidomyia brassicœ | 205, 206 |
| — degeerii | 205 |
| — entomophila | 205 |
| — fagi | 205, 206 |
| — formosa | 203 |
| — fraxini | 206 |
| — grandis | 203 |
| — nigra | 205, 206 |
| — palustris | 205 |
| — populi | 206 |
| — ribesii | 203 |
| — salicina | 205, 212 |
| — strobilana | 207 |
| — tilliacea | 205 |
| — tritici | 205, 206 |
| — verbasci | 205 |
| Cecolepis | 190 |
| Celandria Œthiops | 54 |

Cephaleia nemorum . . . . . 68
— sylvatica. . . . . . 68
CEPHUS . . . . . . . . . 59
Cephus compressus . . . 41, 59
Cephus abdominalis . . . . 60
— pygmœus . . . . . 59
CHERMES. . . . . . . . . 183
Chermes ficus . . . . . . 116
— laricis . . . . . . 148
— pyri . . . . . 117, 183
— pyri communis . . . 118
== quercus. . . . . . . 115
Chrysopa reticulata . . . . 36
Cigale. . . . . . . . . . 22
Cimex ater. . . . . . . . 101
— baccarum . . . . . 98
— bicolor. . . . . . . 94
— dissimilis. . . . 96, 98
— flavomaculatus . . . 102
— juniperinum . . . . 97
— nubilosa . . . . . 94
— prasina . . . . . . 96
— prasinus . . . . . . 98
— pyri. . . . . . . . 102
— semiflavus . . . . . 101
— tricolor . . . . . . 102
— verbasci . . . . . . 98
Coccinelles. . . . . . . . 217
Coccophagus . . . . . . 183
COCCUS. . . . . . . 183, 188
Coccus adonidum . . . . . 180
— lauri . . . . . . . 180
— mali . . . . . . . 181
— nerii . . . . . . . 180
— pyrus malus. . . . . 195
Coccus mali . . . . 113, 181
Cochenille . . . . . . . 175
Cochenille du Nopal . . . . 179
— de Pologne. . . . 179
— du pommier. . . . 181
— en écailles de moules 190
Conocephalus viridissimus. . 21
Courtillière . . . . . 25, 26
Crabro. . . . . . . . . 111
Criquet . . . . . . . . 25
CYDNUS . . . . . . . . 93
Cydnus bicolor . . . . . 93
DECTICUS. . . . . . . . 23
Decticus verrucivorus . . 14, 24
Diaspis linearis . . . . . 188
Dyctionota pyri. . . . . . 164
Ephedrus . . . . . . . 104
Erd-Krebs . . . . . . . 26
Erd-Wolff . . . . . . . 26
Eriocampa adumbrata . . . 49

Eryosoma pyri. . . . . . . 170
Eulophus. . . . . . . . . 216
Euphylleura olœœ . . . 116, 124
Fausses chenilles . . . . . 44
Faux puceron . . . . . . 114
Flor-fliegen . . . . . . 33, 35
Forda formicaria. . . . . . 149
FORFICULA . . . . . . . 14
Forficula auricularia . . . . 14
Forficule . . . . . . 15, 16
FORMICA . . . . . . . . 69
Formica cunicularia . . . 41, 80
— flava . . . . 41, 79
— fusca . . . . 41, 79
— rufa. . . . . 41, 77
Fourchette . . . . . . . 16
Fourmi brune à corselet fauve. 77
— des bois. . . . . . 77
— fauve. . . . . . . 77
— jaune. . . . . . . 79
— mineuse. . . . . . 80
— noire cendrée . . . 79
Frelon . . . . . . . . . 85
Gallinsecte . . . . . . . 175
Gallinsecte en coquille. . . . 190
Grand suceur de poires . . . 120
Grande sauterelle . . . . . 21
GRYLLOTALPA . . . . . . 25
Gryllotalpa vulgaris. . . 14, 26
Gryllus gryllo talpa . . . . 26
— verrucivorus. . . . 24
— viridissimus . . . . 21
Guêpe. . . . . . . . 81, 89
Guêpe allemande . . . . . 87
— frelon . . . . . . 85
— germanique . . . . 86
— sylvestre. . . . . . 88
— vulgaire . . . . . 86
Halmwespe . . . . . . . 59
Hémérobe . . . . . . . . 33
Hémérobe perle . . . . . 35
HEMEROBIUS . . . . . . 33
Hemerobius Perla. . . . . 26
— Chrysops. . . . . 26
Hirtea pyri . . . . . . . 216
Hornisse. . . . . . . . 85
Hyalopterus pruni . . . . . 158
Kermès . . . . . . . . 183
Kermes pyri . . . . . . 183
LECANIUM . . . . . . . 183
Lecanium pyri . . . . 113, 183
Le grand perce-oreille . . . 16
Lion des pucerons. . . . 33, 35
Livia juncorum . . . . . 115
Livilla ulicis. . . . . . . 115

Locusta. . . . . . . . . 20, 23
Locusta verrucivora. . . . . 24
Locusta viridissima . . . 14, 21
Lyda . . . . . . . . . 63
Lyda circumcincta. . . . . 65
— clypeata. . . . . . . 65
— flaviventris. . . . . . . 65
— nemorum . . . . . . 68
Lyda pyri . . . . 41, 65, 68
— sylvatica. . . . 41, 68
Lygœus . . . . . . . . 142
Lygœus flavicollis . . . . . 101
— tyrannus . . . . . 101
Lymacodes . . . . . . . . 141
Megachile . . . . . . . . 90
Megachile du poirier. . . . 92
Megachile pyrina . . . . 41, 92
Misocampa . . . . . . . . 216
Mouches à scie . . . . . . 42
Myzoxilus mali . . . . . . 165
Nematus Œthiops . . . . . 54
Noctua tridens . . . . . . 12
Ohrwurm . . . . . . . . 16
Ophion mercator . . . . . 67
Pamphilius sylvaticus. . . . 68
Paracletus cimiciformis. . . . 149
Pemphigus . . . . . . . 168
Pemphigus americanus . . . . 180
— bursarius. . . . . 149
Pemphigus pyri . . . . 113, 157
Pemphredon . . . . . . . 141
Pentatoma. . . . . . . 93, 95
Pentatoma Bihamata. . . . . 98
— confusa . . . . 98
— depressa . . . . 98
— dissemblable. . . . 96
— eringii . . . . . 98
— juniperina . . . . 96
— nigricornis . . . . 98
— wilkinsonii . . . . 98
Pentatoma baccarum . . 93, 98
— dissimilis. . . . 93, 96
— juniperum . . . . 93, 97
— prasina . . . . 93, 98
Perce-oreille. . . . . 15, 16
Petidia. . . . . . . . . 97
Physapus vulgatissima . . . 39
Phytocoris capillaris . . . 102
— clavicornis . . . . 101
— magnicornis . . . . 100
— mali . . . . . . . 100
Phylloxeura coccinea. . . . 148
Piggudus. . . . . . . . 102
Pimpla stercorator . . . 63
Platigaster . . . . . . . 216

Polistes. . . . . . . . . 89
Poliste. . . . . . . . . 90
Polistus gallicus . . . . 41, 80
Pou d'écorces. . . . . . . 184
Prunifex. . . . . . . . . 176
Psylla. . . . . . . . . 114
Psylla alni . . . 113, 113, 117
— apiophila . . 113, 119
— aurantiaca. . 113, 124
— pyri . . 113, 113, 161
— pyricola. . . 113, 119
— pyrisuga . 113, 113, 120
— rubra . . . 113, 123
Psyllo buxi . . . . . . . 115
— ericœ . . . . . . . 115
— exilis. . . . . . . 116
— ficus . . . . . . . 115
— olœœ. . . . . . . 116
— pyri . . . . . 120, 123
— similis . . . . . . 116
— spartii . . . . . . 115
Psylle de l'aulne. . . . . . 117
— du poirier. . . . . . . 117
— rouge. . . . . . . . 123
Puceron . . . . . . . . 126
Puceron brun-café . . . . . 153
— du pommier. . . . 148
— du prunier . . . . . 158
— du sorbier . . . . . 153
— laniger . . . . . . 165
Punaise à deux couleurs . . . 94
— à fraise antique. . . 104
— brune à antennes et
bords panachés . . 98
— des bois. . . . . . 176
— du poirier. . . . . 104
— noire à 4 taches blanch. 94
— tigre. . . . . . . 101
— verte. . . . . . . 96
— verte du chou . . . 98
Reil Kræte . . . . . . . 26
Rhinocolu ericœ . . . . . 115
Rhizobius pyri . . . . . . 149
Richnaûs . . . . . . . . 26
Rinden-laus . . . . . . . 164
Rothe ameise . . . . . . . 77
Sauterelle à coutelas. . . . 21
Sauterelle à sabre . . . . . 24
— verte . . . . . . . 21
Schizoneura. . . . . . 148, 164
Schizoneura lanigera . . . . 113
Schizoneura lanuginosa . . . 165
— tremula . . . . . . 165
— Reaumuri . . . . . 165
Schleeg wurm . . . . . . 49

Sciara. . . . . . . . . . . . 212
Sciara pyri . . . . . . 202, 213
— Schmidbergei. . . 202, 215
Sciara Thomæ . . . . . . . 213
Schwartz birn galle mucke . . . 208
Selandria atra . . . . . . . 49
— Œthiops. . . . . . 54
Sirex compressus . . . . . . 60
Sitophilus granarius . . . 9, 12
Stinck fliege . . . . . . . 35
Syrphus . . . . . . . . 142
Taupe grillon . . . . . . 26
Tenthredo. . . . . 41, 59, 63
Tenthredo cerasi . . . . 52, 54
— fulvipes. . . . . . 68
— hœmorrhoïdalis. . . 65
— prolongata. . . . 60
— sylvatica . . . . . 68
Tenthredo adumbrata . . . 41, 49
— Œthiops . 41, 50, 54
Tetraneura ulmi. . . . . . 149
The apple boot blight. . . . . 170
Thrips. . . . . . . . . . 37
Thrips des serres . . . . . 40
— physapus. . . . . 39
Thrips vulgatissima . . . 37, 39
— Hœmorroïdalis . . 37, 40
Tigre . . . . . . . . . . 104
Tigre sur bois . . . . . . 190

Tigre sur écorce . . . . . . . 176
Tinea cerealella. . . . . . . 9
— cognatella. . . . . . . 66
Tingis. . . . . . . . . . 103
Tingis appendiceus. . . . . . 104
Tingis pyri . . . . 12, 104, 93
Tipula . . . . . . . . . . 203
Trachelus compressus . . . . 60
Trama troglodytes . . . . . 149
Trioza urticæ. . . . . . . 115
Tritomegas. . . . . . . . 94
Tritomegas bicolor. . . . . . 49
Vacuna coccinea. . . . . . 148
— dryophyla . . . . . 148
Ver limace. . . . . . . . 54
Vespa. . . . . . . . 81, 89
Vespa crabo . . . . . 41, 85
— Germanica . . 41, 86
— Sylvestris . . 41, 88
— vulgaris . . . 41, 87
Vespa gallica . . . . . . . 90
— vulgaris . . . . . . 86
Wald blatt-wespe . . . . . 68
Wart-bit. . . . . . . . . 25
Werle. . . . . . . . . . 26
Wespe. . . . . . . . . . 81
Wollig apfel blatt-laus. . . . . 165
Woll-laus . . . . . . . . 168
Werre . . . . . . . . . . 26

# ERRATA.

---

Page 20, ligne 19, au lieu de *longues*, lisez *longs*.

— 49, dernière ligne, au lieu de *quarante-cinq millim.*, lisez *quatre à cinq millimètres*.

— 49, ligne 27, au lieu de *58*, lisez *60*.

— 53, — 23, au lieu de *Tenthédites*, lisez *Tenthrédites*.

— 54, — 9, au lieu de *59*, lisez *61*.

— 59, — 1, au lieu de *XXXVIII*, lisez *XXXIX*.

— 60, — 4, au lieu de *60*, lisez *62*.

— 65, — 28, au lieu de *XXXIX*, lisez *XL*.

— 76, — 10, au lieu de *de manière à ce que*, lisez *de manière que*.

— 86, — 15, au lieu de *Marquart*, lisez *Macquart*.

— 113, entre les lignes 18 et 19, ajoutez CRATŒGI (Kaltembach).

— 100, ligne 29, au lieu de *Phytocooris*, lisez *Phytocoris*.

— 102, — 14, au lieu de *La Capsus*, lisez *le Capsus*.

— 109, — 4, au lieu de *suffit*, lisez *suffise*.

— 110, — 8, au lieu de *qu'ils le sont aux*, lisez *qu'elle l'est aux*.

— 116, — 23, au lieu de *Euphillura*, lisez *Euphyllura*.

— 118, — 13 et 28, au lieu de *la Chermes*, lisez *le Chermes*.

— 121, — 4, au lieu de *ne soit pas*, lisez *n'est pas*.

— 125, — 23, au lieu de *devant*, lisez *avant*.

— 128, — 21, au lieu de *Hermaphroditisme*, lisez *Hermaphrodisme*.

Les Ouvrages suivants, du même Auteur,

SE TROUVENT

## A PARIS

### A LA LIBRAIRIE DÉPARTEMENTALE

DE MM. MAGUIN, BLANCHARD & Cⁱᵉ,

*Rue Honoré-Chevallier, 5.*

N° 3. INSECTES NUISIBLES AU POIRIER, première Partie, brochure in-8°, 1857. . . . . . . . . . . . . . . . . . . . . . . . . . . . . . . . 3 fr.

N° 4. INSECTES NUISIBLES AUX ORMES ET AUX PEUPLIERS, in-8°, 1860; prix . . . . . . . . . . . . . . . . . . . . . . . . . . . . 1 fr.

N° 5. INSECTES NUISIBLES AU POIRIER, deuxième Partie, 1860 . 6 fr.

INSECTES UTILES. — QUELQUES ESSAIS DE SÉRICICULTURE DANS LA MOSELLE, in-8°, 1860. . . . . . . . . . . . . . . . . . 4 fr.

BUPRESTES NOUVEAUX OU PEU CONNUS, brochure in-8° avec planches coloriées . . . . . . . . . . . . . . . . . . . . . . . . . . 5 fr.

www.ingramcontent.com/pod-product-compliance
Lightning Source LLC
Chambersburg PA
CBHW061455030726
47503CB00005B/1720